HARPER
i zagubiona wiedza

Kinga Langley

HARPER
i zagubiona wiedza

Ku pamięci Dolores Cannon, która uchyliła mi drzwi do nieznanego. Dziękuję S.C. za znaki, inspirację i magiczne sny, które stały się częścią tej książki.

Tytuł polski: *Harper i zagubiona wiedza*
Tytuł angielski: *Harper and the Lost Knowledge*

Projekt ilustracji okładkowej: Matylda Konecka
Projekt mapy fantasy: Regina Land
Opieka redakcyjna: Katarzyna Kolowca-Chmura • oda-doz.pl
Korekta: Małgorzata Kuśnierz, Teresa Zielińska
Skład i łamanie: Stanisław Tuchołka • panbook.pl

Wydrukowano w Polsce
Druk i oprawa: Drukarnia im. A. Półtawskiego

Dystrybucja i zamówienia: Motyle Książkowe
ul. Zwrotnicza 6
01-219 Warszawa
tel. (+48) 22 632 83 74
www.motyleksiazkowe.pl

Wydanie I, 2021
ISBN 978-83-960255-0-0

www.harperpolska.com

W książkach znajdziesz więcej bogactwa
anieżeli we wszystkich łupach
zgromadzonych przez piratów
na Wyspie Skarbów.

Walt Disney

ASUEDA
STACJA KOLEJOWA
GALAKTYCZNE DRZEWO
PORT
ŚWIĄTYNIA
MĄDROŚCI
RZEKA ROZRACHUNKU

ZAMEK STORMBORNE'A
REGINA LAND
WODOSPAD
ZAMEK ATLANDOR
STARY LAS
PIRAMIDA SŁOŃCA
ALEJA ALIGATORÓW
FROGMOUTH
ZACZAROWANA GÓRA

SPIS TREŚCI

Rozdział 1

TAJEMNICE ROLLINGÓW

Zapadła ciemna noc i z trudem można było cokolwiek dostrzec przez szyby samochodu, którym podróżowała pani Diana Steller wraz z dwójką swoich dzieci, Lily i Tonym. Kobieta próbowała zachować zimną krew i nie dawała po sobie poznać zdenerwowania. Czuła się jednak zupełnie zagubiona pośród wąskich uliczek nieznanej jej miejscowości. Miała wrażenie, że już trzeci raz okrąża to samo wzgórze. Na dodatek z nieba zaczął padać drobny, ale intensywny deszcz. Para wodna natychmiast wypełniła wnętrze i przylgnęła do szyb ich wysłużonego austina cambridge, starszego niż sama pani Steller, która zaczęła właśnie coś mruczeć pod nosem.

Być może modliła się po cichu, by udało się im dojechać cało do celu i nie wypaść z jednej z krętych dróg, a może była zła na siebie, że uległa dzieciom i zgodziła się zostać w mieście dłużej, zamiast wyruszyć, kiedy jeszcze słońce stało wysoko. Przez tę niefrasobliwość krążyli po nocy nieznanymi sobie drogami tak wąskimi, że jeśli z przeciwka nadjechałby drugi pojazd, z trudem mogliby się wyminąć, co przyprawiało kobietę o zawrót głowy. Nie chciała nawet spoglądać w dół urwiska i całą uwagę skupiła na prowadzeniu samochodu.

„W razie wypadku w tych ciemnościach nikt nie odnalazłby nas do rana, a po tylu godzinach pewnie wyzionęlibyśmy już ducha" – pomyślała z trwogą i mocniej chwyciła kierownicę, aż paznokcie wbiły jej się w wewnętrzną stronę dłoni. Pochyliła się i niemal przykleiła czubek nosa do przedniej szyby, mokrej od skraplającej się pary, aby zobaczyć choćby zarys drogi prowadzącej – przynajmniej taką miała nadzieję – do małej wioski położonej u stóp rozległego wzgórza.

Formalnie nie była to wioska, lecz część dużego miasta nad Morzem Północnym, która już dawno została włączona do aglomeracji przez urzędników Ratusza. Jednak kilkaset lat wcześniej, kiedy na świecie żyło znacznie mniej ludzi, była to osobna miejscowość z własnym kościołem, cmentarzem i wiekową gospodą, nad której drzwiami nadal wisiała tabliczka z informacją, że jest to najstarszy pub w całej Szkocji. Znajdowało się tam również całkiem spore jezioro, wokół którego licznie gromadziło się różnego rodzaju ptactwo. Akwen ten nazywano lochem, tak samo jak owiane legendą Loch Ness, w którym rzekomo zamieszkuje wodny potwór Nessie. Być może i w tym jeziorze żyły jakieś nieodkryte stwory, ale w tym momencie pani Steller nie miała zupełnie do tego głowy.

Deszcz przybierał na sile i nie zapowiadało się, by miało szybko przestać padać. Niebo zaczęły rozrywać groźnie huczące błyskawice. Przednie wycieraczki z trudem zgarniały wodę z szyby. Kobieta westchnęła głęboko, otarła pot z czoła i nagle *trach!* Rozległ się grzmot tuż obok samochodu. Wszyscy na chwilę zamarli. Dziewczynka chwyciła starszego brata mocno za rękę i krzyknęła przerażona.

– Lily, to tylko piorun. Nie ma się czego bać – powiedział spokojnie czternastolatek.

Jednak Lily i mama nie były tak opanowane jak chłopiec, który już od jakiegoś czasu z fascynacją obserwował zbliżającą się burzę oraz pobłyskujące w oddali wyładowania atmosferyczne. Na ich szczęście piorun trafił tylko w drzewo stojące samotnie tuż przy szosie, rozrywając je na dwie części. Podczas uderzenia wydobyła się potężna smuga jasnego światła, rozjaśniając pochłonięte przez ciemność niebo.

Nagle ich oczom ukazały się dwie wysokie kamienne kolumny, stanowiące kiedyś bramę do miasta, gdzie na każdym abakusie siedziały, niczym żywe, mosiężne posągi ptaków posępnie spoglądające na przejeżdżających. Ich wzrok wydawał się tak przeszywający, że pani Steller poczuła zimny dreszcz przebiegający po plecach.

Droga zamieniła się w kamienny trakt i zwęziła tak bardzo, że tylko jeden pojazd mógł nią przejechać, i to z trudem. Kobieta dodała nieznacznie gazu i wjechała na główną, wznoszącą się ulicę Old Church Lane, uważając, by nie otrzeć karoserii o mur znajdujący się po obu stronach jezdni. Skręciła w lewo w bardzo wąską uliczkę Harewood Way i po chwili ujrzała budynek z numerem jedenaście na zielonych drewnianych drzwiach. Był to ich nowo wynajęty dom. Zaparkowała na niewielkim podjeździe ułożonym z polnych kamieni przypominających kocie łby, o które przy odrobinie nieuwagi łatwo było się potknąć.

Pani Steller pośpiesznie otworzyła drzwi, Tony zaś, mimo deszczu, wypakowywał bagaże z auta. Z trudem wyciągnął z bagażnika dużą skrzynię z metalowymi okuciami w kolorze popielatej wystudzonej magmy wulkanicznej. Mama wszędzie ją ze sobą zabierała i często upominała dzieci, aby do niej nie zaglądały. Tłumaczyła, że znajdują się tam cenne rodzinne pamiątki odziedziczone po dziadku ich zmarłego ojca. Chłopiec chwycił obiema rękami za uchwyt, lekko uniósł kufer i przeciągnął go z mozołem przez wyślizgany od starości próg drzwi wejściowych. Przemknęła mu przez głowę myśl, czy faktycznie pamiątki mogą być aż tak potwornie ciężkie. Jednak późna pora i deszcz spływający mu po spoconym od wysiłku czole szybko zakończyły jego rozmyślania nad zawartością skrzyni.

*

Następnego dnia pani Steller wstała wcześnie rano i cichutko zeszła po drewnianych schodach do kuchni, by nie obudzić śpiących jeszcze dzieci. Przejrzała zawartość szafek, w których ku swojemu zdziwieniu znalazła pojemniki pełne świeżo zmielonej kawy, herbat z odległych zakątków świata oraz maślanych ciasteczek.

– Jak miło, że właściciel domu o nas pomyślał i przygotował niespodziankę – powiedziała szeptem do siebie, zalewając kawę gorącą wodą.

Przyjemny zapach wypełnił całe pomieszczenie. Naciągnęła na dłonie zbyt długie rękawy swetra, otuliła nimi parujący kubek i usiadła w wygodnym fotelu o rozłożystym oparciu w obiciu w zielono-fioletową szkocką kratę.

Popijając napar, zatopiła się w myślach o czekającym ją nowym rozdziale życia. Nie miała jeszcze pojęcia, że miejsce to kryje bardzo starą tajemnicę, która tylko czekała, by wykiełkować z zakamarków przeszłości.

Diana Steller była szczupłą brunetką średniego wzrostu w wieku czterdziestu lat i trudniła się dziennikarstwem. Dzięki tej pracy dużo czasu spędzała w domu, co bardzo ją cieszyło, gdyż mogła połączyć zawodowe pasje z wychowywaniem dzieci. Kiedy otrzymała propozycję przeprowadzenia się do Szkocji, natychmiast ją przyjęła i nie czekając długo, wynajęła niewielki dom na obrzeżach Edynburga. Na dole był mały salon i kuchnia, trzy skromnej wielkości sypialnie na pierwszym piętrze oraz strych, do którego prowadziły drewniane drzwiczki z masywną metalową zasuwą, tak niskie, że jedynie dziecko mogło przejść przez nie swobodnie, nie pochylając głowy.

Od samego początku te drzwi bardzo intrygowały Tony'ego. Zastanawiał się, dlaczego ktoś zamontował tak maleńkie wejście na strych i co takiego może się tam kryć, że pomieszczenie zostało zamknięte na cztery spusty przez właściciela domu.

*

Pewnego zwyczajnego ranka pani Steller, zmywając w kuchni naczynia, z zaciekawieniem wyjrzała przez okno i spostrzegła eleganckiego mężczyznę około siedemdziesiątki, który wolnym krokiem przechadzał się po chodniku przed jej oknami. Był to pan Horacy Rolling, właściciel starej i owianej niezbyt pochlebnymi legendami posiadłości znajdującej się dokładnie naprzeciwko jej domu.

Mężczyzna chodził bardzo powoli, jakby badał grunt pod stopami, zanim zrobi kolejny krok. Nieznacznie pochylony do przodu, opierał się na solidnej drewnianej lasce, która stukała głośno metalowym zakończeniem raz po raz, kiedy dotykał nią ziemi. Włosy pana Horacego sięgały ramion i prawie wszystkie były białe, jakby zmartwienia z przeszłości odebrały im naturalny kolor i zamieniły w srebrny kruszec, delikatnie układając w fale. Patrząc na jego twarz, można było wywnioskować, że wiele w życiu przeszedł, ale łagodne rysy zdradzały, że jego serce nadal wypełniała życzliwość. Nosił ubrania eleganckie, ale zupełnie odbiegające od współczesnych strojów, w jakich można było zobaczyć ludzi dookoła. Jego garnitur, pod którym miał kamizelkę, pożółkłą koszulę i brązowy krawat, przypominał kolorem zardzewiałą zieleń. Wyglądał dostojnie, ale zarazem dziwnie, jakby dopiero co wyszedł z przedstawienia teatralnego, w którym grał rolę lorda z początku ubiegłego wieku.

Pan Rolling od lat był tematem plotek sąsiadów. Nikt nigdy nie widział go robiącego zakupy w żadnym z lokalnych sklepów spożywczych. Mężczyzna nie bywał też w tutejszych restauracjach. Zaglądał jedynie codziennie rano do małego sklepiku z prasą i pieczywem, mieszczącego się na końcu ulicy, do którego piekarz bardzo wcześnie dowoził świeży chleb, bułki i pachnące rogaliki. Pan Horacy kupował tam tylko poranny dziennik z lokalnymi wiadomościami – przysuwał go do nosa i brał głęboki wdech, by poczuć zapach papieru i farby drukarskiej, która przypominała mu czasy, gdy na świecie nie było jeszcze Internetu. Właściciel sklepiku, pan Thomson, bardzo lubił pana Rollinga. Zawsze się denerwował i robił groźne miny, marszcząc przy tym krzaczaste brwi, gdy ludzie próbowali go wypytywać o niezwykłego klienta.

Wszyscy w okolicy spekulowali, a nawet byli pewni, że rodzina Rollingów i sam Horacy skrywają mroczną tajemnicę, której od lat nie mógł rozszyfrować żaden biegły detektyw ani zastępy inspektorów policji, łącznie ze słynnym na cały świat Scotland Yardem. Niestety nigdy nie udało się rozwikłać zagadki zaginięcia trzynastoletniej Harper, jedynej córki pana Horacego. Przepadła jak kamień w wodę. A że zdarzyło się to przed ponad dwudziestu laty, stworzono nieskończenie wiele niewiarygodnych historii, które były powtarzane i przekręcane tyle razy, że nikt już nie potrafił stwierdzić, co naprawdę wydarzyło się tamtego dnia w olbrzymiej posiadłości Rollingów.

Pani Steller skończyła myć naczynia i zaczęła rozmyślać nad wszystkimi usłyszanymi opowieściami na temat sąsiada. W tym czasie pan Horacy minął wielką bramę swojej posiadłości, która zawsze pozostawała otwarta, i zniknął za ciężkimi drzwiami prowadzącymi do jego rezydencji.

– Minęły już dwa tygodnie, odkąd tu mieszkamy. Powinniśmy wybrać się z wizytą do pana Rollinga – zaproponowała w końcu dzieciom. – Wygląda na miłego starszego człowieka i musi czuć się bardzo samotny w tym wielkim domu.

Jednak Lily i Tony spojrzeli tylko na siebie wymownie, robiąc przy tym dziwaczne miny, jakby ta propozycja zupełnie nie przypadła im do gustu.

– Mamo, koleżanki opowiadały w szkole, że to straszny dziwak, od którego wszyscy trzymają się z daleka. Jego dom jest nawiedzony… – Przy ostatnim słowie ośmioletnia Lily ściszyła głos. – Jego córka zniknęła w nieznanych okolicznościach dawno temu i nigdy nie odnaleziono jej ciała. Podejrzewa się, że została zamordowana, a jej zwłoki pewnie ukryto gdzieś w tym okropnym domu albo w ogrodzie i dlatego tam teraz straszy. Zresztą jej mama też gdzieś przepadła kilka lat później i z całej rodziny został tylko pan Rolling, który pewnie jest nienormalny.

– Lily! Co ty wygadujesz?! – zapytała z niedowierzaniem pani Steller, lekko marszcząc brwi. – Ludzie lubią opowiadać niestworzone historie, zwłaszcza o innych, więc nie powinnaś słuchać plotek, a tym bardziej ich powtarzać.

– Ale to prawda! Nela mi mówiła. Ona tu mieszka od urodzenia i jej rodzice wszystko dokładnie pamiętają.

– No, ja też słyszałem, że od czasu zniknięcia tej dziewczyny w ich domu straszy i dzieją się dziwne rzeczy, więc nikt przy zdrowych zmysłach tam nie chodzi – wtrącił Tony z poważną miną, zajadając miętowe czekoladki.

– Mamo, nie ma powodu się tam wybierać. Pewnie to duch tej biednej dziewczynki nęka swoją rodzinę za tę zbrodnię! – Lily była wyraźnie poruszona.

Pani Steller jednak nie dała się przekonać dzieciom i następnego dnia cała trójka stanęła przed drzwiami rzekomo nawiedzonego domu, w którym samotnie mieszkał Horacy Rolling.

Rezydencja była ogromna. Mogłoby w niej zamieszkać co najmniej sześć rodzin. Dookoła budynku rosło mnóstwo drzew różnego rodzaju, wśród których dominowały potężne stare dęby. Ich korony były tak rozłożyste, że przysłaniały olbrzymią część posiadłości, stanowiąc skuteczną barierę przed wścibskimi spojrzeniami sąsiadów. Drzewa te miały z pewnością po kilkaset lat, gdyż ich pnie były tak grube, że z trudem mogłoby je objąć kilku rosłych mężczyzn. Budynek wyglądał przerażająco. Zbudowano go z ciężkiego kamienia prawdopodobnie przed wiekami, a fasada z czasem straciła blask – stała się ciemna i brzydka. Okna pokrywał brud wgryzający się w szkło od lat. Firany i zasłony przypominały pożółkłe prześcieradła, które przy odrobinie wyobraźni mogłyby się zamienić w upiory. Większość okien miała zamknięte okiennice, na których czas odcisnął swoje piętno. Ściany w wielu miejscach porastał mech, a do wysokości kilku metrów wił się bluszcz lub jakieś inne pnącze, które centymetr po centymetrze pochłaniało posiadłość. Drzwi wejściowe, wysokie na prawie trzy metry, składały się z dwóch ciężkich skrzydeł w kolorze brudnej zieleni, bogato zdobionych rzeźbieniami.

– Mamo, lepiej stąd chodźmy – wyszeptała wyraźnie przestraszona dziewczynka. – Zobacz tylko, jak tu strasznie. Te wielkie drzewa tak się dziwnie kołyszą, jakby chciały powiedzieć: „Uciekajcie stąd, póki jeszcze możecie!".

– Lily, naprawdę ponosi cię fantazja. To bardzo smutne, co spotkało tę biedną dziewczynę i jej rodzinę, ale samotność i odrzucenie przez ludzi to niezwykle przykre doświadczenie. Ledwo się tutaj przeprowadziliśmy, a każdy, kogo spotykam, nie opowiada o niczym innym, tylko o panu Rollingu – powiedziała mama i zastukała w drzwi ciężką kołatką o rozecie w kształcie głowy mężczyzny, przedstawiającej legendarnego celtyckiego Zielonego Człowieka otulonego liśćmi dębu i żołędziami.

Przez dłuższą chwilę nikt nie otwierał, więc pani Steller ponownie chwyciła za kołatkę i zadudniła kilka razy. Po kolejnej minucie dało się słyszeć odgłos powolnych, zbliżających się kroków, a potem ktoś odsunął ciężką zasuwę i otworzył skrzypiące ze starości drzwi. W progu stanął widywany przez nich dotychczas tylko z daleka starszy mężczyzna w okularach prawie spadających mu z nosa.

– Dzień dobry! Czemu zawdzięczam wizytę tak miłych gości? – zapytał ciepłym i bardzo życzliwym głosem pan Rolling, poprawiając binokle.

– Dzień dobry! – odparła z uśmiechem kobieta. – Jesteśmy nowymi sąsiadami. Chcieliśmy się przywitać i przedstawić. Nazywam się Diana Steller, a to moje dzieci, Lily i Tony. Przynieśliśmy panu domowe ciasteczka i mały prezent z Londynu – powiedziała, wręczając gospodarzowi koszyczek ze słodkościami.

– Bardzo dziękuję! To miło z pani strony, ale czy nie ostrzegali was sąsiedzi, że lepiej trzymać się z daleka od mojego domu? – zapytał lekko zmieszany staruszek, podnosząc nieznacznie jedną brew i drapiąc się po głowie.

– Słyszeliśmy jakieś plotki, ale kto by w nie wierzył. Gdyby tu były duchy, pewnie przyleciałyby do naszego domu, a na razie żaden nas nie odwiedził – zażartowała kobieta.

– Skoro tak, to zapraszam serdecznie! – Gospodarz uśmiechnął się pogodnie i wpuścił gości do środka.

Pani Steller weszła pierwsza i po przekroczeniu progu aż zaniemówiła z wrażenia. Ponury i posępny budynek, jaki widzieli z zewnątrz, w środku okazał się piękną i pełną przepychu rezydencją.

Najpierw znaleźli się w niewielkim eleganckim przedsionku prowadzącym do długiego korytarza, którego ściany wyłożone były różnobarwnymi tkaninami przedstawiającymi motywy roślinne. Zobaczyli palące się pochodnie osadzone w mosiężnych dzbanach zawieszonych po obu stronach szerokiego holu. Posadzkę przykrywał luksusowy szmaragdowy dywan. Na ścianach wisiały obrazy w złotych ramach przedstawiające dostojnych wojowników odzianych w futra i pióra. Przez chwilę dzieci i ich mama stali oniemiali, nie dowierzając temu, co zobaczyli w domu pana Horacego. Ciszę przerwał w końcu gospodarz, który podszedł do ogromnych drzwi prowadzących do następnego pomieszczenia i wypowiedział dwa słowa: „Okrotus dormis". Na ich dźwięk ciężkie skrzydła zaczęły się powoli otwierać. Mężczyzna kiwnął zapraszająco ręką, dając znak, aby goście przeszli dalej. Wiedział doskonale, że to, co przed chwilą zobaczyli, oszołomiło ich, a tymczasem tuż za drzwiami kryła się kolejna niewiarygodna niespodzianka.

W pomieszczeniu panował lekki półmrok, jak w teatrze tuż przed rozpoczęciem spektaklu. Ściany zdobiły malowidła przedstawiające sceny z życia w średniowiecznym mieście. Cała trójka zaczęła rozglądać się dookoła, a Tony i Lily otworzyli szeroko usta ze zdziwienia i nie mogli uwierzyć własnym oczom. Postacie na obrazach poruszały się jak w filmie. Kobiety sprzedające warzywa na targu otoczonym kilkupiętrowymi kamienicami przekrzykiwały się gwarnie. Rozbawione dzieci goniły pokwikujące tłuste prosiaki między stołami, a jakiś młodzieniec w podartym ubraniu uciekał w popłochu ze skradzionymi ze straganu i ukrytymi za pazuchą jabłkami. W tle widać było potężny zamek zbudowany na nieaktywnym już wulkanicznym wzgórzu. Nagle na dziedziniec wjechało dwóch jeźdźców, za którymi niezwłocznie zamknięto żelazną bramę. Ludzie zaczęli szeptać coś nerwowo między sobą. Tony przyłożył ucho do ściany i nasłuchiwał rozmów.

– Oni mówią coś o małym dudziarzu zaginionym w podziemnych korytarzach zamku – wyszeptał półgłosem. – Został wysłany na dół, aby zbadać, jak długie są tunele i dokąd prowadzą. Miał grać na dudach cały czas, aby wiedziano, gdzie jest, lecz nagle muzyka się urwała – kontynuował chłopiec ze zdumioną miną. – Prze... przepraszam, panie Horacy – wykrztusił po chwili. – Czy to jest jakiś ekran, na którym wyświetla pan film?

– Nie, Tony! To nie jest film. To jest obraz namalowany wiele wieków temu na ścianie przez jednego z moich przodków, do którego należał ten dom. Żywy obraz! – dodał pan Rolling.

– Jak to „żywy obraz"? – dociekał chłopiec.

– Opowiem ci o tym przy innej okazji. A tymczasem podziwiaj życie średniowiecznego Edynburga. Scen tak autentycznych nie zobaczysz w żadnym filmie.

– Co się stało z tym dudziarzem, który zgubił się w zamkowych tunelach? – zapytała Lily.

– Przepadł bez śladu – odparł gospodarz. – Dziś legenda głosi, że jego duch czasami gra na dudach i można usłyszeć muzykę dobiegającą spod ziemi. Jeśli wybierzecie się na dziedziniec zamku, może uda się wam ją usłyszeć.

– To jest niewiarygodne, panie Rolling! Jak to możliwe? To chyba jakieś technologiczne sztuczki albo czary. Jak żyję, nigdy czegoś takiego nie widziałam – wydusiła w końcu pani Steller. – Co ja wygaduję... Jakie czary?!

Żyjemy w dwudziestym pierwszym wieku, czary przecież nie istnieją! – dodała z przekonaniem, wpatrując się w ścianę to po swojej prawej, to po lewej stronie.

Pan Horacy dobrze wiedział, że namalowane sceny nie zawsze są żywe. Postacie poruszały się tylko przy wybranych gościach. Niestety nikt nie znał tajemnicy mechanizmu uruchamiającego ten nieprawdopodobny spektakl.

Gospodarz ponownie wypowiedział słowa: „Okrotus dormis" i zatoczył otwartą dłonią kolisty znak, po czym otworzyły się wysokie drzwi prowadzące do salonu. Kiedy klasnął i wyszeptał coś niezrozumiale, rozsunęły się wszystkie kotary i przez wysokie od podłogi aż do sufitu okna wpadły promienie słoneczne, rozświetlając całe pomieszczenie.

– Niewiarygodne! – powiedziała pani Steller. – Wygląda na to, że pański dom jest naszpikowany nowoczesną technologią!

Na twarzy pana Rollinga zakwitł zagadkowy uśmiech. Postukał kilka razy palcami o komodę stojącą tuż przy wejściu – jakby nad czymś myślał – po czym zniknął za drzwiami prowadzącymi do kuchni. Po krótkiej chwili wrócił, taszcząc niewielkie urządzenie wykonane z połyskującego żółtego metalu, z dziwnymi rurami o różnych kształtach wystającymi z boku, z tyłu i z góry.

– Na co macie ochotę? – rzucił podekscytowany, stawiając zagadkowy przedmiot na stole. – Zamawiajcie, co tylko wam przyjdzie do głowy! Ta maszyna potrafi w mgnieniu oka ugotować, upiec i przyrządzić każdą potrawę.

– Wspaniale! – uradowała się pani Diana. – Czy to jakieś nowoczesne urządzenie wielofunkcyjne?

– Ależ skąd! Ta maszyna ma ponad sto lat i od zawsze była używana w naszym domu. Pani Steller, Lily, Tony, na co macie ochotę? – zapytał pogodnym tonem mężczyzna, który od wielu lat spożywał posiłki samotnie i bardzo się cieszył, że będzie mógł zjeść coś pysznego w towarzystwie miłych gości.

– To ja poproszę spaghetti i sernik! – wykrzyknęła radośnie dziewczynka.

– Dla mnie pizza i lody na deser – powiedział Tony.

Pan Horacy przycisnął kilka guzików na maszynie i po paru sekundach na przodzie urządzenia otworzyła się złota zasuwa. Na porcelanowych talerzach wyjechały zamówione potrawy podane tak wykwintnie, że tylko kucharz w najlepszej restauracji mógłby je w taki sposób przygotować.

– A co dla pani? – zapytał gospodarz.

– Ja poproszę w takim razie kaczkę z pieca z jabłkami, żurawiną i zapiekanymi ziemniaczkami – oznajmiła pani Steller, chcąc sprawdzić, czy faktycznie urządzenie potrafi zrobić wszystko.

Ku jej zdziwieniu po chwili złota zasuwa ponownie się otworzyła i wyjechało danie przygotowane dokładnie tak, jak sobie tego życzyła. Całe pomieszczenie wypełniło się wspaniałymi zapachami, jakby sztab kucharzy gotował w nim przez cały dzień.

– Panie Horacy, teraz już rozumiem, dlaczego nie kupuje pan jedzenia w sklepie. Gdybym miała takie urządzenie, też z pewnością nie marnowałabym czasu na gotowanie. Zdradzę panu sekret zasłyszany w okolicy. Pańscy sąsiedzi mają teorię, że jest pan wampirem i dlatego nic pan nie je – powiedziała ze śmiechem pani Diana, pogryzając przy tym chrupiącą nóżkę kaczki. – Ale dlaczego nie zaprosił pan kogoś na obiad i nie rozwiał tych plotek?

– Czasami szkoda czasu na wyjaśnienia. Ludzie lubią oceniać innych bez wcześniejszego poznania. Niech każdy wierzy, w co chce, byle nie krzywdził bliźnich. Choć często mam wrażenie, że wielu zupełnie nie rozumie, że nie tylko czyny, lecz także słowa mają wielką moc i potrafią zarówno dodać człowiekowi skrzydeł, jak i je podciąć. Poza tym nie każdy jest w stanie wszystko zrozumieć i uwierzyć w czary – odparł tajemniczo pan Rolling.

– Czary?! – powtórzył z niedowierzaniem Tony.

– Tak, czary, ale to są dobre czary, które niestety nawet w obecnych czasach nie mogą zostać ujawnione, gdyż ludzie mogliby z chciwości wykorzystać je do złych celów. Poza tym wiele wieków temu za takie praktyki moi przodkowie mogliby zostać oskarżeni o czarnoksięstwo i spaleni na stosie. Dlatego proszę was o dyskrecję, by ta wiedza została tajemnicą, tak jak jest od stuleci. Większość ludzi i tak by tego nie zaakceptowała – dodał zasmuconym głosem pan Horacy.

– Właśnie słyszałam o czarownicach palonych na stosach, ale myślałam, że to bajki do straszenia niegrzecznych dzieci – wtrąciła wyraźnie poruszona Lily.

– Niestety to nie bajki. Jeszcze całkiem niedawno, bo niespełna dwieście lat temu, można było zostać oskarżonym o praktykowanie czarnej magii zupełnie bez powodu, na przykład za posiadanie rudych włosów albo mamrotanie czegoś pod nosem na targu. Jeśli taką osobę okrzyknięto „czarownicą", czekały ją okrutne tortury i śmierć w płomieniach. W samym Edynburgu spalono żywcem kilka tysięcy ludzi. Straszne to były czasy. Gdyby wiedza, którą posiadali moi przodkowie, ujrzała wówczas światło dzienne, dziś już nie moglibyśmy prowadzić tej rozmowy, bo najzwyczajniej w świecie by mnie nie było, a moja rodzina zostałaby stracona w okrutny sposób.

Kiedy pan Rolling opowiadał o czarownicach, na grubej gałęzi dębu za oknem usiadł orzeł i sprawiał wrażenie, jakby przysłuchiwał się rozmowie. Jego złotobrązowe pióra na głowie i szyi mieniły się jak czysty kruszec w promieniach zachodzącego słońca. Tony pierwszy zauważył ptaka i przyglądał mu się uważnie w milczeniu, nie chcąc go spłoszyć. Odniósł wrażenie, że drapieżnik jest podenerwowany – przeskakiwał z nogi na nogę. Co dziwniejsze, chłopiec zaczął słyszeć jakieś zagadkowe głosy w swojej głowie, mimo że nikt z obecnych do niego nie mówił.

– *Muszę szybko porozmawiać z panem Horacym. To bardzo pilne. Niech on w końcu spojrzy na mnie, bo inaczej nie mogę przekazać mu wiadomości. Chłopcze, czy mógłbyś poinformować pana Rollinga, że tutaj jestem?* – powiedział zaniepokojony ptak, używając telepatii.

Tony spojrzał na gospodarza, ale ten był zajęty rozmową z jego mamą i siostrą. Z niedowierzaniem przeniósł wzrok z powrotem na orła i natychmiast znów zaczął słyszeć słowa, które zdecydowanie nie były wytworem jego wyobraźni.

– *Nie stój jak słup soli, gapiąc się na mnie, tylko przekaż moją wiadomość. Tak, to ja mówię do ciebie. Powiedz panu Rollingowi, że tutaj jestem. To bardzo pilne!*

Chłopiec przez chwilę myślał, że chyba zwariował albo nadmiar wrażeń tego dnia spowodował, że umysł zaczął płatać mu figle. Jednak głos, który słyszał, był tak realny, że Tony uznał za konieczne poinformowanie pana Rollinga o obecności orła za oknem.

– Panie… panie Horacy, nie wiem, czy mi się tylko wydaje, ale za oknem jest orzeł, który chce z panem rozmawiać – oznajmił lekko zakłopotany.

Mama spojrzała na niego z niedowierzaniem, robiąc przy tym wielkie oczy.

– Jak to „rozmawiać”? Synu, czy ty się dobrze czujesz? Podejdź tu, niech sprawdzę, czy nie masz gorączki – powiedziała zaniepokojona, kładąc rękę na zimnym czole Tony'ego.

– Mamo, ja nie majaczę. Ten orzeł naprawdę do mnie mówił, a ja słyszałem jego głos w głowie – odparł chłopiec.

Pani Steller nie wzięła jednak słów syna na poważnie. Myślała, że najprawdopodobniej fantazjuje, dając upust wybujałej wyobraźni. Sądziła również, że być może Tony chce zrobić psikusa młodszej siostrze i dlatego wymyślił historię o mówiącym orle, by podkręcić atmosferę magii i tajemnicy, którą jej zdaniem pan Horacy zainscenizował, by umilić gościom pobyt w swoim domu. Jednak chłopiec był przekonany, że to, co się wydarzyło przed chwilą, było prawdziwe.

W tym czasie pan Rolling podszedł szybko do okna i w milczeniu przyglądał się ptakowi, który nieustannie przeskakiwał z nogi na nogę, drepcząc na gałęzi. Pan Horacy wyglądał, jakby rzeczywiście prowadził rozmowę z orłem: marszczył brwi i wykrzywiał twarz w dziwnych grymasach, zaczął się nawet drapać po głowie i kiwać nią przecząco, jakby nie dowierzał temu, co usłyszał. Po kilku minutach wpatrywania się w orła i prowadzenia z nim tajemniczej rozmowy, w której realność wierzył tylko Tony, gospodarz w końcu zwrócił się do Stellerów:

– Bardzo was przepraszam, ale mam coś ważnego do zrobienia dziś wieczorem i pozwolę sobie odprowadzić drogich gości do wyjścia, ale pamiętajcie, jesteście zawsze mile widziani w moim domu.

Zanim cała trójka się zorientowała, pan Rolling żegnał ich już przy drzwiach wejściowych, które zamknęły się za nimi tak szybko, że nie zdążyli nawet podziękować za gościnę.

Tony próbował jeszcze wypatrzyć orła z podwórza przed domem, przyglądając się uważnie konarom. Miał nadzieję, że go zobaczy i być może zdoła coś usłyszeć, ale nie był w stanie niczego dojrzeć w gęstych koronach drzew.

Po wyjściu Stellerów w ułamku sekundy w domu pana Horacego zgasły wszystkie światła, a gałęzie drzew i liście zamarły w bezruchu. Zdawało się, że pustka i cisza wypełniły całą okolicę. Nie było czuć nawet najmniejszego podmuchu wiatru, co jak na szkocką pogodę było wyjątkowo niespotykanym zjawiskiem. Pani Diana szybko przemknęła przez rozświetlony blaskiem księżyca dziedziniec. Chwyciła Lily za rękę i zawołała Tony'ego, aby się pośpieszył, bo następnego dnia wcześnie rano muszą iść do szkoły.

Rozdział 11

ZAGINIĘCIE HARPER

Przez długie godziny Tony przewracał się w łóżku z boku na bok, nie mogąc zasnąć po wizycie w domu pana Rollinga. Rozmyślał o wszystkich niezwykłych rzeczach, które tam zobaczył. Najbardziej jednak zaintrygował go orzeł. Mama próbowała wytłumaczyć mu, że ptaki nie mówią i niepotrzebnie zawraca sobie tym głowę. Jednak chłopiec doskonale wiedział, że tego wieczoru wydarzyło się coś tajemniczego, i nie mógł przestać o tym myśleć.

Następnego dnia, siedząc w szkolnej ławce, nijak nie potrafił się skoncentrować na angielskim i matematyce. Wyglądał cały czas przez okno, w nadziei że uda mu się wypatrzyć złotego orła, z którym być może mógłby porozmawiać. Jego ciekawość była tak silna, że w porze lunchu zdecydował się opuścić lekcje i ukradkiem wymknął się ze szkoły. Wiedział doskonale, że taki występek sprowadzi na niego poważne konsekwencje, gdyż wyjście poza mury szkoły bez powiadomienia administracji nie było mile widziane, a wręcz niedozwolone. W razie złego samopoczucia lub choroby ucznia pani MacManus, szkolna sekretarka, dzwoniła natychmiast do jednego z rodziców, by poinformować o konieczności odebrania dziecka. Jednak takiej ewentualności Tony nie brał w ogóle pod uwagę, ponieważ mama nie mogła się dowiedzieć o jego planach. A że jedyną troską chłopca były słowa ptaka, które usłyszał poprzedniego dnia w swojej głowie, absolutnie nie mógł się przyznać do prawdziwej przyczyny opuszczenia zajęć. Uznano by go bowiem za niepoczytalnego i nie daj Boże skierowano na badania psychiatryczne.

Tony ruszył szybkim krokiem w stronę domu, zatopiony w myślach o panu Rollingu. Kiedy zbliżył się do Harewood Way, zwolnił i zatrzymał się na końcu ulicy, aby sprawdzić, czy mama dokądś wyszła. Na szczęście na podjeździe domu z numerem jedenaście nie zobaczył ich starego poczciwego austina cambridge w kolorze jasnego błękitu, co świadczyło o jej nieobecności.

Chłopiec odetchnął z ulgą i rozejrzał się dyskretnie dookoła. Mimo wczesnego popołudnia ulica wyglądała na zupełnie wyludnioną, jakby wszyscy zaszyli się w domowych pieleszach i ucinali sobie drzemkę po zjedzonym lunchu. Tony ruszył powoli przed siebie i na wysokości numeru dziewiątego skręcił w prawo, na teren posiadłości pana Rollinga. Rozejrzał się ponownie na wszystkie strony, poprawiając na ramieniu szkolny plecak. Przyśpieszył kroku i trzema wielkimi susami pokonał schodki prowadzące do drzwi domu pana Horacego. Lekko podenerwowany, zastukał ciężką kołatką, oczekując z niecierpliwością na niezapowiedzianą wizytę u pana Rollinga. Zaintrygowany jej dziwnym wyglądem, zaczął dokładnie przyglądać się mosiężnej kołatce i mógłby przysiąc, że w pewnym momencie Zielony Człowiek kichnął! Chłopiec spojrzał na kołatkę ponownie, ale była kompletnie nieruchoma. Rozejrzał się dookoła, gdyż pomyślał, że być może na podwórzu ktoś się znajduje. Jednak nikogo tam nie było, a wszystko wyglądało najzupełniej normalnie. Olbrzymie dęby stały nieruchomo, a wiatr nieśmiało muskał ich zielone liście. Szare wiewiórki przeskakiwały z gałęzi na gałąź, podwijając przy tym puszyste ogony dla zachowania równowagi.

Tony ponownie zastukał, tym razem zdecydowanie mocniej, w nadziei że pan Rolling go usłyszy i wreszcie otworzy drzwi, ale zamiast tego ktoś krzyknął męskim głosem z wyraźnym szkockim akcentem:

– Na niebiosa, chłopcze! Nie tak mocno! Wybijesz mi wszystkie zęby, jeśli będziesz dalej tak walił – powiedziała wyraźnie obruszona głowa Zielonego Człowieka i kichnęła przy tym dwukrotnie.

Zaskoczony chłopiec zbliżył twarz do kołatki i przez chwilę przyglądał się jej z niedowierzaniem.

– A psik! Ta pogoda nie jest już na moje zdrowie – dodał Zielony Człowiek, ponownie kichając. – Pan Rolling jest zajęty i nie przyjmuje żadnych gości! – kontynuował, pociągając zasmarkanym nosem.

– Jak to?! Ty mówisz? – zapytał zdziwiony Tony, odsunąwszy głowę od drzwi. Otarł rękawem twarz, na której wylądowała kleista wydzielina kapiąca z nosa Zielonego Człowieka.

– A czemu miałbym nie mówić?

– Bo rzeczy martwe nie mówią.

– A kto ci powiedział, że jestem martwy?

– No, jesteś mosiężną kołatką. A mosiądz jest martwy – odparł chłopiec.

– Bardzo mi przykro, że twoja teoria na temat właściwości rzeczy martwych na tej planecie legła w gruzach, ale, jak widzisz, nie jestem martwy! – Zielony Człowiek się zaśmiał. – I pan Rolling nie przyjmuje żadnych gości aż do odwołania! – powtórzył dobitnie.

– Jak to „do odwołania"?

– Zwyczajnie. Zajęty jest bardzo i nie ma czasu na pogawędki.

– Ale ja muszę się z nim koniecznie widzieć.

– To przyjdź za miesiąc. Może wtedy będzie mógł cię przyjąć. Teraz jest to absolutnie niemożliwe.

– Za miesiąc?! Nie mogę czekać tak długo! – odpowiedział chłopiec wyraźnie podniesionym tonem.

Nagle z drugiej strony drzwi dobiegły Tony'ego odgłosy, jakby ktoś próbował je otworzyć od wewnątrz. Uradowany odsunął się krok do tyłu z nadzieją zobaczenia pana Horacego. Spojrzał przy tym wymownie na kołatkę, która za wszelką cenę próbowała mu wyperswadować dzisiejsze spotkanie. Chłopiec był dumny, że nie poddał się tak szybko i dzięki determinacji dopiął swego. Po kilku sekundach skrzydło potężnych drzwi uchyliło się, skrzypiąc przy tym tak niemiłosiernie, że nawet Zielony Człowiek, zapewne przyzwyczajony do tych hałasów, zacisnął mocno trawiaste zęby, a jego liściaste wąsy skoczyły do góry. Żałował teraz bardzo, że nie może zakryć sobie uszu rękami, które w tym momencie wyjątkowo by mu się przydały.

Tony stał przed drzwiami zniecierpliwiony, ale nikt się w nich nie pojawił. Zajrzał z ciekawości do środka, wsadziwszy przez szparę samą głowę i uważając, by nie przekroczyć progu. Wiedział bowiem, że wchodzenie do czyjegoś domu bez zaproszenia nie jest grzecznym zachowaniem.

– Halo! Haaalo! Dzień dobry! Panie Rolling! Jest tu kto?! – zawołał, ale nikt nie odpowiadał.

W posiadłości panowała przerażająco głucha cisza. Chłopiec poczuł się zmieszany i nie wiedział, czy drzwi otworzyły się same, przez przypadek, czy też ktoś je uchylił dla niego, czyniąc tym samym zaproszenie do wejścia. Nagle bieg jego myśli, które jak błyskawice przeskakiwały z jednej półkuli mózgu na drugą, przerwał jakiś niski męski głos, zdecydowanie nienależący do pana Horacego.

– Chłopcze! Nie stój tak, tylko szybko wejdź do środka.

Tony zdecydowanym krokiem przestąpił próg, rozejrzał się badawczo dookoła, ale nadal nikogo nie widział.

– Dzień dobry – powtórzył grzecznie z nutą nieśmiałości.

– Dzień dobry – odpowiedział mu głos. – Chodź za mną.

– Ale dokąd? Ja nikogo tu nie widzę.

– Gdybyś czasem w życiu uważniej rozejrzał się dookoła, może zobaczyłbyś znacznie więcej niż tylko czubek własnego nosa – odparł nieznajomy. – Idziemy! Nie mamy czasu do stracenia – dodał stanowczo.

Tony zaczął się uważnie rozglądać, ale niczego ani nikogo nie mógł dostrzec. Poczuł się wyjątkowo zakłopotany i zapytał ponownie:

– Proszę, czy mógłby mi się pan pokazać? Naprawdę pana nie widzę.

– Ach! – westchnął głos. – Z wami, ludźmi, ciągle są te same problemy. Dostrzegacie tylko to, co jest widoczne dla oczu. Aż trudno pojąć, że mózg tak mało wam pokazuje. Dzieci widzą wiele rzeczy pochodzących – wydawałoby się – nie z tego świata, które dla dorosłych są już niedostępne. Z czasem, gdy dorastają, przekonane o słuszności zdania rodziców, przestają wierzyć w magiczną moc, z jaką się narodziły, i niestety tracą ten cudowny dar.

– Być może ma pan rację, ale skoro tak jest, to ja właśnie nikogo nie widzę, a byłbym bardzo uradowany, gdybym mógł poznać kogoś tak zacnego, cechującego się szerokim światopoglądem na miarę Einsteina – powiedział Tony najbardziej elokwentnie, jak potrafił, aby nie wyjść na głupka, który nie dość, że utracił już jakąś ważną moc, to jeszcze ma braki w wiedzy.

– Młodzieńcze, niestety tylko ty sam możesz sprawić, że mnie zobaczysz. Jeśli mnie nie widzisz, to znaczy, że utraciłeś tę wyjątkową umiejętność. Jednak nie martw się, możesz ją odzyskać, ponieważ moc jest w twoich rękach i tylko od ciebie zależy, jak ją wykorzystasz. Zapalę w takim razie kryształy, abyś wiedział, dokąd iść – zaproponował miło głos.

W pomieszczeniu, którego ściany były ozdobione tkaninami w roślinny wzór, na wysokości oczu Tony'ego pojawiły się dwa kamyki połyskujące perłowym światłem. Lekko wirowały w powietrzu, jakby czekały na dalsze instrukcje, a ich blask był ukojeniem dla ducha i oczu. Chłopiec od razu poczuł dziwną błogość i zaczął podążać za iluminacją jak zahipnotyzowany. Nawet nie zauważył, że pomiędzy dwoma olbrzymimi obrazami w złotych ramach wiszącymi na ścianie korytarza otworzyły się sekretne drzwi, a on przeszedł przez nie i zaczął schodzić krętymi schodami. Po pokonaniu kilkudziesięciu stopni poczuł, że kamienne podłoże zamieniło się w ubitą od chodzenia ziemię. Nie spuszczał kryształów z oczu, ponieważ nie chciał się zgubić w gmatwaninie korytarzy skręcających raz w prawo, raz w lewo, to znowu w prawo, jak w zawiłym labiryncie, z którego odnaleźć drogę powrotną byłoby z pewnością wielkim wyzwaniem. Tony był tak skoncentrowany na wpatrywaniu się w świecące punkty, że zupełnie zapomniał o postaci, której głos wcześniej słyszał. Jednak leśny skrzat, mimo że niewidoczny dla chłopca, towarzyszył mu przez cały czas, wędrując tuż za nim w milczeniu.

Po kilku minutach Tony zobaczył na końcu korytarza dwuskrzydłowe drzwi w kanarkowym kolorze. Prowadzące go kryształy zbliżyły się do nich i ulokowały w otworach pośrodku każdego skrzydła. Rozbłysnęły jasnym światłem i wrota otworzyły się automatycznie, ukazując pomieszczenie wypełnione najdziwniejszymi narzędziami, przyborami i urządzeniami. Wszystkie ściany były wyłożone dębowym drewnem w kolorze ciemnego brązu. Po przeciwległych stronach pokoju zostały zamontowane wysokie aż do sufitu, potężne regały z książkami. Każdy tom miał kolorową oprawę ze skóry, a tytuły wygrawerowano złotymi literami o osobliwych kształtach.

Kiedy Tony wszedł do pomieszczenia, zobaczył pana Rollinga pracującego w skupieniu nad dziwnie wyglądającym pojazdem, wykonanym – podobnie jak magicznie gotująca maszyna – ze złotego i żółtego metalu. Konstrukcja połyskiwała tak bardzo, że gdyby ktoś zobaczył ją na zewnątrz, skąpaną w promieniach słonecznych, mógłby całkowicie oślepnąć od jej blasku.

– Dzień dobry, Tony! Cieszę się, że wreszcie dotarłeś. – Pan Horacy przywitał chłopca z otwartymi ramionami. – Czy poznałeś pana Rutherforda, leśnego skrzata, mojego oddanego przyjaciela?

– Eee... – wyjąkał niepewnie Tony, drapiąc się nerwowo za uchem. – Właściwie poznałem tylko jego głos.

– No tak, to zrozumiałe. Twoja wiara w magię tego świata jest jeszcze zbyt słaba i dostrzegasz tylko rzeczy widzialne dla przeciętnego śmiertelnika – wyjaśnił gospodarz, uśmiechając się życzliwie. – Dziękuję, panie Rutherford, że zajął się pan naszym gościem i przyprowadził go do mojej pracowni – powiedział pan Horacy do niewidzialnej postaci, patrząc w dół, jakby mówił do własnych stóp.

– Cała przyjemność po mojej stronie, panie Rolling. Zawsze do usług – odparł skrzat, którego głos zdawał się dochodzić niemal z poziomu podłogi.

Nagle Tony odniósł wrażenie, że widzi na posadzce tuż przed panem Rollingiem stojące dwie chudziutkie nogi. Ubrane były w brązowe rajstopy i ciemnoszare, gładkie buty, pozbawione jakichkolwiek zapięć czy sznurowadeł. Chłopiec podniósł nieco wzrok i zobaczył postać w brudnoczerwonym płaszczu z szerokimi rękawami, sięgającym prawie do podłogi. Nie zauważył żadnych guzików, więc być może nie był to płaszcz, lecz wkładana przez głowę peleryna zakończona spływającym aż na plecy kapturem, spod którego nie widać było twarzy, a jedynie długi, co najmniej dziesięciocentymetrowy, szpiczasty nos. Tony przez kilka sekund wpatrywał się z niedowierzaniem w skrzata, który był tak niski i drobny, że ledwo sięgał panu Rollingowi powyżej kolan.

– Przepraszam, panie Rutherford, ja chyba pana widzę! – wykrzyknął uradowany. – Czy pan nosi długi, pokręcony jak górska ścieżka kaptur, którego końca prawie nie widać? – zapytał pełen ekscytacji.

– Tak, Tony! Wreszcie uwierzyłeś szczerze we wszystko i nawet ja stałem się dla ciebie widoczny. – Pan Rutherford uśmiechnął się szeroko. – W takim razie pozwolę sobie was opuścić i wrócić do swoich obowiązków. Panie Rolling, Tony, do widzenia! – Wypowiedziawszy ostatnie słowo, leśny skrzat zniknął, nie pozostawiając po sobie nawet najlżejszego podmuchu powietrza. Można by rzec, że ulotnił się jak kamfora.

Gdy pan Horacy i Tony zostali sami, gospodarz domu oznajmił:

– Kiedy tylko cię zobaczyłem, wiedziałem, że jesteś wyjątkowy. Twój umysł jest otwarty, a serce szczere. Bardzo się cieszę, że tu jesteś, ponieważ świat jest w wielkim niebezpieczeństwie. – Nagle głos pana Rollinga zabrzmiał smutno i bardzo poważnie.

– Jak to?! Świat jest zagrożony? Ale co ja mogę zrobić? Jestem zwykłym chłopakiem, który niewiele potrafi, i nie wiem, w jaki sposób miałbym pomóc. – Tony sprawiał wrażenie mocno zakłopotanego.

– Czasami nie wiemy, jak silni jesteśmy i jaką mamy moc, aż do momentu kiedy musimy zmierzyć się z trudnym przeciwnikiem lub stawić czoła niełatwej sytuacji. Wtedy odkrywamy w sobie siłę, o której nigdy nawet nie śniliśmy – odparł pan Rolling, spoglądając na wiszący na szyi Tony'ego rzemyk zakończony podłużnym wisiorem przypominającym miniaturową rękojeść miecza. – Chłopcze, skąd masz tę zawieszkę? – zapytał mocno zaintrygowany.

– Dostałem ją od taty tuż przed jego śmiercią – odpowiedział ze smutkiem Tony, zwieszając nisko głowę.

– A czy wiesz, co to jest?

– Nie mam pojęcia. Mój tata nosił ją zawsze, od kiedy tylko pamiętam, i chyba dostał ją od swojego dziadka. Powiedział mi, żebym nigdy się z nią nie rozstawał, gdyż jest magiczna i będzie mnie zawsze chroniła.

– Miał rację.

– Ale on tylko tak powiedział, żebym nie rozpaczał i nie czuł się samotny. Ten wisiorek nie ma żadnej mocy, ale zawsze go noszę, gdyż przypomina mi tatę.

– Twój ojciec miał rację – powtórzył głośniej pan Rolling. – I jestem przekonany, że nigdy by cię nie okłamał, zwłaszcza leżąc na łożu śmierci. Być może nie zdążył wyjawić ci tajemnicy, a może sam do końca nie był świadomy właściwości tego przedmiotu – dodał z powagą pan Horacy, który z nadzieją w sercu dopatrywał się specjalnego działania zawieszki. Jednak w tym momencie wolał nie zdradzać chłopcu sekretu, jaki mógł się w niej kryć. Chciał, aby Tony najpierw poznał kogoś wyjątkowego, kto czekał na niego w zimowym ogrodzie.

Do oranżerii pana Rollinga prowadziły wysokie dwuskrzydłowe drzwi ozdobione okienkami mieniącymi się wszystkimi kolorami tęczy. Witraże przedstawiały drobniutkie kwiaty, pszczoły i motyle. Pan Horacy jak zwykle wypowiedział dwa słowa: „Okrotus dormis", na które reagowały prawdopodobnie wszystkie drzwi w jego posiadłości. Podwoje oranżerii uchyliły się płynnie i cichutko. Oczom chłopca ukazał się niewiarygodny widok, do złudzenia przypominający rajską wyspę zamkniętą w szklanym pałacu, skrzętnie ukrytym za wysokimi murami przed wzrokiem wścibskich sąsiadów.

Po przekroczeniu progu oranżerii Tony'ego uderzyła oszałamiająca woń kwiatów i roślin, tak intensywna, że chłopcu przez moment zakręciło się w głowie od tych słodkich, wymieszanych w powietrzu aromatów. Nagle poczuł, jakby jego zmysły spowolniły, czas na chwilę przystanął, a wszystko dookoła zaczęło się przesuwać w zwolnionym tempie. W ogrodzie zimowym pana Rollinga znajdowało się mnóstwo egzotycznych roślin i drzew z najodleglejszych zakątków świata. W górze swobodnie fruwały niewielkie kolorowe ptaki, nieprzypominające żadnego z gatunków, które znał do tej pory. Ich pióra mieniły się w świetle wślizgującym się przez zawieszony na wysokości kilkudziesięciu metrów rozległy szklany dach. Motyle różnych gatunków – mniejsze, średnie i olbrzymie jak ręka dorosłego człowieka – trzepotały bezszelestnie jedwabnymi skrzydłami, unosząc się we wszystkie strony pomiędzy wielobarwnymi kwiatami. Całe pomieszczenie było pełne wspaniałych latających stworzeń i roślin tak pięknych, że Tony nie wiedział, na czym zatrzymać wzrok, by nacieszyć oczy niebiańskim widokiem.

Nagle zza pleców dobiegł go odgłos zbliżającego się silnego trzepotu skrzydeł dużego ptaka. Odwrócił szybko głowę, spojrzał w górę i zobaczył nadlatującego złotego orła. Przez jego umysł przemknęła myśl: „Oby to był ten sam gadający ptak co wczoraj". Tony był nim bardzo zaintrygowany i chciał dowiedzieć się więcej na temat umiejętności prowadzenia telepatycznej rozmowy. Wiedział, że ludzie nie potrafią komunikować się bez użycia zmysłów między sobą, a co dopiero z ptakiem. Wpatrywał się w orła bardzo uważnie, ale światło wpadające przez szklany dach oślepiało go i uniemożliwiało stwierdzenie, czy to rzeczywiście to samo zwierzę.

Orzeł zatoczył koło, przelatując obok Tony'ego i pana Horacego. Zatrzepotał rozłożystymi skrzydłami na wysokości palmy i kilku bananowców, prezentując przy tym swoją imponującą wielkość, i usiadł na drewnianym pałąku, który był przygotowany specjalnie dla niego.

– Harper! – wykrzyknął pan Rolling.

– Harper? – powtórzył zaskoczony Tony. – Nazwał pan orła na cześć zaginionej córki?

– Nie, Tony, to nie jest zwykły orzeł. To jest Harper, moja córka!

– Pana córka?! Jak to jest możliwe? Przecież Harper najprawdopodobniej nie żyje! Zaginęła wiele lat temu. Sąsiedzi nie mówią o niczym innym, jak tylko o jej zniknięciu! – powiedział z niedowierzaniem chłopiec. – Pan stroi sobie ze mnie żarty, zgadza się? – dodał lekko zażenowany, marszcząc przy tym swoje delikatnie zarysowane brązowe brwi.

– Spójrz tylko na nią, Tony, a sam się przekonasz, że mówię prawdę – oznajmił pan Horacy.

Chłopiec skierował wzrok na orła i natychmiast dobiegł go głos, ten sam, który słyszał poprzedniego dnia w swojej głowie.

– *Dzień dobry, Tony* – powiedział ptak, ponownie używając telepatii. – *Miło cię znów widzieć. Nazywam się Harper Rolling* – przedstawił się orzeł. – *Mój tata mówi prawdę. Zresztą dlaczego miałby cię oszukiwać? Osobie w jego wieku nie przystoi kłamać. Poza tym jest szlachetnym i mądrym człowiekiem, a przez moją dziecięcą niefrasobliwość i ciekawość jestem teraz ptakiem. Wracam na ziemię każdego ranka wraz ze wschodem słońca, pod postacią orła, i odchodzę do Świata Ptaków wraz z zachodem. I tak każdego dnia od ponad dwudziestu ziemskich lat* – dodała ze smutkiem Harper.

– Przepraszam, panie Horacy, że wątpiłem w pana prawdomówność, ale jak to możliwe, że dziewczyna zamieniła się w orła? – zapytał chłopiec, kręcąc z niedowierzaniem głową.

– Odkąd tylko sięgam pamięcią – zaczął pan Rolling – moja rodzina zajmowała się pracami nad wynalazkami, o których istnieniu współczesny człowiek nie ma najmniejszego pojęcia. Moi rodzice, dziadkowie, pradziadkowie oraz wszyscy przodkowie pracowali nad różnymi patentami od wieków. Wspierali swoje prace magią, która była szeroko praktykowana na terenie Szkocji od niepamiętnych czasów. Ja również poszedłem w ślady praojców i moją wielką pasją stały się wynalazki, odkrycia i oczywiście magia. Pewnego dnia, kiedy Harper była małą dziewczynką, znalazłem w jednej z podziemnych komnat naszego domu skrzętnie ukryty, dziwnie wyglądający pojazd. Był szczelnie przykryty starą płachtą, na której osiadła centymetrowa warstwa kurzu. Wyglądał, jakby był zrobiony ze złota, jednak po bliższym zbadaniu okazało się, że to nie złoto, lecz jakiś inny żółty kruszec, którego pochodzenia nie udało mi się ustalić. Jedno jest pewne: ten metal nie występuje na naszej planecie i nie jest znany nawet najwybitniejszym chemikom. Kiedy przyprowadziłem ten automobil do mojej pracowni, okazało się, że w środku znajdują się bezdotykowe ekrany, na których zaczęły się pojawiać dziwne napisy w języku nieużywanym w żadnym kraju naszego świata. Wyglądało to tak, jakby ten pojazd próbował się uruchomić lub nawiązać ze mną kontakt, ale niestety bez skutku. Wszystko to było tak zagadkowe, że każdą minutę wolnego czasu poświęcałem na pracę nad tym wehikułem. Również moja ukochana żona Fryderyka wspierała mnie w badaniach, które stały się moją obsesją. Spędzaliśmy razem długie godziny w laboratorium, pracując bez wytchnienia i studiując starodruki, by za wszelką cenę uruchomić ten pojazd i odkryć jego tajemnicę. Harper od najmłodszych lat uwielbiała z nami przebywać, gdyż – jak sam widziałeś – znajduje się tu mnóstwo wspaniałych przedmiotów, urządzeń i ksiąg, przy których nigdy nie można się nudzić. Pewnego dnia, kiedy Harper miała trzynaście lat, wróciła wcześniej ze szkoły i pod naszą nieobecność udała się sama do pracowni. Zaczęła naciskać różne guziki na konsoli tego pojazdu i nagle wydarzyło się coś, co zmieniło nasze szczęśliwe życie w koszmar – powiedział ze smutkiem pan Horacy i zamilkł na dłuższą chwilę.

– I co się stało? Panie Rolling, co się stało? – dopytywał niespokojnie Tony, nie mogąc doczekać się końca opowieści. Jednak oczy wynalazcy wypełniły się łzami i pan Horacy nie mógł wykrztusić słowa. Chłopiec spojrzał na Harper, w nadziei że może ona dokończy historię.

– *Coś nacisnęłam na świecącej konsoli tego pojazdu i usłyszałam okropny huk, jakby startowała rakieta kosmiczna. Zrobiło mi się ciemno przed oczami, a kiedy się ocknęłam, byłam już w Świecie Ptaków* – podjęła opowieść dziewczyna pod postacią złotego orła.

– W Świecie Ptaków? – powtórzył Tony. – To znaczy przeniosłaś się do jakiejś dżungli pełnej ptaków czy coś takiego?

– *Nie, Świat Ptaków to kraina istniejąca w innym wymiarze, gdzie żyją wszystkie ptaki, zarówno te, które każdego ranka wracają na ziemię wraz ze wschodem słońca, jak i te, które już wymarły w świecie ludzi i nie mogą tu powrócić, ale mają tam swój dom i żyją w nim tak długo, jak tylko zapragną* – wyjaśniła Harper. – *Niestety, kto choć raz uda się do tej krainy, ten już nigdy nie powróci do swojej dawnej postaci, do ludzkiego świata* – dokończyła zrezygnowanym głosem młoda orlica, spoglądając ze smutkiem na ojca.

– To nie może być prawda! – wykrzyknął pan Horacy. – Jestem święcie przekonany, że musi być jakiś sposób, żebyś mogła wrócić do domu w swoim ludzkim ciele. Jeśli w Świecie Ptaków masz postać człowieka, to muszę odkryć, jak w tej postaci przenieść cię do naszego wymiaru. Skoro ten wehikuł miał moc wysłania cię na tamtą stronę, to potrafi też sprowadzić cię z powrotem. Zwłaszcza że Świat Ptaków szykuje się do wojny z potężnym Królestwem Dinozaurów i nie wiadomo, jak to wszystko się zakończy.

– Wojna ptaków z dinozaurami? – Tony zrobił wielkie oczy ze zdziwienia.

– *Tak! Słyszałam od mojego przyjaciela Abbotta, bielika amerykańskiego. Jeśli dinozaury zwyciężą, zdobędą Szmaragdową Czaszkę, która pozwoli im przedostać się na ziemię. Jeśli tak się stanie, ludzkość będzie w śmiertelnym niebezpieczeństwie, gdyż te potwory zjedzą wszystko i wszystkich!* – oznajmiła z przerażeniem w głosie Harper.

– Dlatego nie mamy chwili do stracenia! Muszę pracować dzień i noc, by wreszcie uruchomić ten pojazd! – rzekł pan Horacy. – A ty, Tony, możesz mi w tym pomóc.

– Ale, panie Rolling, co ja mógłbym zrobić? Nic specjalnego nie potrafię. – Lekko zawstydzony chłopak żałował teraz bardzo, że nie słuchał mamy i nie chodził na żadne zajęcia pozalekcyjne, podczas których mógłby nauczyć się sztuk walki albo jakichś innych cennych umiejętności niezbędnych w takiej sytuacji.

Jednak pan Horacy miał zupełnie co innego na myśli.

– Czy mógłbym przyjrzeć się bliżej wisiorowi, który dostałeś od taty?

– Tak, oczywiście – odparł zaskoczony Tony. Zdjął zawieszkę z szyi i podał starszemu panu.

– Otóż ten brelok wygląda dokładnie tak samo jak brakujący klucz do mojego pojazdu i jeśli tylko pozwolisz, chciałbym sprawdzić, czy zadziała.

– Oczywiście! Czy jest pan jednak pewien, że to klucz do tego wehikułu?

– Zaraz się przekonamy, chłopcze – odparł pan Rolling, ściskając kurczowo tajemniczy wisiorek.

Cała trójka podążyła do pracowni, gdzie stał złoty pojazd pobłyskujący w promieniach słońca powoli chowającego się za horyzontem.

Pan Horacy był bardzo podekscytowany. Głęboko wierzył, że za chwilę odmienią się losy Harper i już nigdy nie będzie musiała wracać do Świata Ptaków. Podszedł w skupieniu do maszyny. Zasiadł wygodnie przed pulpitem sterującym i powoli zaczął wkładać klucz do otworu, nad którym migał znak wyglądający dokładnie jak wisior Tony'ego. Pan Rolling spojrzał z miłością na córkę, która przycupnęła na siedzeniu obok, w nadziei że wreszcie, po wielu latach, zamieni się na powrót w dziewczynkę i będzie mogła przytulić swojego tatę ludzkimi ramionami.

Tony stał tuż obok. Czuł w sercu lekki niepokój. Myśli w jego głowie wirowały jak szalone. Bał się, że eksperyment może się nie udać i również on zostanie przeniesiony do tej dziwnej krainy, o której mówiła Harper. Myśl o niemożności powrotu na ziemię w ludzkiej postaci sprawiła, że na ciele wystąpiła mu gęsia skórka i poczuł, jak nogi się pod nim uginają. Pan Horacy pocałował orła w czubek pierzastej głowy, spojrzał na chłopca wzrokiem pełnym wdzięczności i energicznie włożył wisior do otworu w konsoli pojazdu.

Nagle pomieszczenie wypełniło jasne, wręcz oślepiające światło. Tony zacisnął mocno powieki, a po chwili zasłonił oczy ramieniem, próbując ochronić je przed blaskiem, który mógłby wywołać utratę wzroku. Po kolejnych kilku sekundach światło zniknęło. Wszystko wydawało się pozostawać na swoim miejscu nienaruszone. Pan Rolling spojrzał na fotel obok, ale nie było tam Harper. Poczuł w sercu bolesne ukłucie. Rozejrzał się nerwowo po pracowni, lecz nigdzie nie dostrzegł córki.

– Harper! Harper! Gdzie jesteś?! – wołał przestraszony, odganiając czarne myśli, że mogło wydarzyć się coś złego, co na zawsze zabrałoby jego ukochane dziecko.

Myśl, że Harper mogłaby odejść bezpowrotnie, niemal go sparaliżowała. Ręce zaczęły mu się trząść jak schorowanemu staruszkowi. Pan Horacy spojrzał na Tony'ego. Chłopiec kołysał się chwiejnie na nogach i tarł oczy pięściami, by odzyskać normalną ostrość wzroku. Jego twarz wykrzywiała się w dziwnych grymasach. Pan Rolling zaczął nerwowo biegać po pracowni, sprawdzając każdy kąt w nadziei znalezienia Harper, ale niestety po złotym orle nie było nawet śladu. Mężczyzna siadł zrozpaczony na szafirowym fotelu stojącym przy masywnym dębowym biurku. Zasłonił dłońmi pokrytą siateczką zmarszczek twarz i zapłakał żałośnie. Tony po raz pierwszy widział kogoś tak bardzo nieszczęśliwego. Podszedł do zrozpaczonego mężczyzny, objął go szczupłymi ramionami i wyszeptał:

– Panie Rolling, niech pan się nie martwi! Znajdziemy ją! To jeszcze nie koniec!

Rozdział III

PANI DOMPLING

Tony wystawił rozczochraną czuprynę spod kołdry, kaszląc i pociągając nosem, jakby dopadła go grypa i nie mógł się ruszyć z łóżka. Już poprzedniego wieczoru zaplanował, że nie pójdzie do szkoły, ale musiał wymyślić skuteczną wymówkę, by mama pozwoliła mu zostać w domu. Gdy tylko pani Diana wsiadła do samochodu i zniknęła za rogiem Harewood Way, poderwał się z łóżka, założył ubranie z poprzedniego dnia, nie dbając zupełnie o jego czystość, i popędził prosto do posiadłości pana Rollinga. Pani Steller uznałaby takie zachowanie za dowód niechlujstwa godny kilkuminutowego wykładu rodzicielskiego na temat konieczności zmiany odzieży każdego dnia, jednak tego ranka Tony w ogóle się tym nie przejmował. Wszystkie jego myśli krążyły wokół Harper i jej zniknięcia podczas próby uruchomienia przez pana Horacego tajemniczego pojazdu.

Dzień był ponury. Z nieba sączyły się drobne strugi deszczu, a domy na Harewood Way zdawały się pochłonięte przez gęste chmury, które prawie połączyły się z poranną mgłą, ograniczając widoczność do kilku kroków. Tony był tak zaabsorbowany myślami, że nawet nie zauważył, że całą okolicę pokryła mleczna szarość. Nie patrząc zupełnie pod nogi, wdepnął w rozległą kałużę i zmoczył przy tym niezasznurowane trampki, do których dostała się zimna deszczowa woda. Dał dużego susa i po chwili stanął przed drzwiami pana Rollinga. Nie zdążył chwycić za mosiężną kołatkę, kiedy głowa Zielonego Człowieka otworzyła jedno oko i mlaskając, niewybudzona w pełni ze snu, wymamrotała:

– Aaa, to znowu ty. Drzwi są otwarte. Pan Rutherford już na ciebie czeka, by zaprowadzić cię do pana Rollinga.

Chłopiec nic nie odpowiedział, kiwnął tylko głową na znak podziękowania, nie chcąc dłużej zakłócać snu liściastego dziadka, którego ulubionym zajęciem w przerwach między kołataniem było najwyraźniej drzemanie. Chwycił za klamkę, pchnął drzwi, które – o dziwo – tym razem otworzyły się bezszelestnie, i wszedł do środka. W progu przywitał go leśny skrzat. Ukłonił się nisko i kiwnął ręką na chłopca, dając mu do zrozumienia, aby podążył za nim. Obaj szybkim krokiem pomaszerowali w stronę sekretnego wejścia do pracowni pana Horacego i już po chwili, jak za dotknięciem czarodziejskiej różdżki, znaleźli się w gabinecie wynalazcy. Pan Rutherford pożegnał Tony'ego i zniknął niepostrzeżenie, tak jak zwykł to robić, nie wywołując nawet najmniejszego powiewu powietrza.

Pan Rolling siedział przy swoim dębowym biurku, zatopiony w stertach książek. Studiując je w wielkim skupieniu jedną po drugiej, nerwowo przewracał kartki. Wszędzie leżały porozkładane setki, może nawet tysiące starodruków: na podłodze, na regałach, kufrach, parapetach, na stole, a nawet na podstawie lampy stojącej przy szafirowym fotelu, na którym usiadł duży niebieski motyl. Tony rozejrzał się dookoła i zauważył, że w powietrzu unosi się znacznie więcej stworzeń. Trzepotały delikatnymi skrzydełkami, fruwając po całym pomieszczeniu, do którego dostały się przez niedomknięte drzwi prowadzące do oranżerii. Chłopiec domyślił się, że pan Horacy w roztargnieniu zapomniał je zamknąć, dlatego jego pracownia wypełniła się wszystkim, co żyło, latało i pełzało w zimowym ogrodzie. Pan Rolling zdawał się zupełnie tym nie przejmować, całkowicie skupiony na czytaniu. Tony podszedł do szerokiego biurka, za którym spośród książek ledwo wystawał czubek siwej głowy gospodarza. Chłopiec przywitał się uprzejmie. Pan Horacy oderwał wzrok od wielkiej księgi w brązowej oprawie i rzekł z poważną miną:

– Muszę przeczytać wszystkie książki pozostawione przez moich przodków. Harper pierwszy raz od dwudziestu lat nie przyleciała dziś do domu. Za wszelką cenę muszę uruchomić ten pojazd i ją odnaleźć. Nie wiem, jak długo ten wehikuł znajdował się w posiadaniu mojej rodziny, ale na pewno został opisany w którejś z tych ksiąg. – Pan Rolling podstawił Tony'emu krzesło i wskazał, by chłopiec na nim usiadł. – Czy zechciałbyś mi pomóc? – dodał, spoglądając na niego zmęczonymi, ale pełnymi nadziei oczami.

– Ależ oczywiście, panie Rolling! – odpowiedział Tony, siadając na krześle. – Od czego mam zacząć? – zapytał i wziął do ręki tom leżący na szczycie wieży starodruków.

Pan Rolling wskazał wzrokiem na ścianę dokładnie naprzeciwko biurka, wypełnioną od podłogi po sufit regałami z książkami. Podszedł do niej, przysunął wysoką na co najmniej pięć metrów drabinę zamontowaną na szynach i powiedział:

– Możesz zacząć od tych pozycji. Tylko proszę, bądź ostrożny, żebyś nie spadł, gdy będziesz sięgał wysoko po książki.

Po tych słowach wrócił do czytania.

Tony wdrapał się na wierzchołek wysokiej drabiny, przechylił głowę na bok, by lepiej widzieć napisy, i zaczął czytać tytuły umieszczone na grzbietach grubych tomów.

– *Jak oswoić smoka, Ogry i czarownice, Złoto alchemików*. Nigdy w życiu nie słyszałem o takich książkach – wyszeptał sam do siebie. – *Jak wytrenować jednorożca*? To chyba jakaś fantastyka dla dzieci – podsumował, nie biorąc w ogóle pod uwagę możliwości, że to mogą być prawdziwe poradniki.

Tony spędził wiele pracowitych godzin, szukając w książkach informacji na temat zagadkowego pojazdu będącego w posiadaniu pana Rollinga. Przejrzał wszystkie tomy z górnej półki i już miał zejść, kiedy dojrzał wepchnięty głęboko w kąt granatowy wolumin w grubej obwolucie bez tytułu. Na grzbiecie migały małe gwiazdki przypominające konstelacje, jakie można zobaczyć nocą na niebie. Sięgnął po książkę, ale wyglądało na to, że utkwiła między innymi tomiszczami. Chwycił ją obiema rękami i mocno szarpnął. Nagle wystrzeliła i upadła z łoskotem na podłogę. Tony zerknął na pana Horacego, ale ten pozostał niewzruszony, jakby niczego nie słyszał.

Chłopiec zszedł na dół, podniósł wolumin i otarł z kurzu. Raptem na całej okładce zaczęły migotać tysiące gwiazd. Tony podszedł do stołu i nie odrywając oczu od ruchomej galaktyki pokrywającej oprawę, usiadł na krześle. Wpatrując się w spadające gwiazdy, powolutku zaczął unosić okładkę, bardzo ciekaw zawartości. Nagle dzieło wystrzeliło jak z procy, otwarło się i kremowe kartki zatrzepotały, jakby chciały się wydostać ze środka. Przestraszony chłopiec odchylił się od stołu, nie odrywając jednak wzroku od książki. Stronice zaczęły coraz energiczniej uderzać jedna o drugą i dwa środkowe arkusze poderwały się do góry, machając jak ptasie skrzydła. Tuż za nimi unosiły się kolejne kartki i po chwili zmieniły się w ptaki o delikatnym śmietankowym upierzeniu, które wypełniły cały pokój. Księga była bardzo gruba, więc zdążyło z niej wylecieć kilkadziesiąt ptaków, zanim Tony zorientował się, co się dzieje, i zatrzasnął ją z hukiem.

Pan Horacy podszedł do chłopca, wziął do ręki mieniący się jak nocne niebo tom i zaczął się zastanawiać nad jego pochodzeniem.

– Nigdy wcześniej nie widziałem tej książki – powiedział osłupiały. – I te ptaki... Skąd one się wzięły? – zapytał, drapiąc się po czubku siwej głowy.

– Nie mam pojęcia, panie Rolling, ale wygląda na to, że jest ich w środku mnóstwo. Ledwo zdążyłem ją zamknąć. W przeciwnym razie cała by się nam tutaj rozleciała – zażartował Tony.

– Dziwne, bardzo dziwne... Może ta książka pochodzi ze Świata Ptaków, do którego przeniosła się Harper?

– Całkiem możliwe, ale jak ją czytać?

– Nie wiem, lecz znajdę sposób, by się tego dowiedzieć – oznajmił pan Horacy i skierował wzrok na wiszący nad kamiennym kominkiem duży obraz przedstawiający piękną kobietę o blond włosach i smutnym wyrazie twarzy.

– Kim jest ta pani? – zapytał Tony, spoglądając na gospodarza.

– To moja żona Fryderyka. To jej ostatni portret namalowany przez panią Dompling tuż przed zaginięciem.

– Bardzo mi przykro to słyszeć. Moja mama wspominała, że również pańska małżonka zniknęła bez śladu. Może i ona przeniosła się do Świata Ptaków?

– Początkowo też tak myślałem, lecz niestety, nie ma jej tam. Harper i jej przyjaciele przeszukali całą krainę i nie udało się jej odnaleźć. Nigdy też nie trafiliśmy na żaden jej ślad w naszym świecie. Zniknięcie naszej córki doprowadziło Fryderykę niemal do utraty zmysłów. Przestała jeść i prawie nie spała. Wciąż czekała przy tym przeklętym pojeździe na powrót Harper. Smutniała i mizerniała w oczach. Pewnego dnia spotkała ją pani Dompling, lokalna malarka, która mieszka tuż przy starej bramie prowadzącej do miasta. Ta kobieta wydawała się zbawieniem. Zaczęły spędzać razem mnóstwo czasu, a Fryderyka powoli odzyskiwała dawną iskrę życia. Ich przyjaźń kwitła coraz bardziej, aż pewnego wieczoru moja żona nie wróciła do domu. Ostatnią osobą, która ją widziała, była Wendy, to znaczy pani Dompling. Policja rozpoczęła poszukiwania, ale niestety nie natrafiono na żaden trop. Kilka tygodni po zaginięciu Fryderyki Harper powróciła w ciele złotego orła. Niestety moja żona nigdy nie dowiedziała się, że nasza córka żyje. Z kolei wieść o zaginięciu matki doszczętnie zdruzgotała Harper. Zarzucała sobie, że wszystkie te nieszczęścia są jej winą, bo gdyby nie bawiła się konsolą tego pojazdu, o którego obsłudze nie mam pojęcia, nic by się nie stało. Nie ma jednak co płakać nad rozlanym mlekiem, chłopcze, czasu już nie cofniemy. Otrzymaliśmy bardzo bolesne lekcje i najważniejsze, aby z wiarą patrzeć w przyszłość, która – mam nadzieję – przyniesie nam szczęśliwe zakończenie – spuentował pan Horacy, zawieszając pełen tęsknoty wzrok na portrecie zaginionej żony.

*

Niestety ani pan Rolling, ani nikt z sąsiadów nie znał mrocznej tajemnicy, jaką skrywała przed światem pani Dompling. Mieszkała wraz z piętnastoletnim synem Noelem w niedużym domu z szarego kamienia, tuż przy wjeździe do miasta. Był to jedyny dom w okolicy, z którego komina każdego dnia, bez względu na pogodę, unosił się siwy, wijący się jak wąż dym. W środku znajdował się niewielki salonik wyposażony w kominek, dwa bordowe fotele, aksamitną sofę i stolik kawowy przykryty brudnobiałym szydełkowym obrusem. W części kuchennej stał duży, pamiętający prawdopodobnie jeszcze czasy średniowiecza piec, do którego gospodyni podrzucała cały czas drewno, by podtrzymać jarzący się ogień. Na kuchni stał niewielki żeliwny czajniczek. Zawsze była w nim herbata na wypadek niezapowiedzianych odwiedzin, których kobieta była morderczo spragniona. W całym domu, także w małym korytarzu, toalecie i dwóch sypialniach, wisiały różnej wielkości portrety kobiet, rozmieszczone na całej szerokości i wysokości ścian, aż do samego sufitu.

Noel był nad wyraz wyrośniętym młokosem o czarnych kręconych włosach, wzrostem przewyższającym rówieśników co najmniej o głowę. Miał tęgie ramiona i rozczłapane wielkie stopy przypominające kończyny śnieżnego yeti. Od samych narodzin matka karmiła go każdego dnia i każdej nocy wilczym mlekiem, po które jeździła do starego pustelnika mieszkającego wysoko w górach. Nawet kiedy chłopiec miał dwanaście lat, budziła go o drugiej w nocy i kazała pić surowe mleko. Wierzyła, że dzięki niemu jej pociecha nabędzie nadludzkich umiejętności, które pozwolą jej zdobyć Szmaragdową Czaszkę, umożliwiającą podróżowanie w czasie i przestrzeni.

Kobieta podejrzewała, że kryształ musi być gdzieś niedaleko. Stary pustelnik Auchterlonie, którego nieustannie ciągnęła za język, niechcący się wygadał, że czasami widuje w okolicy strażników kryształów zbierających zioła przy pełni księżyca. A że strażnicy nigdy wcześniej nie byli spotykani w szkockich górach, ich nagłe pojawienie się musiało zapowiadać coś wielkiego, czym pani Dompling była potwornie zainteresowana.

Wendy nie była zwykłą malarką, której obrazy można podziwiać w muzeum czy na wernisażu w galerii. Dzieła, które wyszły spod jej pędzla, nigdy nie opuściły jej skromnie wyglądającego domu. Wszystkie zatrzymywała dla siebie, wieszając je jedno obok drugiego na ścianach, aż pokryły całą dostępną powierzchnię. Malowała tylko portrety kobiet, z którymi zawsze najpierw się zaprzyjaźniała, zarzucając na nie powoli sieci. Żadna z portretowanych nie miała pojęcia, w co była wplątywana. W dwudziestym pierwszym wieku nikomu nie przyszłoby nawet do głowy myśleć o czarownicach, a tym bardziej czarnej magii, w której pani Dompling szczególnie się specjalizowała. Pod obłudną maską życzliwości i głoszonej przez nią miłości do bliźnich kryło się mroczne oblicze potwora w ludzkim ciele.

Słodkie słowa Wendy potrafiły omamić niejeden nawet trzeźwo myślący umysł. Kiedy upatrzyła sobie jakąś osobę, zapraszała ją najpierw na herbatkę i częstowała pachnącymi, świeżo upieczonymi ciasteczkami, próbując podstępnie zdobyć zaufanie potencjalnej ofiary. Wspierała dobrym słowem, dodawała otuchy w trudnych chwilach i powolutku realizowała swój plan, który nie wzbudzał żadnych podejrzeń, bo któż by się dopatrywał jakiegokolwiek niebezpieczeństwa w pozowaniu miłej malarce? Jednak każda kobieta, która zgodziła się na sportretowanie przez panią Dompling, powoli traciła duszę, a życie wyparowywało z niej wraz z kolejnymi pociągnięciami pędzla. Robiła się senna i pozbawiona sił. Nie mogła się ruszyć, a jej powieki stawały się ciężkie jak ołów i opadały mimowolnie. Ofiara sprawiała wrażenie, jakby zapadała w głęboki sen, z którego nie była w stanie się obudzić. Po ukończeniu dzieła z ciała portretowanej pozostawała przezroczysta mgiełka, którą malarka ostatnim ruchem pędzla przenosiła do obrazu wciągającego człowieka jak tornado szalejące nad miastem i zabierające wszystko, co tylko napotka na swojej drodze. Za pomocą werniksu wytworzonego z kopyt trolli i zębów hien rozpuszczonych w nalewce z mieszanki wyschniętych traw Dompling wykańczała portret, odcinając tym samym uprowadzonej osobie na długie wieki możliwość powrotu.

*

Pewnego leniwego piątkowego wieczoru pani Dompling wróciła do domu podenerwowana. Już w progu zdjęła w pośpiechu mokry od deszczu płaszcz, powiesiła go na wieszaku w przedpokoju i rozkazała synowi bulgoczącym ze złości głosem:

– Ubieraj się! Pojedziesz do starego Auchterlonie'ego w góry i wyśledzisz strażników kryształów. Dziś jest pełnia i na pewno wyjdą zbierać zioła. To świetna okazja, by ich dorwać.

– Ależ mamo! – zaprotestował ostro Noel, wylizując z foremki resztki pasztetu z królika. – Jest już późno i pada deszcz. Nie mam zamiaru nigdzie łazić po nocy.

– Nie interesuje mnie, że jest późno. Mówię ci, że masz jechać, to masz jechać i koniec dyskusji!

– Nigdzie nie jadę! – zaskrzeczał chłopak. – Jak chcesz, to sama sobie jedź i szukaj tych strażników.

– Noel, rób, co ci każę, jeśli nie chcesz skończyć jak te wszystkie głupie baby, które wiszą na ścianach, płacząc z niemocy i spoglądając kamiennym wzrokiem z moich obrazów, z nadzieją że je ktoś uratuje! – Zarechotała głosem pełnym wściekłości. – Strażnicy pojawili się w górach nie bez powodu. Muszą gdzieś ukrywać Szmaragdową Czaszkę, dzięki której można się przenosić w czasie, podróżować do innych wymiarów i odwiedzać planety w odległych galaktykach, o których nawet ci się nie śniło. Czy ty rozumiesz, że to dla nas niepowtarzalna okazja?

– No i co ci przyjdzie z tych podróży? Nie wystarczy, jak pojedziesz sobie do Hiszpanii? Zawsze lubiłaś wakacje w ciepłych krajach. Po co ci wyprawy na jakieś odległe planety, o których w dodatku nic nie wiesz?

– Czy ty naprawdę jesteś taki głupi, czy tylko udajesz? Zachowujesz się, jakbyś miał w głowie orzeszek zamiast mózgu! – Pani Dompling prychnęła z niesmakiem, zastanawiając się nad inteligencją swojego jedynaka. – Ten kryształ ma moc, o jakiej nikt nawet nie marzy na tej planecie. Zresztą i tak ludzie, z tym swoim ograniczonym myśleniem, nie wiedzą, jak naprawdę wygląda życie na ziemi. Myślą, że rodzą się, żeby jeść, spać, rozmnażać się i mieć trochę zabawy, najczęściej wlepiając oczy jak zahipnotyzowani w ekran telewizora lub telefonu. Wiodą życie wykreowane w tych całych social mediach, które i tobie chyba już przeżarły mózg! Podnoś natychmiast ten swój próżniaczy tyłek i biegiem na stację, bo pociąg odchodzi o dwudziestej.

– O rany, jak ty trujesz! Nie cierpię z tobą mieszkać. Kiedy tylko zarobię pierwsze pieniądze, natychmiast się wyprowadzam, bo najwyraźniej zwariowałaś – odburknął ze skwaszoną miną Noel.

– Gdy zdobędziemy kryształ, zrozumiesz, o czym mówię. Dzięki niemu będziemy mogli przenosić się do innych galaktyk i pozyskiwać od rozwiniętych cywilizacji najnowsze technologie, które pozwolą nam zdobyć całe bogactwo tej planety i władzę nad ludzkim gatunkiem! – zagrzmiała kobieta głosem pełnym ekscytacji. – Tu masz kartkę ze wskazówkami, jak dotrzeć do tego starego piernika Auchterlonie'ego. Zbieraj się natychmiast, bo inaczej się spóźnisz – zakończyła, wpychając synowi w rękę pognieciony skrawek papieru.

Noel był wściekły, że musi maszerować chłodnym wieczorem ponad dwie mile na stację kolejową. Wiatr podwiewał jego kusą kurtkę, wywołując nieprzyjemne zimno na plecach. Ręce drętwiały mu od lodowatego powietrza i jedynie potworna złość na matkę powodowała, że krew szybciej płynęła w jego żyłach. Kipiał gniewem, że rodzicielka wypędziła go z ciepłego domu w ciemną noc i kazała szukać jakichś strażników w górach.

Wbiegł na stację, bo właśnie się zorientował, że do odjazdu pociągu zostało tylko kilka minut – przez wściekłość o mało się nie spóźnił, a gdyby tak się stało, może i jego spotkałaby sroga kara z rąk bezlitosnej pani Dompling, która nie przebierała w środkach, aby uzyskać to, czego pragnęła.

Wsiadł do wagonu, szturchnął silnym ramieniem jakiegoś nastolatka i zajął miejsce obok starszej pani, niemal wciskając jej wątłe ciało w ścianę pociągu. Wyjął kartkę otrzymaną od matki i zaczął uważnie czytać instrukcję. Po półtorej godziny podróży wysiadł na wskazanej stacji kolejowej i powędrował wąską szosą, na której końcu stała chwiejąca się ze starości lampa uliczna. Tam miał skręcić w lewo, w drogę prowadzącą do chaty starego pustelnika.

Noel, idąc leśną ścieżką, która coraz stromiej wspinała się pod górę, bacznie obserwował znaki i wskazówki, aby nie zabłądzić. Księżyc rozświetlał leśny trakt, pomagając mu w utrzymywaniu właściwego kierunku. Z oddali zdawało się dobiegać pohukiwanie sów, które wypatrywały ofiar wśród drobnych gryzoni i bezszelestnie przefruwały raz po raz nad głową chłopaka.

Po dwóch godzinach marszu Noel dostrzegł w oddali niewielkie światełko. Podszedł bliżej i zobaczył zaniedbaną chatę bardziej przypominającą szałas aniżeli dom, której dach przykryty był powykrzywianymi gałęziami. Zajrzał przez okienko w drzwiach. Wnętrze oświetlała stara lampa naftowa, jakiej używano w czasach, kiedy nie znano jeszcze elektryczności. Przy kominku siedział pochylony stary człowiek i rozgrzewał dłonie nad paleniskiem. Noel zapukał w brudną szybkę. Pustelnik odwrócił głowę i rzekł zachrypniętym głosem:

– Wejdź, kimkolwiek jesteś.

Noel pchnął drzwi i przestąpił próg chaty.

– Czego szukasz, chłopcze, po nocy w ciemnym lesie? – zaskrzeczał Auchterlonie, podnosząc nieznacznie głowę znad paleniska i spoglądając na przybysza.

– Matka mnie tu przysłała, Wendy Dompling – odpowiedział Noel z nutą złości w głosie. – Kazała mi przyjść do ciebie i szukać jakichś strażników kryształów.

– Strażników, powiadasz... – Pustelnik westchnął i podszedł w stronę gościa. – A do czego niby są jej potrzebni? – zapytał, marszcząc brwi i przyglądając się baczniej chłopakowi.

– Nie wiem! Ona wymyśla jakieś niestworzone rzeczy – burknął ten z niezadowoleniem. – Czy wiesz może, gdzie ich znajdę?

– To nie są zwykli strażnicy i nie tak łatwo ich znaleźć. Czy matka ci o tym nie powiedziała?

– Nie interesuje mnie to za bardzo. Marnuję tu tylko czas. Mógłbym sobie teraz siedzieć w ciepłym pokoju i grać na telefonie mecz z kolegami, zamiast łazić po krzakach umazany w błocie.

– W nocy grasz mecze z przyjaciółmi? Na tele... Na czym? – zapytał Auchterlonie, kompletnie nie rozumiejąc, o czym Noel mówi.

Stary pustelnik mieszkał tak długo w górach, wiele godzin marszu od jakiejkolwiek cywilizacji, że zupełnie nie miał pojęcia o telefonach, Internecie i wszystkich innych nowinkach technologicznych powszechnie używanych przez ludzi.

– Na telefonie – powtórzył poirytowany chłopak. – To takie urządzenie do gadania i takich tam innych rzeczy, ale ty i tak tego nie możesz tutaj używać, bo nie masz zasięgu.

Pustelnik otworzył szerzej oczy, patrząc z niedowierzaniem na Noela. Pomyślał, że chłopak wygaduje jakieś niestworzone historie, których on nie mógł pojąć swoim starym rozumem. Podciągnął opadające portki, podrapał się po zarośniętej twarzy, wygładził długą brodę i rzekł:

– Jeśli chcesz spotkać strażników, proponuję, abyś się pośpieszył, gdyż można ich zobaczyć jedynie o północy przy pełni księżyca. Musisz być jednak bardzo ostrożny, gdyż mają oni magiczne moce, o których działaniu niewiele wiem. Jedno za to wiem na pewno: są niebezpieczni dla młokosów takich jak ty.

– Niebezpieczni? – Zaskoczony Noel przełknął głośno ślinę, czując, jak coś ściska mu gardło.

– Tak. Jeśli będziesz taki pyskaty, to nie wiem, jak to spotkanie może się dla ciebie skończyć.

– A jakie moce oni mają? – wycedził przez zaciśnięte zęby Noel, zdecydowanie zmieniając ton na bardziej miły.

– Nie wiem dokładnie, bo nigdy nie miałem z nimi do czynienia. Wiem, że są bardzo szybcy. Pojawiają się nie wiadomo skąd i tak samo szybko znikają. Przemieszczają się z miejsca na miejsce, jakby materia w ogóle dla nich nie istniała. Musisz uważać, bo każdy strażnik ma magiczną trójgłową laskę, której używa do czarów i obrony.

– Świetnie! – wykrzyknął oburzony chłopak. – Moja matka to naprawdę potrafi załatwić człowiekowi rozrywkę – dodał, kierując się w stronę drzwi.

– Powodzenia, chłopcze! – krzyknął na pożegnanie pustelnik, odprowadzając go wzrokiem i kręcąc głową z niedowierzaniem, że pani Dompling przysłała kogoś takiego na spotkanie z potężnymi strażnikami. – Głupcy nie czują lęku. Może to jest właśnie jej strategia – dokończył szeptem i zgasił stojącą na stole lampę naftową.

*

Noel przedzierał się przez gąszcz, przeklinając w duchu swoją sytuację. Po kilkunastu minutach wędrówki usiadł pod drzewem i zdecydował, że właśnie tam zaczeka na strażników. Spojrzał na telefon. Do północy zostało dziesięć minut. Poza pohukiwaniami sów panowała głucha, przejmująca cisza. Chłopak rozejrzał się dookoła. Zerknął w niebo, na którym błyszczał srebrny księżyc, rozświetlając polanę na skraju wzgórza.

Siedział tak już kilka minut. Nagle – mógłby przysiąc – zobaczył jakieś malutkie postacie w długich płaszczach, z podłużnymi koszami na plecach, wędrujące jedna za drugą. Przetarł oczy ze zdumienia. Ludziki zniknęły, lecz po chwili pojawiły się ponownie. Noel klęknął i zaczął powoli podkradać się na czworakach, aby przyjrzeć im się bliżej. Zaczaił się za krzewinkami wrzosu i obserwował istoty, które – jak domniemywał – były strażnikami kryształów.

Strażnicy bardzo szybko zbierali zioła i pakowali je do wiklinowych koszy. Pracowali w ciszy, bardzo sprawnie. Uwijali się jak mrówki, pojawiając się i znikając jak zaczarowani. Noel nie bardzo wiedział, co ma zrobić, więc zdecydował, że złapie jednego z nich i zaprowadzi do matki, która być może będzie mogła uzyskać od uprowadzonego strażnika informacje na temat Szmaragdowej Czaszki. Nagle zorientował się, że jeden z ludzików jest na wyciągnięcie ręki. Chłopak zamachnął się, aby go chwycić. Już prawie miał go w swojej potężnej dłoni, kiedy poczuł silne, palące jak ogień ukłucie, pochodzące od uderzenia trójgłową laską, przed której działaniem ostrzegał go stary pustelnik. Noel zawył z bólu, płosząc całą zwierzynę w lesie, i padł nieprzytomny na zimną górską ziemię.

Rozdział IV

ŚWIAT PTAKÓW

Pani Dompling weszła rano do pokoju syna, by porozmawiać z nim o nocnej wyprawie w góry, ale nie zastała go tam. Łóżko było nietknięte i wyglądało na to, że chłopak nie wrócił na noc. Kobieta chwyciła za telefon i wybrała numer Noela. Niestety nikt nie odebrał, a nagrany na automat głos powtarzał beznamiętnie: „Abonent jest czasowo niedostępny". Wendy weszła do kuchni i zaparzyła sobie kawę. Wyjrzała przez okno i zobaczyła w ogródku kroczącego powoli sępa. Miał odrażającą łysą głowę i długą szyję w kolorze krwistej czerwieni ze śladami szarego upierzenia.

– Co tu robi to ptaszysko? – zaskrzeczała sama do siebie z obrzydzeniem w głosie na widok padlinożercy.

Uchyliła okno i krzyknęła:

– Sio mi stąd! Wynocha, paskudna kreaturo!

Jednak ptak nie miał najmniejszego zamiaru odlecieć. Spojrzał na panią Dompling najposępniej, jak umiał, poderwał się z ziemi i wylądował na parapecie kuchennego okna. Kobieta zamknęła pośpiesznie lufcik i odskoczyła lekko przestraszona. Spojrzała z niesmakiem na wielkie ptaszysko, kiedy nagle usłyszała głos Noela:

– *Otwórz to okno, bo już wystarczająco wymarzłem się w górach.*

Wendy odwróciła się energicznie w kierunku drzwi wejściowych, przekonana, że jej syn wrócił i mówi do niej, stojąc w korytarzu. Jednak nikogo tam nie zobaczyła. Spojrzała ponownie na sępa, gdyż odniosła wrażenie, że to właśnie on do niej przemawia...

– *Mamo, czy ty jesteś głucha? Jestem zmęczony, przemarznięty i głodny. Wpuść mnie do domu* – powiedział markotnym głosem niezadowolony ptak.

– Noel?! – Kobieta zdębiała.

– *Tak, to ja, Noel. Zobacz, jak mnie urządzili ci twoi strażnicy kryształów. Jeden z nich palnął mnie jakąś laską i kiedy się ocknąłem, byłem już ptakiem. W dodatku odrażającym sępem!* – dodał z potworną złością. – *Jestem strasznie głodny, a po drodze nie mogłem wypatrzyć żadnego zdechłego zwierzęcia, które mógłbym zjeść.*

– Na czarci pazur! Wejdź, synu! – powiedziała wystraszona matka, otwierając pośpiesznie okno, przez które powolnym krokiem wczłapał Noel w swojej nowej ptasiej postaci.

Pani Dompling była rozczarowana, że synowi nie udało się zdobyć żadnych informacji na temat Szmaragdowej Czaszki. W dodatku cały czas musiała szukać w piwnicach i innych zakamarkach zdechłych szczurów i myszy, aby nakarmić nimi Noela, gdyż jako sęp nie chciał jeść niczego poza padliną. Rozrywał ją łapczywie w ogródku, wyjadając mięso do samych kości. Siadał potem na parapecie i pukał zakrwawionym dziobem w szybę, dając matce znać, że chce już wejść do domu. Nie mógł, niestety, latać swobodnie i zbytnio się oddalać, gdyż pojawienie się w okolicy ptaka, który naturalnie nie występuje w Szkocji, mogłoby wzbudzić niepotrzebne zainteresowanie i doprowadzić do jego schwytania i zamknięcia w ogrodzie zoologicznym.

Matka Noela zaczęła gorączkowo przeszukiwać wszystkie stare księgi z zaklęciami, w nadziei że uda jej się zdjąć z syna zły czar, jednak nie mogła znaleźć niczego sensownego. Wybrała się również do pustelnika Auchterlonie'ego, niestety staruszek także nie umiał jej pomóc – jego wiedza na temat mocy, jakimi władali strażnicy, była znikoma.

*

Któregoś posępnego wieczoru, kiedy słońce chyliło się ku zachodowi, Noel, zajadając się martwym szczurem w ogrodzie matki, usłyszał rozmowę ptaków trzepoczących skrzydłami wśród konarów drzew. Wzbił się i usiadł na gałęzi pobliskiego dębu. Ptaki zdawały się nie zwracać na niego uwagi. Prowadziły gwarne rozmowy i jeden po drugim znikały bez śladu pośród gałęzi. Sęp zbliżył się do grubego pnia, aby zobaczyć, co się dzieje z tymi wszystkimi ptakami siadającymi na gałęziach i ulatniającymi się po chwili. Nagle obserwacje Noela przerwał jakiś głos.

– Uciekłeś z zoo? – zapytał ćwierkająco wydrzyk wielki, przyglądając się sępowi z zaciekawieniem.

Noel spojrzał na szarego ptaka potrzepującego delikatnie skrzydłami i odpowiedział:

– Nie, jestem przelotem w odwiedzinach u rodziny.

– Nigdy wcześniej cię tu nie widziałem, dlatego pytam. Przechodzisz na drugą stronę czy zostajesz na noc tutaj?

– Właściwie chciałbym przejść, ale nie wiem, jak to zrobić. Tam, skąd pochodzę, mamy zupełnie inne obyczaje – wymyślił naprędce Noel, licząc, że uzyska więcej informacji od gadatliwego wydrzyka.

– Nie żartuj! Każdy ptak wie, jak się przenieść do Świata Ptaków. Wystarczy, że pukniesz dziobem w pień drzewa, i natychmiast znajdziesz się po drugiej stronie. Zmykam, bo zrobiło się już późno, a po zachodzie portal będzie zamknięty – powiedział wesoło ptak, po czym zastukał dziobem w dąb i zniknął.

Noel spojrzał na pień i niewiele myśląc, zrobił dokładnie to co wydrzyk. Łupnął dziobem w drzewo i nagle poczuł lekkie zawroty głowy, jakby siedział na startującej kolejce górskiej. Następnie w jego pióra uderzył silny, ale przyjemny powiew powietrza. Miał wrażenie, że jego ciało zawirowało w górze, a kiedy ponownie stanął na ziemi i spojrzał w dół, jego stopy były obute w solidne trzewiki. Złapał się za uda, by sprawdzić, czy jego sępie kończyny zamieniły się w ludzkie nogi, i aż podskoczył z radości, kiedy po szybkich oględzinach całego ciała stwierdził, że powrócił do swojej zwykłej postaci.

Chłopak rozejrzał się dookoła i ku swemu ogromnemu zaskoczeniu zobaczył, że znalazł się w leśnym mieście. Wzdłuż ulic stały domy o wymyślnych kształtach. Większość budynków przypominała olbrzymie drzewa. Prowadziły do nich okrągłe drzwi, a na kolejnych piętrach znajdowały się okna, z których parapetów zwisały bujnie kwitnące kwiaty, jakich Noel nigdy wcześniej nie widział. Pachniały tak intensywnie, że od samych aromatów mogło zakręcić się w głowie. Z dachów wyrastały rozłożyste gałęzie, dając przyjemny cień dla przydomowych ogrodów. Co ciekawe, żaden budynek nie miał komina, gdyż nikt nie musiał ogrzewać swojego domostwa. W krainie tej panowała wieczna wiosna, sprzyjająca rozkwitowi bujnej zieleni. Pomiędzy domami rosły wysokie na co najmniej trzy metry grzyby o smukłych, jasnych trzonach i falujących czerwonych kapeluszach, spod których wydobywało się światło o przyjemnym zielonkawym zabarwieniu. W powietrzu unosiły się maleńkie świetliki migoczące tysiącem barw, które współgrając z łagodnym grzybowym blaskiem, tworzyły prawdziwą świetlną ucztę.

Ulice były pokryte czymś zielonym przypominającym aksamitny mech. Nad nimi poruszały się w powietrzu dziwne pojazdy przypominające kształtem futurystyczne samochody. Z boku każdego automobilu wystawały aksamitne skrzydła, które subtelnie falowały, pozwalając maszynie utrzymać równowagę. Pierzaste płaty nośne trzepotały delikatnie, wprawiając pojazdy w ruch, lecz nie wydawały przy tym najcichszego dźwięku.

– Jednak jesteś? – zapytał Noela ktoś stojący za jego plecami. Chłopak odwrócił się i ujrzał niewysokiego młodzieńca z garbatym nosem lekko zakrzywionym na końcu do dołu. – Pozwól, że się przedstawię: Fenton Angus, ale mów mi po prostu Fenton.

– Miło cię poznać, Fenton! Ja nazywam się Noel, Noel Dompling.

– Zdecydowanie lepiej wyglądasz w tym wcieleniu. Kiedy cię zobaczyłem po tamtej stronie, na drzewie, pomyślałem: „O kurczę, co za nieatrakcyjna kreatura”.

– Dzięki! – odpowiedział z pretensją w głosie Noel.

– Bez urazy, stary, ale jeszcze nie widziałem takiego ptaka. Skąd ty w ogóle przyleciałeś?

– Ja, ja... – Zastanawiał się przez chwilę, nie wiedząc, co powiedzieć, gdyż nie miał pojęcia, gdzie żyją sępy. – Jestem z Ameryki – palnął po namyśle, z nadzieją że dwa kontynenty amerykańskie są na tyle duże, że na którymś z nich na pewno muszą występować ci budzący w ludziach odrazę padlinożercy.

– Nigdy nie byłem w Ameryce. Zawsze na dzień przenoszę się do Szkocji. Ale znam kolesi, którzy fruwają po różnych krajach. Latem mieszkają w Europie, a zimą lecą do ciepłych krajów, do Afryki czy gdzieś tam. – Fenton był najwyraźniej skory do rozmowy. – Chodź, wpadniemy do gospody Pod Wyrwipiórkiem, by zjeść coś normalnego. To żarcie dla ptaków na ziemi jest obrzydliwe. Ciągle tylko jakieś dżdżownice i inne robaki. Fuj!

– Nie musisz mi mówić. Ja jem tylko śmierdzące zdechłe zwierzęta. – Noel wykrzywił usta w grymasie obrzydzenia.

– Chłopie, jesz padlinę, by oczyścić ziemię z rozpadających się martwych resztek i zapobiec roznoszeniu się chorób – oznajmił Fenton z wyraźnym niesmakiem na twarzy i wskazał drogę do gospody.

Idąc ulicami, chłopcy mijali miło wyglądających ludzi w różnym wieku, ubranych w kolorowe stroje. Niektórzy mieli dziwne rysy twarzy, jakich Noel nigdy nie widział w swoim krótkim i nudnym życiu. U jednych szyję i głowę pokrywały brodawki i narośle w kształcie korali, niczym u indyków. Drugich wyróżniały duże orle nosy. Niektóre kobiety miały szerokie, dość pokaźne pupy i poruszały się niezgrabnie jak kaczki, inne zaś kroczyły powoli, trzymając sztywno swoje długie szyje, niczym czaple.

Noel przyglądał się wszystkiemu z wielkim zaciekawieniem. Zauważył, że wśród mieszkańców nie ma żadnego dziecka.

– Fenton, dlaczego tu nie ma dzieci? – zapytał dociekliwie.

– No proszę cię, nie żartuj! Czy ty w tej Ameryce to żyjesz na jakimś odludziu, że nic nie wiesz? Przecież my, ptaki, przenosimy się na ziemię, używając Galaktycznego Drzewa, między innymi po to, by się tam rozmnażać i wychowywać potomstwo. Tylko osobniki, które osiągną dojrzałość w ludzkim świecie, mogą przenieść się do Świata Ptaków. Gdyby nie to, nikt nie chciałby się teleportować na ziemię. To jest piękne miejsce, pełne magii życia, ale ludzie potrafią być okrutni. Polują na nas, zabijają, zjadają. Ach, potworny gatunek. Niestety musimy tam wracać, by wychować potomstwo i nie zaburzać równowagi całego ekosystemu. Choć ludzie zdają się tym zupełnie nie przejmować. Zabijają ostatnich przedstawicieli wielu gatunków, doprowadzając do ich ostatecznej zagłady... – Fenton nagle przerwał swą opowieść. – O, już jesteśmy – dodał, wskazując ręką w górę.

Noel zadarł wysoko głowę i zobaczył kilkupiętrowy, lewitujący budynek porośnięty mchem i zielonym bluszczem, który swobodnie unosił się co najmniej dziesięć metrów nad powierzchnią. Poruszał się delikatnie w powietrzu, kołysząc się raz w jedną, raz w drugą stronę. Zamiast tradycyjnym dachem przykryty był kapeluszem dorodnego borowika, którego brązowa powłoka lśniła jak aksamit. Na poddaszu czapy grzyba znajdowało się półokrągłe okno, z którego rozlegało się głośne chrapanie, słyszalne chyba w całej okolicy.

– Jak my wejdziemy do tej gospody? – zapytał Noel, przełykając ślinę na myśl o przekąszeniu czegoś smacznego.

– Normalnie – odparł ze spokojem Fenton. – To nie jest zwykła gospoda. Ta karczma jest bardzo sprytna. Ma swoją inteligencję i doskonale wie, że przyszliśmy się posilić.

– Co ty za głupoty wygadujesz!

– To nie są żadne głupoty. Zaraz sam zobaczysz.

I rzeczywiście: po chwili budynek obniżył się do samej ziemi i wylądował miękko tuż przed stopami chłopców. Otworzyły się drzwi wejściowe, przez które dwaj młodzieńcy wkroczyli do środka. Kiedy tylko przestąpili próg, podwoje się zatrzasnęły i falowiec zaczął się delikatnie wznosić niczym wielki balon.

W środku goście siedzieli przy eleganckich małych stolikach ustawionych w rzędach, w welurowych fotelach, których oparcia wyglądały jak połówki skorup wielkich jaj. Były one tak duże, że wielkością bardziej przypominały jaja dinozaurów niż ptasie. Większość osób sprawiała wrażenie zatopionych w myślach i w ciszy spożywała wytworne dania.

– Dlaczego tu jest tak cicho? – wyszeptał zmieszany Noel, rozglądając się uważnie dookoła.

– Mówiłem ci, że to nie jest zwykła gospoda. Mieszkańcy przychodzą tu nie tylko delektować się wspaniałymi smakami potraw, które są ucztą dla ich podniebienia, ale przede wszystkim chcą skorzystać z uczty dla duszy. Tutaj mogą porozmawiać z Wielką Świadomością druidki

Gwendolyn, która się nami opiekuje i mieszka na poddaszu tej karczmy. Gdy masz jakieś rozterki, możesz zawsze tu przyjść i jeśli szczęście ci dopisze, uzyskasz odpowiedzi na nurtujące cię pytania. Niestety nie każdy może dostąpić tego zaszczytu, gdyż Gwendolyn uwielbia dużo spać i nie rozmawia ze wszystkimi. Sama wybiera osoby, ale nikt nie wie, jakie kryteria stosuje. Wszyscy jedzą w ciszy, gdyż nie chcą zakłócać jej snu. Czekają cierpliwie na rozmowę z nią, kiedy wreszcie się obudzi.

Młodzieńcy usiedli przy stolikach usytuowanych obok okna, z którego rozpościerał się wspaniały widok na okolicę. Noel wyjrzał na zewnątrz i nie mógł uwierzyć, że znalazł się w tak nieprawdopodobnej krainie. Po chwili na malutkich stołach pojawiły się potrawy, które chłopcy wyobrazili sobie kilka sekund wcześniej.

– Zaraz, zaraz… Jak to możliwe? Skąd kucharz wiedział, na co mam ochotę? – Noel z niedowierzaniem spoglądał na talerz pełen wspaniałego jadła. Rozmyślał o nim przez całą drogę do gospody i nie czekając na odpowiedź swojego towarzysza, zabrał się łapczywie za jedzenie.

– Jaki kucharz? – zapytał zdziwiony Fenton. – Przecież nikt tu niczego nie gotuje. Wszyscy w Świecie Ptaków korzystają z magicznych maszyn samogotujących, spełniających najbardziej wymyślne zachcianki nawet najwybredniejszego podniebienia. Wystarczy, że pomyślisz, co chcesz zjeść, i po chwili otrzymujesz zamówione danie. Czy to nie wspaniałe?

– Oj tak! To niesamowite. A jak to rozkosznie smakuje. Nigdy przedtem nie jadłem niczego tak smacznego – powiedział uszczęśliwiony Noel, mlaskając i zachłannie pakując do ust kolejne porcje.

Po kilku kęsach Fenton zdawał się przebywać w innym wymiarze. Jego twarz wyglądała na zrelaksowaną, miał zamknięte oczy, popijał wolno jakiś gorący napar, a jego usta ułożyły się w subtelny uśmiech. Noel również poczuł się bardzo błogo. Nigdy wcześniej nie doświadczył takiego stanu i chciał, aby ten moment trwał wiecznie. Czuł się wspaniale, a jego serce wypełniło nieznane mu wcześniej uczucie szczęścia, gdy nagle usłyszał tajemniczy głos w swojej głowie:

– *Witaj, Noelu. Nigdy wcześniej cię nie widziałam w naszej krainie. Co cię do nas sprowadza?*

Chłopak wzdrygnął się, bo nie wiedział, kto do niego mówi. Rozejrzał się dookoła, ale obok niego nie było nikogo prócz Fentona, który w ciszy rozkoszował się smakołykami.

– *Nie obawiaj się mnie. Jestem Wielką Świadomością, która dba o wszystkie istoty. Pamiętaj, że nigdy nie jesteś sam. Choć jestem dla ciebie niewidoczna, robię wszystko, by cię wspierać w wypełnieniu misji, z jaką przyszedłeś na ziemię* – powiedział tajemniczy głos.

Noel zaczął wolniej przeżuwać jedzenie i pomyślał: „Kto to gada? Czy ja już kompletnie zwariowałem?".

– *Nie, Noelu, nie zwariowałeś. Nie rozumiesz jeszcze wielu rzeczy, ale zapamiętaj, że najważniejsze w życiu każdej istoty na świecie jest niesienie pomocy innym.*

Chłopak zupełnie nie rozumiał, o czym mówi do niego zagadkowy kobiecy głos. Nigdy nikomu nie pomagał i nie miał zamiaru, gdyż matka uczyła go zawsze, że całą uwagę trzeba skupić na sobie i nie ma się co przejmować innymi.

Noel szturchnął Fentona pod żebro i zapytał:

– Słyszysz to? Ktoś do mnie gada i nie bardzo rozumiem, czego ode mnie chce.

Fenton spojrzał z niedowierzaniem na towarzysza, wytrzeszczając oczy, a po przełknięciu kęsa, który miał właśnie w ustach, wyszeptał:

– To Gwendolyn. Co ci powiedziała? – W jego głosie słychać było olbrzymie zaciekawienie zmieszane ze zdziwieniem.

– Nie wiem. Że mam pomagać ludziom czy coś takiego.

– I co jej odpowiedziałeś?

– Nic. Plotła jakieś brednie. Zresztą nie wiedziałem, kto to gada, to co się będę wdawał w rozmowy z nie wiadomo kim.

– Oj, Noel! Ty naprawdę nic nie rozumiesz! Wiesz co? Myślę, że pora, byś wrócił do domu. Chodź! Odprowadzę cię do Galaktycznego Drzewa, żebyś mógł przenieść się z powrotem do swojego świata.

Młodemu Domplingowi nie bardzo uśmiechało się opuszczenie gospody, a tym bardziej Świata Ptaków, w którym czuł się cudownie. Nie chciał wracać do domu, do despotycznej matki, która często była dla niego bardzo nieprzyjemna. Opierał się, jednak Fenton nie dawał za wygraną. Po krótkiej wymianie argumentów obaj chłopcy skierowali się do wyjścia. Noel na odchodnym złapał ze stołu pachnące jagodowe rogaliki, łapczywie wepchnął je do ust i pożarł z namiętną zachłannością.

Fenton nie mógł uwierzyć, że nowo poznany przyjaciel jest tak nierozgarnięty i nie wykorzystał możliwości porozmawiania z Wielką Świadomością druidki Gwendolyn, która zna odpowiedź na każde pytanie. Był zaskoczony, że chłopak dostąpił takiego zaszczytu i zaprzepaścił okazję. Pomyślał ze smutkiem: „Szczęście początkującego kompletnie zlekceważone przez głupca".

Od potężnego rozłożystego drzewa rosnącego pośrodku placu otoczonego budynkami biła jasnozielona poświata. Jego niebosiężne gałęzie wiły się wysoko, niknąc w przestworzach kłębiastego nieba.

– Jesteśmy na miejscu – oznajmił wydrzyk. – Stąd możesz wrócić na ziemię. Dotknij kory, a przeniesiesz się dokładnie tam, skąd przybyłeś.

– Ale ja nie chcę wracać. Mnie się tu bardzo podoba – protestował Noel.

– Rodzina pewnie czeka na ciebie i martwi się twoją nieobecnością – powiedział z naciskiem Fenton, próbując dyplomatycznie pozbyć się Domplinga.

– Nikt na mnie nie czeka. Moja matka jest okropna i jeśli miałbym jej już nigdy więcej nie zobaczyć, wcale bym się tym nie przejął.

– Wygadujesz bzdury. Żadna matka nie może być okropna dla swojego dziecka.

– Moja jest... – W głosie Noela zabrzmiał smutek.

– Wiesz co, przeniosę się razem z tobą. Mam tam kilka spraw do załatwienia – zdecydował Fenton, by jak najszybciej przetransportować chłopaka na drugą stronę. Chwycił go za rękę i przyłożył ją do pnia, który rozbłysnął jasnym światłem. Po chwili obaj znaleźli się na gałęzi starego dębu w ogrodzie pani Dompling.

Fenton spojrzał na Noela, który ponownie przybrał formę pokracznego sępa, i podrywając się do lotu, krzyknął na pożegnanie:

– Powodzenia, przyjacielu! – Dodał jeszcze szeptem: – Będzie ci bardzo potrzebne… – ale Noel już go nie usłyszał, gdyż wydrzyk zniknął w oddali, szybując w podniebnych przestworzach i rozkoszując się ciepłymi promieniami słońca muskającymi jego szare pióra.

Noel w swej sępiej postaci sfrunął z drzewa, usiadł na parapecie kuchennego okna i zaczął nerwowo pukać w nie dziobem. Pani Dompling właśnie mieszała coś w wielkim garnku stojącym na piecu. Gdy tylko ujrzała syna, rzuciła pokrywę na żeliwny kocioł, wytarła dłonie w spódnicę i otworzyła lufcik, by wpuścić go do środka.

– Noel, gdzie ty się podziewałeś? Martwiłam się o ciebie – powiedziała chrapliwym głosem, zamykając okno, przez które do pomieszczenia zdążyło się wedrzeć zimne powietrze z zewnątrz.

– *Zaraz ci wszystko opowiem. Nawet nie wiesz, co mi się przytrafiło.* – I podekscytowany chłopak zaczął chaotycznie kłapać dziobem, by zrelacjonować matce swoją przygodę.

Z każdym słowem Noela pani Dompling coraz szerzej otwierała wyłupiaste oczy. Chodziła ożywiona po niewielkiej kuchni, próbując ułożyć w całość plątaninę informacji. Wyszczerzyła krzywe zęby i zaczęła zacierać swoje tłuste dłonie na wieść, że po drugiej stronie drzewa znajduje się tajemniczy Świat Ptaków, w którym żyje druidka Gwendolyn znająca odpowiedzi na wszystkie pytania. Nie dawała po sobie poznać, że w środku aż kipi ze złości. Była wściekła, że chłopak nie wykorzystał okazji i nie zapytał o Szmaragdową Czaszkę. Po wysłuchaniu całej historii zdecydowała, że sęp musi wrócić do Świata Ptaków i zdobyć jak najwięcej informacji o krysztale.

O wschodzie słońca wyciągnęła z komórki długą drabinę i przystawiła do pnia starego dębu w swoim ogródku. Zaczęła nieporadnie wdrapywać się na górę i po pokonaniu kilkunastu szczebli zatrzymała się przy grubej gałęzi, na której siedział Noel i rozszarpywał zdechłą mysz. Spojrzała z obrzydzeniem na syna i zmarszczyła nos, którego nozdrza zdążyły już wciągnąć smród gnijącej padliny.

– Noel, zostaw już tę mysz i przenieś się wreszcie do Świata Ptaków! Przecież tam czeka na ciebie mnóstwo wspaniałego jedzenia – zachęcała jedynaka, obdarowując go wymuszonym uśmiechem.

– *Jestem strasznie głodny. Nie mogłem przegapić okazji i nie zjeść tej małej myszki.*

– Jak ty to możesz jeść?! – zapytała z niesmakiem w głosie. – Puknij wreszcie w pień dębu i zmiataj stąd! – poganiała nerwowo. – I pamiętaj, bądź miły dla tej Gwendolyny czy jak jej tam i wyciągnij od niej jak najwięcej informacji.

Noel skończył pałaszować małego gryzonia, przysunął się do pnia i dziobnął korę, najmocniej jak potrafił. Zamknął oczy, gdyż spodziewał się delikatnego zawirowania podczas teleportacji do Świata Ptaków. Po chwili uniósł powieki, lecz zamiast leśnego miasteczka ujrzał skwaszoną minę swojej matki, która z drabiny wlepiała w niego wybałuszone oczy.

– Wciąż tu jesteś! Dlaczego się nie przeniosłeś? – zaskrzeczała zdenerwowana. – Puknij jeszcze raz, tylko może mocniej.

Noel walił dziobem w pień, jednak przejście do Świata Ptaków pozostawało zamknięte. Sęp podfrunął wyżej i robił to samo na innych poziomach drzewa, ale portal ani drgnął. Był kompletnie nieaktywny, jakby został zaczarowany.

– *Nie mam pojęcia, co się stało z tym głupim drzewem, że nie chce działać* – powiedział prawie płaczliwie Noel.

– Może coś pokręciłeś albo najadłeś się jakiegoś paskudztwa i dostałeś halucynacji? Może wcale nie byłeś w Świecie Ptaków? A może ten świat w ogóle nie istnieje? Przyznaj się, że wymyśliłeś sobie to wszystko! – wrzeszczała wściekła Wendy, trzęsąc drabiną tak mocno, że drewniane szczeble nie wytrzymały i pod naciskiem jej masywnego ciała pękły z trzaskiem. Pani Dompling nie zdążyła nawet krzyknąć, kiedy jej tłusty zadek wylądował jak kłoda pośrodku ogrodu, płosząc wszystkie ptaki siedzące na sąsiednich drzewach.

Noel sfrunął z dębu, posadził swe ciężkie ptasie ciało na ziemi i powłócząc nogami, pełen goryczy poczłapał w stronę domu. Wiedział, że Świat Ptaków istnieje naprawdę. Czuł się bardzo przybity, że matka jest dla niego taka niemiła. Dwie gorzkie łzy spłynęły po jego sępim policzku. Mocno zacisnął ze złości dziób i zniknął za drzwiami prowadzącymi do domu.

Rozdział V

STARA WINDA

Pocztę na Harewood Way dostarczano każdego dnia z wyjątkiem niedziel, zazwyczaj koło dziewiątej rano. Listonosz uchylił małą klapkę w drzwiach z numerem jedenastym i wepchnął przez nią plik gazetek reklamowych wraz z zaadresowaną do pani Steller szarą kopertą z dopiskiem: „Poufne. Doręczyć do rąk adresata". Tony, nie podejrzewając niczego niepokojącego, podniósł kopertę z wycieraczki i położył ją na stoliku w przedpokoju wraz z innymi przesyłkami.

Po powrocie do domu pani Diana przygotowała kolację i po wspólnym posiłku usiadła w ulubionym fotelu, by przejrzeć korespondencję. Wyjęła list z szarej koperty i zmarszczyła czoło.

– Tony, w poniedziałek o ósmej rano mamy się stawić u dyrektora szkoły. Czy ty coś narozrabiałeś? – zapytała ze zdziwieniem w głosie, a pogodny uśmiech zniknął z jej twarzy.

– U dyrektora? W poniedziałek o ósmej? – powtórzył Tony powoli niczym robot. Poczuł, jak fala gorąca przepłynęła przez całe jego ciało, wywołując ogniste rumieńce na twarzy. Wiedział, że tym razem ma poważne kłopoty.

– Tak, o ósmej. Myślę, że będzie lepiej, jeśli powiesz mi, o co chodzi, żebym nie była zaskoczona.

Chłopak nie miał wyjścia. Wiedział, że musi wyznać całą prawdę: że opuszczał lekcje i spędzał czas w domu pana Rollinga. Opowiedział mamie o poznaniu Harper pod postacią orła i jej ponownym zniknięciu podczas próby uruchomienia tajemniczego pojazdu, o panu Rutherfordzie, magicznej księdze z ptakami i wszystkich niesamowitych rzeczach, które wydarzyły się w ostatnim czasie, odciągając zupełnie jego uwagę od szkoły. Miał nadzieję, że wszystkie te wydarzenia będą w oczach mamy stanowiły okoliczności łagodzące.

Pani Steller słuchała syna z wielkim zaciekawieniem. Zwykłemu człowiekowi trudno byłoby uwierzyć, że wszystko to wydarzyło się naprawdę, jednak pani Diana nie miała powodów, by nie wierzyć Tony'emu. Zresztą podczas wizyty w domu pana Horacego na własne oczy przekonała się, że Rolling nie jest zwykłym mieszkańcem Harewood Way.

Za pięć ósma w poniedziałek rano Tony i jego mama siedzieli na drewnianych krzesłach przed gabinetem dyrektora, oczekując na spotkanie z panem Cameronem. Po kilku minutach pani MacManus, szkolna sekretarka, wyszła na korytarz i zaprosiła ich do środka.

– Droga pani – zaczął uprzejmie dyrektor. – Czy ma pani świadomość, że Tony od dwóch tygodni nie chodzi do szkoły? Próbowaliśmy kontaktować się z panią, ale nasze telefony pozostawały bez odpowiedzi.

– Bardzo przepraszam, panie Cameron, ale mój telefon jest tak stary, że z trudem łapie zasięg i prawie nikt nie może się do mnie dodzwonić. Musi pan też wiedzieć, że ostatnio Tony'ego dopadła paskudna grypa – próbowała ratować sytuację pani Diana. – Leżał w łóżku z wysoką gorączką przez ponad tydzień.

– Rozumiem, pani Steller, ale obowiązkiem każdego rodzica jest dopilnowanie, aby jego pociecha mogła zdobyć dobre wykształcenie, co jest możliwe tylko dzięki systematycznemu uczęszczaniu na wartościowe zajęcia lekcyjne.

– Tak, wiem… i bardzo przepraszam. Obiecuję, że więcej się to nie powtórzy.

– Mam nadzieję, droga pani. W przeciwnym wypadku grozi pani kara finansowa za zaniedbania rodzicielskie, a tobie, Tony, będzie trudno nadrobić zaległości, jeśli będziesz tak często opuszczał lekcje.

– Przepraszam, panie dyrektorze – powiedział ze skruchą chłopiec, jednak w głębi serca wiedział, że pomoc panu Rollingowi w odnalezieniu Harper jest znacznie ważniejsza od szkoły. I gdyby miał cofnąć czas, zrobiłby dokładnie to samo, nie zważając na konsekwencje, choć czuł się zawstydzony, że mama mogła mieć przez niego kłopoty.

Mężczyzna poklepał Tony'ego po plecach, przypominając o konieczności chodzenia na lekcje. Wspomniał o jakichś spadających statystykach, które przez nieobecność chłopaka obniżyły ranking placówki i tym samym jej renomę, która była budowana latami.

– Musisz pamiętać, że czasami pozornie błahy występek jednej osoby ma negatywne konsekwencje dla dużej grupy, w tym wypadku dla całej naszej szkoły i jej uczniów.

Dlatego na przyszłość, zanim zrobisz coś nierozsądnego, pomyśl, czy nie wywołasz lawiny opłakanych skutków – dodał pan Cameron, odprowadzając gości do wyjścia.

– Będę o tym pamiętał – odpowiedział Tony, ciesząc się w duchu, że to spotkanie zakończyło się dla niego pomyślnie i nie poniesie żadnych konsekwencji.

– Dobrze, biegnij już na lekcje, bo zaliczysz kolejną nieobecność – pogonił go dyrektor i uprzejmie pożegnał się z panią Steller w drzwiach gabinetu.

Tony wyszedł na korytarz, podszedł do windy i nacisnął przycisk. Pan Cameron wyjrzał ze swojego biura i krzyknął:

– Tony! Ta winda nie działa!

Jednak chłopiec nie usłyszał ostrzeżenia, wszedł do środka i zniknął za zamykającymi się drzwiami. Wybrał numer szósty, aby pojechać na piętro, gdzie za chwilę zaczynała się lekcja biologii, lecz tablica z guzikami zaczęła migać jak szalona i nie chciała przyjąć komendy. Tony ponownie wcisnął szóstkę, jednak coś tylko zazgrzytało i dźwig, zamiast jechać do góry, zaczął poruszać się coraz szybciej w dół. Chłopiec zaparł się obiema rękoma o ściany i rozstawił szeroko nogi, próbując zachować balans i uchronić się przed upadkiem. Po kilku sekundach pędząca winda zatrzymała się gwałtownie, uderzając o twarde podłoże. Drzwi otworzyły się automatycznie i Tony poczuł na twarzy podmuch zimnego, wilgotnego powietrza. Pomyślał, że zjechał do podziemia szkoły, które latami nie widziało światła dziennego, stając się mroczną i zatęchłą ciemnicą.

Wyjrzał ostrożnie na zewnątrz kabiny i zobaczył, że nie jest w piwnicy, lecz w obszernej jaskini o bardzo wysokim sklepieniu. Po obu stronach szybu dźwigowego na wysokości kilku metrów jarzyły się słabym światłem dwa stare reflektory filmowe. Nie mogąc powstrzymać ciekawości, Tony wyszedł z windy, by się rozejrzeć, ale gdy tylko znalazł się na zewnątrz, drzwi się zamknęły i kabina poszybowała w górę. Odwrócił się błyskawicznie i chcąc zatrzymać dźwig, zaczął nerwowo obmacywać mur w poszukiwaniu jakiegoś przycisku, jednak nie znalazł żadnej konsoli czy chociażby pojedynczego guzika. Odwrócił się plecami do zamkniętych drzwi windy i osunąwszy się po nich, siadł na zimnej posadzce w poczuciu kompletnej bezradności. Zanim zrozumiał, co się stało, dopadło go przerażenie, że został sam w posępnie wyglądającej grocie, z której być może nie było wyjścia.

Światło reflektorów tliło się coraz słabiej. Tony obawiał się, że jeśli któryś z nich za chwilę zgaśnie, nie będzie mógł znaleźć wyjścia z tego ponurego miejsca. Sama myśl, że mógłby umrzeć samotnie w tajemniczych podziemiach, przyprawiła go o nieprzyjemny dreszcz, który przebiegł po jego spoconych ze strachu plecach. Jeszcze gorsze uczucie przyniosły mu rozważania o śmierci w miejscu, z którego wyjście być może znajdowało się tuż za rogiem. Przypomniał sobie pewnego bohatera filmu, który po rozbiciu się samolotem na pustyni podczas samotnego pionierskiego lotu czekał, aż jego ukochana przybędzie mu na ratunek – obiecał jej, że w razie katastrofy nie ruszy się z miejsca. Jak się później okazało, nieszczęśnik znajdował się niedaleko zamieszkanej przez ludzi oazy, od której dzieliła go godzina marszu. Gdyby nie obietnica czekania na ratunek, który nigdy nie nadszedł, mężczyzna uniknąłby strasznej śmierci na pustyni.

Nie chcąc marnować czasu, chłopiec zaczął badawczo rozglądać się po wszystkich ścianach w poszukiwaniu wyjścia. Gdy jego oczy przyzwyczaiły się do półmroku, dostrzegł w oddali poświatę wyglądającą jak dzienne światło nieśmiało przenikające przez szczeliny skalne. Ruszył w kierunku poblasku, który z każdym jego krokiem stawał się intensywniejszy. Poczuł, jak zimny i cuchnący stęchlizną odór jaskini zmienia się w świeże i pachnące wiosną powietrze. Przyśpieszył kroku, skręcił nieznacznie w lewo i ujrzał łukowate drzwi, prawdopodobnie stanowiące wyjście z pieczary. Dookoła na posadzce leżały w nieładzie stare kufry podróżne. Niektóre były ustawione jeden na drugim, tworząc wysokie kolumny pieczołowicie pospinane skórzanymi pasami.

Nagle Tony odniósł wrażenie, że spośród bagaży dochodzi głos starszego mężczyzny:

– Chłopcze, pomóż mi!

Zastygł w bezruchu. Przechylił głowę w stronę głosu, nasłuchując i intensywnie wpatrując się w stos zakurzonych walizek.

– Czy jest tu ktoś? – wyszeptał niepewnie.

– Podejdź bliżej i zdejmij te paskudne pasy, które mnie krępują. Siedzę tutaj już chyba ze sto lat – odpowiedział nieznany głos.

Nad kuframi uniosła się chmura kurzu, ale chłopiec nikogo nie mógł dostrzec, choć wytężał wzrok najbardziej jak tylko potrafił.

– Sto lat? – zapytał z niedowierzaniem. – To musi być pan bardzo stary – dodał, mrużąc oczy w nadziei dostrzeżenia w półmroku swojego rozmówcy. Szybko ugryzł się w język, gdyż pomyślał, że określenie kogoś słowem „stary” może być niegrzeczne i urazić nieznajomego.

– Ja stary? – zaśmiał się głos. – Bagaż im starszy, tym lepszy. Ale musisz wiedzieć, że nie jestem byle bagażem, jestem Życiowym Bagażem! Przez lata nagromadziłem tak dużo wiedzy i doświadczeń, że każdy chciałby mieć taki bagaż jak ja – dodał z dumą. – Jeśli mnie wyswobodzisz, mogę zostać twoim Życiowym Bagażem i służyć ci swoją wiedzą przez resztę twojego życia – odpowiedział, podrygując delikatnie, bordowy skórzany kufer, którego powycierane krawędzie nosiły wyraźne ślady upływu czasu.

– Jest pan bagażem? To znaczy walizką, która leży w starym magazynie, czy czymś takim?

– Tak, jestem bagażem, starym kufrem. Możesz mnie nazywać, jak chcesz, ale w środku mam wielki skarb, który ludzie gromadzą przez całe życie, choć często nie potrafią zrobić z niego użytku.

Tony podszedł do stosu waliz i czym prędzej odpiął metalową klamrę mocnego skórzanego pasa spinającego bagaże różnych rozmiarów, kształtów i kolorów. Oswobodzony przez Tony'ego sakwojaż spadł ze sterty z impetem, aż wzbiły się tumany kurzu grubo pokrywającego betonową posadzkę.

Chłopiec nachylił się nad walizą i zapytał:

– Wszystko z panem w porządku?

– W porządku? Co za pytanie. Ależ oczywiście! Nareszcie jestem wolny! Dziękuję ci z całego serca. Jestem teraz twoim dozgonnym dłużnikiem – odparł kufer, podskakując wesoło i strzepując z siebie resztki brudu. – Zabierajmy się stąd czym prędzej! – polecił po chwili w sposób nieznoszący sprzeciwu.

Tony złapał za uchwyt walizy, poderwał ją do góry i szybko otworzył ciężkie drzwi, by wydostać się na zewnątrz. Ledwo wystawił czubek nosa, gdy usłyszał nerwowe krzyki skierowane wprost do niego:

– Chłopcze! Nie stój tak, tylko łap szybko te kufry, bo pani Dudkowej cały bagaż się rozleciał!

Rozejrzał się dookoła i zobaczył, jak starsza kobieta z rudą, dość pokaźną czubatą fryzurą próbuje nieporadnie złapać walizki, które swawolnie unosiły się w powietrzu, nie mając najmniejszego zamiaru wracać na dół. Z boków każdej z nich wystawały niewielkie kremowe skrzydełka trzepoczące radośnie. Kufry przemieszczały się we wszystkie strony niczym młode skowronki, latając beztrosko nad peronem kolejowym.

Chłopiec zaczął podskakiwać, by chwycić któryś z bagaży, ale one bawiły się w powietrzu w najlepsze, unosząc się raz w dół, raz w górę, frygając nad głowami innych podróżnych, jakby celowo chciały spłatać psikusa swojej właścicielce.

Nagle z megafonów rozległ się donośny głos:

– Wszyscy podróżni proszeni są o odsunięcie się od toru lądowania. Już za chwilę przyleci pociąg relacji Condorbridge–Henhouse.

Pani Dudkowa wyglądała na bardzo zdenerwowaną. Twarz miała czerwoną ze złości i prawie się rozpłakała, patrząc bezradnie na swoje pakunki odlatujące coraz dalej od stacji kolejowej. Niespodziewanie na peron wszedł niski mężczyzna o bardzo krótkich nogach, ubrany w czarny surdut. Poruszał się pokracznie, niczym pingwin. Wyjął z kieszeni coś, co przypominało trzy złote kulki, i rzucił nimi prosto w kufry, wołając:

– Na dół, wy nieposłuszne fruwaki! Wydaje się wam, że możecie tak sobie latać bez pozwolenia!

Walizki zatrzymały się w powietrzu jak rażone piorunem i zaczęły powoli wracać do swojej właścicielki. Opadły na peron, układając się jedna na drugiej. Niski jegomość przyczłapał do nich i owinął je grubym pasem, zaciskając mocno klamrę, by nie mogły się ruszyć.

– Droga pani – skierował słowa do pani Dudkowej – proszę być następnym razem uważniejszą, jeśli nie chce pani stracić swoich pakunków. Trzeba te kufry trzymać zawsze związane, inaczej polecą w świat, nie zważając na wołania właściciela. Chyba że posiada pani złote jaja węża, wtedy to inna historia – dodał z powagą w głosie, chowając jajeczka do kieszeni surduta. – Ale z tego, co się orientuję, może ich używać tylko personel kolejowy, zatem nie sądzę, aby była pani ich szczęśliwą posiadaczką. – Zarechotał na cały głos, jakby chciał podkreślić swoją ważną pozycję.

Pan Pingwinston był zawiadowcą stacji i doskonale wiedział, jak sobie poradzić z nieposłusznymi bagażami, które często – wykorzystując roztargnienie swoich właścicieli – wyfruwały wysoko, wywijając podniebne hołubce, i ani myślały wracać na dół, co przyprawiało tychże właścicieli o zawrót głowy.

Po chwili rozległ się zbliżający się z oddali głośny dźwięk przypominający trzepot wielkich skrzydeł. Wszyscy podróżni odsunęli się od torów, zgodnie z poleceniem wydanym wcześniej przez dyspozytora. Na stację wleciał pociąg ciągnięty przez masywną lokomotywę parową w kolorze granatu, z której boków wyrastały duże błękitne skrzydła. Tuż za ciuchcią leciało sześć czerwonych wagonów osobowych. Pierzaste płaty nośne złożyły się wzdłuż parowozu, pozwalając pociągowi osiąść na torach. Pasażerowie zaczęli powoli odpinać swoje walizy, które uwolnione, rozwijały skrzydełka i wzbijały się jedna po drugiej, by zająć miejsce na dachu pociągu, gdzie odbywał się transport bagaży.

Pan Pingwinston podszedł do torów z bardzo poważną miną, zadął w tubę dla przyciągnięcia uwagi i ogłosił donośnie:

– Uwaga, wszystkie kufry! Podaję bardzo ważny komunikat. Podczas podróży nie wolno wylatywać poza dach pociągu. Fruwanie poza linią ciuchci będzie groziło wydaniem dożywotniego zakazu podróżowania, a powtórne złamanie reguł grozi umieszczeniem w Komnacie Zapomnienia na zawsze!

Wszystkie walizki wzdrygnęły się, a następnie zaczęły pośpiesznie podlatywać do góry, by wygodnie ulokować się na dachu. Podróżni zaś sprawnie zajęli miejsca w wagonach, rozsiadając się w miękkich purpurowych fotelach. Każdy chciał usiąść jak najbliżej okna, by móc wyglądać na zewnątrz podczas lotu i upajać się pięknymi widokami.

Pociąg przygotowywał się do startu. Rozwinął skrzydła, które najpierw poruszały się powoli, następnie zaczęły nabierać tempa i uderzać coraz szybciej, by nadać lokomotywie rozpęd. Ciuchcia oderwała się od ziemi, ciągnąc za sobą wagony pełne pasażerów. Umiejscowione na dachu bagaże radośnie machały skrzydłami, z niecierpliwością wyczekując możliwości poderwania się do lotu. Pociąg wykonał nad stacją kolejową pętlę, jak zwykł to robić Święty Mikołaj ze swoimi reniferami w okresie świątecznym, przynosząc dzieciom gwiazdkowe prezenty.

Po chwili zniknął wśród gęstych kłębiastych chmur, wydając na pożegnanie dwa donośne dźwięki niczym puchacz nocną porą.

Na dworcu zostały tylko dwie osoby: Tony i pan Pingwinston, który wyjął z kieszeni złote jajeczka i zaczął bawić się nimi, przekładając je w dłoni między palcami.

– A ty co tu robisz, chłopcze? Dlaczego nie odleciałeś ze wszystkimi? – zapytał zawiadowca.

– Bo ja chciałbym wrócić do Edynburga, a z tego, co zrozumiałem, ten pociąg poleciał do Henhouse.

– Do Edynburga? Nigdy nie słyszałem o takim mieście.

– Jak to pan nie słyszał?!

– No nie słyszałem.

– To niemożliwe! Każdy zna Edynburg.

– Ja nie znam, a musisz wiedzieć, że jako zawiadowca stacji znam wszystkie miasta i miasteczka w Świecie Ptaków.

– W Świecie Ptaków?! – znów powtórzył jak echo Tony.

– Tak! Czemu zadajesz takie głupie pytania, jakbyś dopiero co z jajka wyskoczył?

– Bo ja... bo ja... – Tony zaczął się jąkać. – Bo... gdzie ja w ogóle jestem?

– W Świecie Ptaków, dokładnie w Asuedzie, mój drogi. A jeśli masz więcej dziwnych pytań, to musisz odwiedzić druidkę Gwendolyn, która potrafi rozwikłać wszystkie zagadki, zwłaszcza zadawane przez takich żółtodziobów jak ty – powiedział z przekąsem pan Pingwinston i oddalił się wolno, powłócząc przy tym niezgrabnie krótkimi nogami.

– A gdzie znajdę tę druidkę?! – zawołał chłopiec, przyspieszając kroku i ciągnąc nieporadnie swój kufer.

– Tuż za rogiem stacji zobaczysz wzgórze, a na nim miasteczko. Zapytaj tam kogokolwiek napotkanego na swojej drodze. Każdy wie, gdzie mieszka Gwendolyn – rzucił na odchodnym mężczyzna i zniknął za malutkimi białymi drzwiami prowadzącymi do kamienicy zbudowanej ze śnieżnobiałego kamienia przypominającego perfekcyjnie pocięte bloki arktycznego lodu.

Rozdział VI

SKRZYDLATE KUFRY

Dzień powoli dobiegał końca, a słońce leniwie chowało swą czerwoną tarczę za horyzontem. Tony czym prędzej opuścił opustoszałą stację kolejową, gdyż chciał dostać się do miasta jeszcze przed zmrokiem. Był w obcym świecie i sama myśl o spędzeniu nocy pod gołym niebem, pośród nieznanych istot i być może drapieżnych zwierząt, wywoływała nieprzyjemne dreszcze na plecach. Chwycił energicznie swój nowy kufer, wepchnął go pod pachę i zaczął szybkim krokiem wędrować zgodnie ze wskazówkami pana Pingwinstona. Skręcił w prawo i po kilkunastu minutach marszu ujrzał miasto położone na rozległym wzgórzu.

– Jesteśmy prawie na miejscu – wyszeptał młodzieniec, zatrzymując się na chwilę, by przełożyć bagaż pod drugie ramię i odciążyć zmęczoną rękę.

– Wiesz, wcale nie musisz mnie dźwigać – oznajmił Życiowy Bagaż. – Mam skrzydła i mogę latać! Zresztą każdy kufer to potrafi. Gdyby nie ta umiejętność, wielu ludzi nie mogłoby udźwignąć bagażu nagromadzonego przez całe życie. A uwierz mi, niektórzy potrafią nazbierać sobie ciężarów – zarechotał rozbawiony.

– Doprawdy? I dopiero teraz mi to mówisz?! – Chłopiec westchnął ciężko i postawił neseser na ziemi.

– Przepraszam, ale działałeś w takim pośpiechu, że nie śmiałem ci przeszkadzać – odrzekł bagaż, wysuwając z boków popielate skrzydełka. Podekscytowany na myśl o poderwaniu się do lotu i poszybowaniu w podniebnych przestworzach, już chciał rozprostować swe płaty nośne, gdy nagle zauważył z przerażeniem, że jeden z nich jest złamany.

– O nie! Moje skrzydło! – wykrzyknął spanikowany bagaż.

– Co się stało?

– Moje prawe skrzydło jest złamane i nie będę mógł latać. Musisz mnie teraz nieść, dźwigając niepotrzebny balast – dodał drżącym głosem.

– Bardzo mi przykro z powodu złamania, ale nie martw się! To dla mnie żaden problem. Poza tym nie jesteś wcale taki ciężki, jak ci się wydaje – odparł Tony, chcąc podtrzymać przyjaciela na duchu. – No i nie ma sytuacji bez wyjścia. Jestem przekonany, że znajdziemy kogoś, kto będzie mógł nam pomóc.

– Nie, nie rozumiesz, to już mój koniec! – wykrzyknął zdruzgotany kufer. – Bagaże, które są uszkodzone, zostają zamknięte w Komnacie Zapomnienia i tam kończą swój żywot. A mam jeszcze tyle marzeń i planów do zrealizowania – wykrztusił prawie przez łzy.

– Mój tata zawsze powtarzał, że najważniejsze to nie panikować i się nie poddawać. Pomyśl, czy jest ktoś, kto może naprawić twoje skrzydło.

– Jedyna szansa to udanie się do Świątyni Mądrości. Być może tam ktoś będzie potrafił mi pomóc i ocalić mnie od śmierci.

– To jest myśl! Tylko gdzie znajdziemy tę świątynię? – gorączkowo dopytywał Tony.

– W Asuedzie, chłopcze. Właśnie stoimy u jej stóp.

– W takim razie nie marnujmy czasu! Prowadź, przyjacielu! – oznajmił zdecydowanym głosem chłopiec, poderwał kufer za uchwyt i maszerując szybkim krokiem, udał się w stronę miasta, które powoli szykowało się do snu.

Tony wraz ze swoim neseserem szedł boczną uliczką Asuedy, wspinając się po kamiennych schodkach. Fasady budynków ustawionych wzdłuż długiej i wąskiej drogi do złudzenia przypominały grubą korę ogromnych pni, a nie kamienne bloki lub cegły. Chłopak rozejrzał się i ze zdumieniem stwierdził, że liczne sklepiki są wbudowane w wiekowe drzewa, z których dachów wystają kołyszące się na wietrze rozłożyste konary. Jego uwagę przykuły wystawy sklepowe, na których prezentowały się niecodzienne przedmioty. Przykleił nos do szyby, by móc wszystko lepiej widzieć, i pełen entuzjazmu czytał napisy na dziwacznie wyglądających obiektach: zapasowa skóra dla węży z wieczystą gwarancją, czasomierze do pomiaru czasu ziemskiego, orzeźwiająca woda morska w kapsułkach, lizaki dla smoków z soli himalajskiej, latające kufry podróżne z autopilotem powrotu, wielowymiarowe skrzydła do kół wszelakich urządzeń latających.

Zafascynowany niezwykłymi towarami wyeksponowanymi w sklepowych oknach, nie usłyszał głosu kufra, który oznajmił, że cel ich wędrówki znajduje się tuż przed nimi.

– Tony! Zatrzymaj się! Jesteśmy na miejscu – powtórzył głośniej bagaż.

– Ach! Przepraszam, ale jest tu tyle niesamowitych rzeczy, że mógłbym oglądać je bez końca.

– Musimy skręcić w tę zieloną bramę – powiedział kufer, trzepocząc się jak wróbel zażywający kąpieli w kałuży.

Gdy tylko chłopiec wszedł w bramę, jego oczom ukazał się szeroki dziedziniec olbrzymiego budynku, architekturą przypominającego średniowieczne budowle. Był tak niebotyczny, że jego strzelisty dach znikał pośród kłębiastych chmur. Do wnętrza prowadziły wysokie drzwi ozdobione rzeźbieniami przedstawiającymi setki ludzkich twarzy. Wyrażały one wszystkie znane człowiekowi emocje, począwszy od radości i szczęścia, na smutku i rozpaczy kończąc.

Tony chwycił za masywną klamkę, pchnął ciężkie wrota i kiedy tylko przekroczył próg, oniemiał z wrażenia. Całe wnętrze wypełnione było wysokimi marmurowymi regałami w kolorze mlecznej czekolady. Sięgały od posadzki prawdopodobnie aż do samego sufitu, którego końca nie było widać. Ściany były łukowate, niczym mury okrągłej wieży lub latarni morskiej, i całe pokryte najwyższej jakości cennym kamieniem, w którym wprawna ręka rzeźbiarza wykuła arcymistrzowskie dzieła. Pomiędzy półkami znajdowały się przymocowane do muru kręte schody, które wspinały się wysoko, wysoko i ginęły gdzieś w górze kolosalnego gmachu. Wszystkie regały wypełniały po brzegi rozmaitej wielkości i różnego rodzaju książki.

– Witaj, młodzieńcze, w bibliotece Latający Mól. W czym mogę ci pomóc? – Nagle Tony usłyszał wysoki głos dobiegający zza jego pleców.

Odwrócił się i ujrzał starszego mężczyznę z dużymi okularami na nosie, ubranego w długą brązową togę z szerokimi rękawami. Jego krzaczaste brwi dziwnie sterczały, wystając poza kontur głowy, jak u puchatej sowy, a bystre okrągłe oczy zdawały się mieć pomarańczowy kolor. Był to pan Greengoose, opiekun księgozbioru.

– W bibliotece?! – zapytał zdziwiony chłopiec. – Dziękuję, że pan pyta, ale ja szukam Świątyni Mądrości. Mój kufer ma złamane skrzydło i chciałem zapytać, czy ktoś mógłby mi pomóc je naprawić.

– Ach! Niestety źle trafiłeś, mój drogi. Świątynia Mądrości została przeniesiona w inne miejsce dawno temu.

– Serio? To gdzie się teraz znajduje?

– Tego nie mogę ci powiedzieć. Jej lokalizacja objęta jest ścisłą tajemnicą. Nadeszły bardzo trudne czasy, wielu szpiegów pojawia się w naszym królestwie i musimy zachowywać daleko posunięte środki ostrożności.

– Szanowny panie, czy ja wyglądam na szpiega? – zapytał Tony, uśmiechając się szeroko dla rozluźnienia atmosfery.

– Tego to ja nie wiem. Szpiedzy mają różne twarze. – Mężczyzna spoglądał na przybysza spod swoich pokaźnych rozmiarów binokli, których prawa soczewka była okrągła, lewa zaś kwadratowa. – Ale skoro już tu trafiłeś, skorzystaj z bogatego katalogu ksiąg oferowanych przez naszą bibliotekę – dodał znacznie pogodniejszym głosem, odkładając trzymany w ręku wolumin na wysoki regał.

Tony rozejrzał się dookoła i zauważył, że wszystkie książki były w różnych odcieniach granatu, a ich okładki zdobiły gwiazdy ułożone w nieznane mu konstelacje. Zaczął mocniej wytężać wzrok, ale mógłby przysiąc, że na żadnej nie było tytułu i wszystkie wyglądały dokładnie tak samo jak ta znaleziona w domu pana Rollinga.

– Przepraszam pana, jak czyta się te książki? – zapytał chłopiec, nie potrafiąc powstrzymać ciekawości.

Bibliotekarz uśmiechnął się lekko i zniżając głos do tajemniczego szeptu, powiedział:

– Podejdź tu, mój drogi.

Tony zbliżył się do masywnego kontuaru, na którym siedziała wielka, opasła ropucha i ucinała sobie drzemkę.

– Amber! Mamy gościa – rzekł mężczyzna do chrapiącego płaza.

Ropucha otworzyła jedno oko, zarechotała sennie dwa razy i rozdziawiła wielką paszczę, z której spływała obślizgła wydzielina.

– Włóż tam rękę – polecił pan Greengoose.

– Co?! – Tony aż się wzdrygnął.

– No włóż rękę do pyska ropuchy – powtórzył bibliotekarz. – Jeśli chcesz się dowiedzieć, jak czytać te książki, to przecież jakoś muszę znaleźć twoją Księgę Życia pośród nieskończonej liczby pozycji, które przechowujemy w naszym księgozbiorze.

– A czy ona nie gryzie?

– Kto? Amber? Ależ skąd! – zaśmiał się mężczyzna. – Jeszcze nam się nie zdarzyło, żeby komuś odgryzła rękę. Choć po prawdzie kilkaset lat temu mieliśmy jeden wypadek…

– Wypadek? – powtórzył Tony, przełykając nerwowo ślinę.

– Ach, nic poważnego się nie stało. Amber po prostu zasnęła, zanim pewna rozhisteryzowana dwórka zdecydowała się wyjąć rękę, i trochę przygryzła dziewczynie palce.

Tony natychmiast włożył prawą dłoń do paszczy płaza, w obawie że ropucha może niespodziewanie się zdrzemnąć i również jego palce ucierpią. Zacisnął ze strachu powieki, nie chcąc na to wszystko patrzeć. Lecz ku jego wielkiemu zaskoczeniu wnętrze pyska Amber okazało się bardzo przyjemne w dotyku. Jej język połaskotał go jedynie delikatnie po wewnętrznej stronie dłoni, dając przyjemne uczucie ciepła.

– Już możesz wyjąć. – Tony usłyszał głos bibliotekarza.

Chłopiec natychmiast otworzył oczy i bez ociągania zabrał dłoń z wielkiej ropuszej gęby. Podniósł rękę i dokonał szybkich oględzin w celu sprawdzenia, czy wszystkie palce są na miejscu. Zauważył, że na jego śródręczu pojawiły się dziwne błękitne linie łączące się w jakiś nieokreślony kształt. Pan Greengoose wyjął z kieszeni węża, który oczami zeskanował rękę chłopca. Następnie pod jego stopami pojawił się dysk podświetlony smugą błękitnego światła, który uniósł go wysoko wzdłuż marmurowych regałów. Po kilku minutach mężczyzna wrócił i wylądował łagodnie na posadzce, trzymając w rękach książkę, którą podał Tony'emu.

– No dobrze, znalazłem to, czego szukałem! – oznajmił. – Pewnie nie możesz się już doczekać, prawda?

– Doczekać się? Na co? – zapytał Tony, choć miał wrażenie, że to pytanie może zabrzmieć trochę dziecinnie.

– Jak to „na co"? Żeby przeczytać swoją Księgę Życia. W niej zawarta jest cała twoja przeszłość oraz, co najważniejsze, twoja przyszłość, chłopcze! – powiedział pan Greengoose, wpatrując się przenikliwie w Stellera. – Ta księga została napisana, jeszcze zanim się urodziłeś. Znajdują się tutaj wszystkie wydarzenia i osoby, które napotykasz w swoim życiu. Musisz wiedzieć, że od ciebie zależy, w jaki sposób potoczy się dalsza fabuła twojej opowieści. Twoje decyzje i wybór właściwej drogi kształtują kolejne wydarzenia. Rodzice, rodzeństwo i wszystkie osoby, które pojawiają się w naszym życiu, są naszymi nauczycielami. Czasami dają mądre, a czasami bolesne lekcje, ale wszystko to ma głęboki sens. Dzięki temu rozwijamy się i uczymy, jak być lepszymi istotami – podsumował z powagą opiekun księgozbioru. – Chodź za mną, chłopcze. Pokażę ci miejsce, gdzie możesz spokojnie oddać się lekturze – dodał, opuszczając główną salę biblioteki.

Tony zupełnie nie rozumiał, o co chodzi z tą Księgą Życia, ale zgodnie z prośbą szedł wolnym krokiem za mężczyzną i rozglądał się uważnie. Nadal nie mógł wyjść z podziwu nad mistrzowskim wykonaniem marmurowych zdobień pokrywających każdy cal potężnej biblioteki. Idąc długim korytarzem, minęli kilkadziesiąt różnej wielkości komnat po obu stronach szerokiego holu. W każdym pomieszczeniu siedzieli ludzie czytający książki, a nad ich głowami unosiły się barwne ptaki, trzepocąc łagodnie skrzydłami.

Po chwili Tony i jego przewodnik znaleźli się w niewielkim pokoju z ustawionym przy oknie fotelem o szerokim oparciu. Bibliotekarz wskazał na mebel, zachęcając chłopca do zajęcia miejsca. Steller usiadł wygodnie, postawił kufer na podłodze, a pan Greengoose położył na jego dłoniach księgę. Oprawa przypominała w dotyku najdelikatniejszy jedwab, tak gładki, że zetknięcie opuszek palców z tkaniną przynosiło zmysłom upajające doznanie. Kiedy tylko Tony uniósł okładkę, ze środka wyleciał błękitny ptaszek z długim puszystym ogonem i zaczął dostojnie krążyć nad jego głową.

– Gotowy? – zapytał krótko mężczyzna, w którego spojrzeniu można było wyczytać wielką mądrość, przenikliwość i erudycję. – To zamknij oczy i rozkoszuj się najwspanialszym doświadczeniem, jakim jest czytanie książek. Zwłaszcza że nie jest to zwykła książka, to jest twoja Księga Życia! – powtórzył dobitnie i opuścił pokój.

Tony nigdy nie lubił czytać i pomyślał, że jest wiele ciekawszych zajęć, ale kiedy tylko zamknął powieki, usłyszał w głowie hipnotyzujący głos ptaka, który telepatycznie czytał mu opowieść. Jego delikatne brzmienie sprawiło, że chłopiec zaczął powoli zanurzać się we wspaniałej historii opowiadanej przez skrzydlaka.

Nagle sielankę przerwały głosy młodych osób dobiegające z korytarza. Tony, nie mogąc powstrzymać ciekawości, podniósł się z fotela, wyjrzał dyskretnie przez otwarte drzwi i zobaczył troje nastolatków.

– Pośpieszcie się! – powiedziała głośno jedna z dziewcząt, próbując poganiać pozostałych. – Dziś odpływa ostatni statek na Frogmouth, a musimy jeszcze odebrać nasze Życiowe Bagaże ze Świątyni Mądrości.

– Tak, tak, Matylda ma rację, zbierajmy się! Nie zostało nam zbyt wiele czasu – dodał chłopak o jasnej skórze pokrytej maczkiem piegów, którego rozczochrana biała czupryna sterczała, jakby dopiero wstał z łóżka.

– Mam nadzieję, że pamiętacie, jak dostać się do świątyni? – zaniepokoiła się druga dziewczyna i odruchowo założyła kasztanowe włosy za uszy.

– Co za pytanie! No jasne, że pamiętamy! Zresztą zaraz zobaczysz, że to całkiem niedaleko. Powiedziałabym nawet, że jest tuż pod naszym nosem – oznajmiła Matylda i na jej twarzy zarysował się delikatny uśmiech.

– Musisz pamiętać, Harper – wtrącił z dumą chłopak – że my, ptaki, mamy naturalny zegar biologiczny. Potrafimy orientować się w terenie na podstawie położenia gwiazd i odczytywać pole magnetyczne planety, więc nie martw się, dotrzemy na czas.

– Harper? – powtórzył szeptem Tony, coraz bardziej zaciekawiony podsłuchiwaną konwersacją.

– Ciągle o tym zapominam! A w ogóle myślicie, że mistrzowie mnie przyjmą? Urodziłam się przecież jako człowiek i tylko przez przypadek zmieniłam się w ptaka. Może nie przyjmują takich jak ja?

– Co ty za brednie wygadujesz?! Nieważne, kim się urodziłaś ani jaki masz kolor skóry czy upierzenia, ważne, co pielęgnujesz w sercu. Poza tym każdy rekrut musi pokonać Rzekę Rozrachunku, a to jest prawdziwe wyzwanie. Rzeka nie przepuszcza byle kogo, lecz ty raczej nie musisz się tym martwić! – oznajmił zdecydowanie chłopak, kładąc rękę na ramieniu Harper, by dodać jej otuchy.

Serce Tony'ego zaczęło walić jak szalone. Wziął głęboki wdech, odczekał chwilę i wreszcie zdobył się na odwagę. Zrobił krok do przodu, odchrząknął dwa razy dla uzyskania klarowności głosu, po czym wykrztusił przez ściśnięte gardło:

– Haa-arper?! Harper… Rolling?

Spojrzenia trzech par oczu jak pociski armatnie wystrzeliły w kierunku Tony'ego, na którego policzki wypłynął purpurowy rumieniec. Młody Steller nie mógł się ruszyć, stał jak wmurowany, wpatrując się nieustannie w osobę, która – jak domniemywał – mogła być córką pana Rollinga.

Dziewczyna o imieniu Harper przysunęła się bliżej, by przyjrzeć się nieznajomemu, i nagle wykrzyknęła:

– Tony?! Tony! Skąd się tutaj wziąłeś?

– Znasz go? – zapytała zmieszana Matylda, marszcząc ze zdziwienia czoło, a jej oczy niespodziewanie przybrały kształt pękatego balonu.

– Tak! To chłopiec z mojego sąsiedztwa na ziemi. Pomagał tacie w rozwiązaniu zagadki tajemniczego pojazdu, który stał się przyczyną mojej teleportacji do Świata Ptaków.

– Harper! To naprawdę ty! – Uradowany Tony złapał dziewczynę w ramiona. – To nieprawdopodobne, że cię odnalazłem! – mówił rozemocjonowany.

– Tony, jak ty się tutaj dostałeś?! Czy ten przeklęty pojazd cię tu przetransportował? – dopytywała Harper, nadal nie mogąc uwierzyć, że chłopiec znalazł się w Świecie Ptaków.

– Nie, to nie wehikuł. Wsiadłem do windy w mojej szkole i zamiast jechać do góry, kabina zaczęła pędzić w dół. Myślałem, że trafiłem do piwnicy, ale okazało się, że wylądowałem w jakimś starym magazynie z bagażami. I znalazłem tam ten gadający kufer – oznajmił pełen ekscytacji, podnosząc wyżej swój neseser, by pokazać go pozostałym.

– A gdzie znajduje się ten magazyn? – dopytywała gorączkowo Harper.

– Przy stacji kolejowej, którą zawiaduje pan Pingwinston.

– Czy tą windą można wrócić do świata ludzi?

– Niestety nie – odparł ze smutkiem Tony. – Kabina poszybowała do góry jak zaczarowana, a drzwi zatrzasnęły się na amen. Wpadłem w panikę, kiedy to zobaczyłem, ale na szczęście znalazłem wyjście i przywędrowałem tutaj, do biblioteki.

– Skoro nie możesz wrócić na ziemię, to powinieneś dołączyć do nas – zaproponował chłopiec o jasnych włosach. – A tak w ogóle pozwól, że nas przedstawię. To jest Matylda, a ja mam na imię Abbott.

– Tony, Tony Steller! Bardzo mi miło was poznać! – dodał i ścisnął serdecznie najpierw dłoń dziewczyny, a następnie chłopca. – Czy ja dobrze usłyszałem, że wybieracie się do Świątyni Mądrości? – zapytał. – Mój bagaż ma złamane skrzydło i rzekomo tam będę mógł znaleźć kogoś, kto może to naprawić.

– Tak! Właśnie idziemy do świątyni odebrać nasze Życiowe Bagaże, a później musimy się dostać na Zaczarowaną Górę Frogmouth. Pamiętasz, mówiłam tacie, że Królestwo Dinozaurów chce wykraść Szmaragdową Czaszkę, która jest w posiadaniu ptaków, i wykorzystać jej moc, by przedostać się do świata ludzi, a następnie nim zawładnąć – powiedziała przejęta Harper.

– Tak, pamiętam. Ale to wszystko dzieje się naprawdę?

– Niestety tak! Dinozaury wysyłają coraz więcej szpiegów, którzy ukrywają się pod różnymi postaciami, zarówno na ziemi, jak i w naszym świecie. Zaczarowana Góra po raz pierwszy od tysiąca lat otworzyła portale. Każdy śmiałek, który ma odwagę położyć na szali swoje czyste serce i przepłynąć Rzekę Rozrachunku, może zdobyć niesamowite umiejętności i moce, które dotychczas były dostępne tylko dla mistrzów najwyższej rangi. – Matylda mówiła tak szybko, że Tony z trudem za tym wszystkim nadążał.

– Mieszkańcy Świata Ptaków i ziemi, z którą jesteśmy na stałe związani, są w śmiertelnym niebezpieczeństwie – przejął opowieść Abbott. – Mistrzowie posyłają błękitne duchy ptaków, które odwiedzają wybrańców w snach. Wzywają każdego, kto jest nieustraszony, do podjęcia wyzwania i stawienia czoła potwornemu przeciwnikowi – oznajmił, prężąc dumnie pierś. – To jest dla nas niesamowita okazja, rozumiesz? Zawsze marzyłem, aby być jak nasi mistrzowie i posiadać supermoce, ale dotychczas te umiejętności były zarezerwowane tylko dla wybranych – dodał rozpromieniony.

– Zbierajmy się w takim razie. My tu gadu-gadu, a czasu coraz mniej! – rzekła zdecydowanie Matylda.

– Tony, nie zapomnij zabrać swojego bagażu i Księgi Życia – wtrącił ponownie Abbott, spoglądając przyjaźnie na chłopaka.

– Czy ja mogę wziąć tę książkę z biblioteki? – zapytał Steller, zgarniając pośpiesznie swoje rzeczy z podłogi.

– Jasne, że tak! To jest twoja księga. Możesz ją wypożyczyć i zabrać ze sobą. Przyda ci się na pewno podczas pobytu na Zaczarowanej Górze – powiedziała Harper.

– Tylko nie zapomnij jej później zwrócić do biblioteki – upomniał go Abbott. – No i przypadkiem jej nie zgub, bo to mogłoby się dla ciebie fatalnie skończyć, gdyby twoja księga trafiła w niepowołane ręce.

– Ale o co chodzi z tą książką? Nie zdążyłem jej nawet przeczytać…

– W Księdze Życia jest zapisane całe twoje życie, od narodzin do śmierci. Jeśli ktoś nieuprawniony uzyskałby do niej dostęp, mógłby wyrwać część kartek, co spowodowałoby utratę fragmentu życia lub nawet twoją śmierć – wyjaśniła Harper, patrząc na Tony'ego bardzo uważnie, jakby chciała sprawdzić, czy chłopak zrozumiał wagę jej słów.

Cała czwórka ruszyła długim korytarzem, który nieśmiało przecinała blada smuga księżycowego blasku. Po jakimś kwadransie dotarli do komnaty o wysokim sklepieniu, stanowiącej część wieży, a jej ciężkie drzwi zatrzasnęły się samoistnie, gdy tylko przekroczyli próg. Nagle ściany zadygotały, a wiszące na nich obrazy zaczęły drgać, jakby zostały wprawione w wibracje przez ruchy sejsmiczne. Drewniana podłoga trzeszczała, wzmagając niepokój na twarzach Harper i Tony'ego. Matylda i Abbott byli jednak niewzruszeni, jakby to zjawisko nie wzbudzało w nich żadnych emocji.

– No to prawie jesteśmy na miejscu – oznajmił Abbott, wpatrując się uważnie w posadzkę. – Kurczę, nie pamiętam dokładnie, która to była klepka.

– To policz! – zaproponowała Matylda.

– Szesnaście klepek od obrazu z tym brodatym jegomościem, potem dwanaście... Tak? A może trzynaście? – zaczął wyliczać Abbott, robiąc jednocześnie małe kroki, by nie pogubić się w rachunkach. – Któraś tu pośrodku, ale teraz wszystko mi się pokręciło... – Lekko zakłopotany rozłożył ręce i spojrzał zmieszany na Matyldę.

– Szesnaście klepek od brodacza na zachód, dwanaście na południe, trzy na wschód i dwadzieścia dwie na północ – wyliczyła śpiewająco dziewczyna.

– Jesteś pewna?

– No jasne! Jak można tego nie pamiętać! – rzuciła z przekąsem, spoglądając spod oka na przyjaciela. Widocznie liczby nie były jego najmocniejszą stroną.

– No dobra, to jedziemy. – Stąpając po mozaice parkietowej zgodnie z wytycznymi podanymi przez Matyldę, chłopak wyliczał: – Trzy na wschód i dwadzieścia dwie! – zakończył triumfalnie, nadeptując mocno na ostatnią klepkę.

Nagle pośrodku pomieszczenia rozsunęła się podłoga i z otworu wyjechała stara kanapa umocowana na metalowych szynach.

– Wskakujcie szybko, bo sofa nie będzie czekała na nas wieczność! – oznajmił stanowczo Abbott, zajmując miejsce od brzegu. Prawą ręką chwycił za pokaźną dźwignię wystającą z boku siedziska i krzyknął z zadowoloną miną: – Nie zapomnijcie zapiąć pasów, bo wybieramy się na małą przejażdżkę!

Wszyscy usadowili się w pośpiechu na kanapie. Tony nie miał najmniejszego pojęcia, co się za chwilę wydarzy, ale intuicyjnie przycisnął kufer do piersi i zapiął pasy bezpieczeństwa. Abbott, gdy tylko upewnił się, że Harper i Matylda zrobiły to samo, energicznie pociągnął za dźwignię zwalniającą hamulce. Nagle sofa zaczęła sunąć w dół po spiralnym torze niczym pikujący jastrząb chcący upolować wypatrzoną ofiarę. Pęd był tak silny, że wszystkich oderwało od poduch i unosili się nad pędzącą kanapą. Wreszcie wehikuł wyhamował gwałtownie i opadł delikatnie na kamienną posadzkę, wbijając przy tym pasażerów w siedzenie, z którego wzbiły się kłęby kurzu.

Oczom całej czwórki ukazało się potężne pomieszczenie, w którym panował przyjemny półmrok. Tworzyła go leniwa poświata emitowana przez barwne lampy, nadająca wnętrzu magiczną atmosferę. Tony zadarł głowę i otworzył usta ze zdumienia. W górze unosiły się ospale setki bagaży trzepoczących delikatnie skrzydłami. Wyfruwały z niezliczonych półek pokrywających ściany wysokie na co najmniej kilkadziesiąt metrów. Niektóre walizki po wykonaniu paru subtelnych figur powietrznych wracały na swoje miejsce, zapadając w błogi sen. Inne zlatywały na dół, jakby otrzymały wezwanie, i osiadały na długim blacie masywnej katedry.

– A wam, kochaneczki, w czym mogę pomóc? – zapytała piskliwym głosem kobieta w średnim wieku w pokaźnych rozmiarów sferycznych okularach. Na jej głowie błyszczały krótkie, gładko przylegające do głowy fioletowe włosy. Była ubrana w aksamitny płaszcz w kolorze pistacjowej zieleni, wykończony czarnym długim szalem zwiewnie opadającym na jej szczupłe ramiona.

– Chcielibyśmy odebrać nasze Życiowe Bagaże – oznajmiła uprzejmie Matylda.

– A kufer naszego przyjaciela ma złamane skrzydło i pomyśleliśmy, że może znajdzie się tu ktoś, kto mógłby je naprawić – dodała troskliwie Harper.

– Ależ oczywiście, że ktoś taki się znajdzie! – odparła z galanterią kobieta. – Pokaż mi ten kufer, kochaneczku. Niech no się mu przyjrzę dokładniej.

Tony czym prędzej podszedł bliżej i położył Życiowy Bagaż na kontuarze tuż przed nieznajomą.

– Nasze produkty mają wieczystą gwarancję i bardzo rzadko zdarzają się jakieś defekty czy uszkodzenia. No ale skoro mówisz, że ma złamane skrzydło, to musimy zająć się jego naprawą – oznajmiła, oglądając dokładnie walizę ze wszystkich stron. Wzięła z blatu skaner w kształcie głowy nietoperza, którego oczy błysnęły zielonym światłem, i zeskanowała bagaż. Następnie zatoczyła ręką koło, rozwijając na wysokości swoich oczu wirtualny ekran, i zaczęła głośno czytać pojawiające się na nim informacje:

– Rok produkcji 1270. Poprzedni właściciele: sir William Wallace, Robin z Locksley i Robert Falcon Scott. Zgłoszony do rejestru rzeczy zagubionych w listopadzie 1912 roku. Ostatnio widziany w okolicach bieguna północnego.

Gładząc swe jedwabiste włosy, uważnie studiowała zapiski dotyczące kufra. Ściszyła przy tym głos, tak że Tony z trudem mógł zrozumieć jej słowa. Po chwili spojrzała na chłopca znad swoich wielkich okularów.

– To bardzo dobry bagaż! Prawdziwy szczęściarz z ciebie.

– Naprawdę? – zapytał z niedowierzaniem Tony.

– *A nie mówiłem?* – wtrącił neseser, wyraźnie zadowolony.

– Bezsprzecznie! Cieszę się, że tak wartościowy kufer znalazł nowego właściciela. Zaraz naprawimy złamane skrzydło i będziesz mógł w pełni z niego korzystać. Naprawa nie potrwa długo. Poczekaj, proszę, o tam. – Wskazała na długą ławę pod ścianą, dając Tony'emu znać, że może odejść. – A wy, kochaneczki, powiadacie, że chcecie odebrać swoje bagaże, zgadza się?

– Tak, właśnie tak – odpowiedzieli prawie chórem Harper, Matylda i Abbott.

– No dobrze, to kto pierwszy?

– Może ja. – Matylda poprawiła swoje kruczoczarne włosy i wysunęła się o krok przed przyjaciół, nie mogąc się doczekać odbioru Życiowego Bagażu.

– Już sprawdzam, moja ptaszyno, co my tu dla ciebie mamy... – powiedziała kobieta, kiwając przed swoim nosem zakrzywionym palcem wskazującym, którym przewijała strony na wirtualnym ekranie. – O, już mam! Zaraz twój bagaż przyleci do ciebie – oznajmiła, spoglądając na wysoki regał, z którego ociężale podniósł się powycierany kufer w brudnym zielonym kolorze. Jego materiał wyglądem przypominał mocno zużytą, zdeformowaną i powyginaną skórę, prawdopodobnie jakiegoś prehistorycznego gada. Z przodu miał umocowane dwie masywne stare klamry, a jego skrzydła z trudem poruszały się w powietrzu – sprawiały wrażenie, jakby za chwilę miały się rozpaść ze starości na milion kawałków. Kufer niechętnie zleciał na dół i z głębokim westchnieniem osiadł leniwie na kontuarze.

– Kto mnie tym razem wzywa? – warknął niezadowolony. – A już myślałem, że będę sobie odpoczywał w świątyni do końca swoich dni! Ale oczywiście nie!

Matylda spojrzała na swój Życiowy Bagaż z wyraźnie rozczarowaną miną. Spodziewała się modnej, nowoczesnej torby, a dostała stary, obdarty kufer, który pewnie pamiętał zamierzchłe czasy i poniewierał się w najdziwniejszych miejscach świata, o których istnieniu nawet nie chciała myśleć.

– Jest pani pewna, że to mój bagaż? – zapytała niepewnym głosem, przygryzając nerwowo dolną wargę.

– Ależ oczywiście, moja ptaszyno! – odparła stanowczo kobieta. – Jestem w stu procentach pewna. Nie sugeruj się jego wyglądem, bo on o niczym nie świadczy. Ten kufer wiele przeszedł i przez wieki służył wyjątkowym ludziom. Bądź wdzięczna za tak wspaniały dar.

– Skoro pani tak mówi, to niech będzie, ale aż wstyd pokazać się z czymś takim – odburknęła Matylda ze skwaszoną miną.

– „Czymś takim"?! – zagrzmiał oburzony bagaż. – Ty gąsko, chyba nie masz pojęcia, jak cenną wiedzę posiadam i komu ją przekazywałem! – prychnął z niesmakiem.

– A komu, jeśli mogę zapytać? – wtrącił Abbott, bardzo ciekawy poprzednich właścicieli bagażu Matyldy.

– Niech im pani powie, bo nie mam ochoty rozmawiać z takimi arogantami!

– Już dobrze, dobrze! Nie ma się co bulwersować, panie kufrze. A wy, moje ptaszynki, musicie zrozumieć, że Życiowe Bagaże są niezmiernie ważne. To one gromadzą nasze doświadczenia i przechowują dla nas cenną wiedzę. Jeśli żyjecie w harmonii z własnym bagażem i uważnie go słuchacie, możecie skorzystać ze wszystkich jego mądrych porad i mieć wspaniałe życie, realizując swoje nawet najskrytsze pragnienia.

– Przepraszam, nie chciałam pana urazić – rzekła skruszona Matylda, spoglądając na swój sakwojaż, który najwyraźniej nie był w najlepszym humorze.

– Przeprosiny przyjęte – odwarknął naburmuszony bagaż.

Kiedy Matylda i kufer wymieniali uprzejmości, kobieta uważnie wpatrywała się w ekran, a po chwili rzekła:

– O proszę, to dopiero gratka! Twój bagaż, ptaszynko, został wykonany w 1254 roku. Jego pierwszym właścicielem był Marco Polo, a następnymi Ferdynand Magellan, James Cook, Maria Skłodowska-Curie i Coco Chanel.

– To się nazywa skład pierwsza klasa! – wykrzyknął Abbott z entuzjazmem. – Powinnaś się teraz wstydzić, rozkapryszona dziewczyno! – prychnął żartobliwie, by rozgonić posępną atmosferę, która wisiała nad nimi jak ciężka chmura burzowa. – Teraz ja, teraz ja! – gorączkował się, wpychając się przed Matyldę i przewieszając przez szeroki blat, by dojrzeć zapiski wyświetlające się na ekranie.

– Ty, mój drogi, również masz wspaniałych poprzedników. Co prawda widzę tylko dwóch, ale za to ich umysły to czysty geniusz.

– Wiedziałem! – wykrzyknął Abbott. – A kto to był?

– Już mówię... Napoleon Bonaparte i Nikola Tesla. – Kobieta uśmiechnęła się szeroko, ukazując śnieżnobiałe zęby. Podała chłopcu bordowy kufer podróżny z drugiej połowy osiemnastego wieku, na którym widniały nieznaczne ślady cięcia ostrą szablą.

Jako ostatnia do kontuaru nieśmiało podeszła Harper i wyszeptała niepewnie swoje imię, obawiając się, że może nie otrzymać bagażu ze względu na ziemskie pochodzenie.

– Harper Rolling – powtórzyła głośno niewiasta, nieprzerwanie wpatrując się w ekran. – Sprawdźmy, co my tu mamy. Wielkie serce, pasja, wiarygodność, wyrozumiałość, uczciwość i odwaga. Piękne cechy – skwitowała, spoglądając na Harper przenikliwie. – Niestety twój bagaż jest prawie pusty i nie zawiera żadnych poprzednich doświadczeń, tylko te uzbierane podczas obecnego życia.

– Czy to źle? – zapytała zdezorientowana Harper.

– Ależ skąd, ptaszynko! Postępuj zgodnie ze swoim sumieniem, by twój bagaż zgromadził najszlachetniejsze przeżycia, które przyczynią się do ulepszenia naszych światów. Czeka cię wielka przygoda i misja do wypełnienia – zakończyła tajemniczo kobieta, podając Harper piękny kufer z najdelikatniejszej skóry w musztardowym kolorze, którego jakości nie powstydziłaby się sama królowa angielska.

Rozdział VII

RZEKA ROZRACHUNKU

Noel od kilku dni nie wychodził z domu. Siedział zamknięty w swoim pokoju i patrzył z pogardą na zdechłe szczury, które zostawiała mu pod drzwiami pani Dompling. Choć kiszki grały mu marsza, nie chciał jeść i stopniowo pogrążał się w ciemnej otchłani zobojętnienia. Czuł się upokorzony i nieszczęśliwy. W jego sercu rozpalał się coraz większy żar nienawiści do matki, którą obwiniał za swoje katastrofalne położenie w ciele odrażającego sępa.

Zbliżała się równonoc jesienna. Pomimo wieczornej pory na zewnątrz tliły się ostatnie promienie gasnącego słońca. Chłopak spojrzał na wiszący na ścianie stary zegar z zepsutą kukułką, która od lat nie wyskakiwała ze swojej dziupli. Wskazywał godzinę dziewiętnastą. Pusty żołądek kurczył się mu tak mocno, że Noel zdecydował się wymknąć do ogrodu i poszukać czegoś do zjedzenia. Zeskoczył z niedbale zaścielonego łóżka i powłócząc patykowatymi stopami, podszedł niezgrabnie do drzwi. Pchnął je delikatnie dziobem i wystawił sępią głowę na korytarz. Rozejrzał się dyskretnie dookoła, nie chcąc trafić na swoją matkę, i ruszył w stronę wyjścia. Przecisnął ptasie cielsko przez otwór w drzwiach, używany w przeszłości przez ich starego, wyliniałego kota – pęk jego siwej sierści nadal powiewał na wietrze, uwięziony w zakamarku ruchomej klapki.

Noel spojrzał na sędziwy dąb, na którego gałęziach siadało gwarne ptactwo różnego rodzaju. Trzepocząc skrzydłami, ptaki pukały w pień, po czym znikały niepostrzeżenie, teleportując się na drugą stronę, do Świata Ptaków. Serce Noela przeszyło bolesne ukłucie. Poczuł głębokie pragnienie powrotu do tego tajemniczego świata, w którym ponownie mógłby stać się chłopcem.

– Oddałbym wszystko, by móc tam wrócić choć jeden raz – wyszeptał, wpatrując się z tęsknotą w pień potężnego drzewa.

– To czemu nie wracasz, tylko gapisz się, jakbyś zobaczył tam jakiegoś ducha? – Niespodziewanie Noel usłyszał gęgający głos. Rozejrzał się dookoła i zobaczył opasłą gęś kołyszącą się niezgrabnie na krótkich nogach, która przechadzała się obok kamiennego muru.

– Bo drzewo nie działa! Dlatego! – burknął niegrzecznie, spoglądając na pokaźnych rozmiarów ptaka.

– Jak to „nie działa"? – zapytała gęś ze zdziwioną miną. – Takich rzeczy to ja jeszcze nie słyszałam. – Zaśmiała się, podrygując białymi skrzydłami.

– No próbowałem ze sto razy walić dziobem w ten tępy pień, ale on milczy jak zaklęty.

– Głupstwa wygadujesz! Może próbowałeś teleportować się do Świata Ptaków w towarzystwie ludzi, co? – zaczęła się wymądrzać.

– A co to ma do rzeczy?

– No właśnie ma! – odwarknęła gęś. – Jak myślisz, dlaczego ptaki wlatują między gałęzie, kiedy przenoszą się na drugą stronę, hę? Bo ludzie nie mogą widzieć, co robimy, ty ciemna maso upierzonego mięsa!

– Co za głupia gęś! – krzyknął sęp.

– Sam jesteś głupi! – rzuciła na odchodnym i czerwieniąc się ze złości, powędrowała w stronę jeziora. Gęgała przy tym głośno i obrzucała sępa paskudnymi epitetami.

Noel pomyślał, że może ta gęś ma jednak rację. Podfrunął do góry, usiadł na gałęzi, rozejrzał się dyskretnie dookoła, upewniając się, że nie widzi go nikt poza ptakami, i łupnął energicznie dziobem w pień. Nagle w skrzydła uderzył go silny podmuch, gwałtownie zasysając jego ciało jak szalejąca trąba powietrzna. Zanim Noel się zorientował, stał już na ziemi pośrodku placu, w którego centrum rosło potężne Galaktyczne Drzewo, emitujące zieloną poświatę.

– Udało się! – krzyknął podekscytowany, nie mogąc ukryć olbrzymiej radości, której przyjemna fala zelektryzowała całe jego ciało. – Znów jestem człowiekiem! Jestem człowiekiem! – wołał, kręcąc się wokół własnej osi i obmacując każdą część ciała, jakby nie dowierzał transformacji.

Po chwili oprzytomniał. Zatrzymał się i rozejrzał dyskretnie, sprawdzając, czy ekscentrycznym zachowaniem nie wzbudził zbyt dużego zainteresowania mieszkańców miasteczka. Zszedł czym prędzej z głównego placu i schował się w bramie, znikając w jej ciemnych zakamarkach.

Na ulicach roiło się od młodych ludzi taszczących w rękach różnych rozmiarów kolorowe kufry podróżne, walizy i nesesery. Podekscytowani pokrzykiwali do siebie wesoło, wymieniali powitalne uściski i radosne spojrzenia. Z każdą minutą plac zapełniał się coraz większą gromadą dziewcząt i chłopców. Noel zaczął wytężać słuch, próbując posklejać w całość strzępki rozmów dobiegające jego uszu. Wyciągnął szyję najmocniej jak tylko potrafił, by lepiej słyszeć. Nagle poczuł na ramieniu nieprzyjemny dotyk kościstej ręki, której silny uścisk wywołał paraliżujący ból, przeszywający jego bark jak śmiercionośna strzała.

– Au! – Noel zawył z bólu. – Co, do diabła! – wrzasnął i odwrócił się energicznie w stronę nieznajomego, którym okazał się barczysty, niezbyt wysoki mężczyzna ubrany w czarny płaszcz z kapturem zakrywającym głowę. Na twarzy miał maskę przypominającą długi na co najmniej dwadzieścia centymetrów dziób kruka z dwoma otworami na oczy, z których pobłyskiwały budzące niepokój czarne jak węgiel źrenice.

– Chciałbyś do nich dołączyć? – Spod odrażającej maski wydobył się ochrypły głos.

Chłopak raptownie odsunął się od mężczyzny.

– Dołączyć? – zapytał przerażony, czując, jak komory jego serca gwałtownie pompują krew pod wpływem silnego zastrzyku adrenaliny.

– Zaczarowana Góra Frogmouth przyjmuje rekrutów. Szukają takich śmiałków jak ty – rzucił mężczyzna nonszalancko, ukrywając swój szyderczy uśmiech pod maską. – Chyba mi nie powiesz, że nie pragniesz zdobyć mocy, o których możesz tylko pomarzyć, hm?

– Jakich… mocy? – zapytał coraz bardziej zaintrygowany Noel, w którego głowie przeskoczyła iskra próżności.

– Potężnych!

Chłopak poczuł, jak krew zaczyna mu krążyć w żyłach w jeszcze szybszym tempie, wywołując na jego bladej twarzy purpurowe rumieńce.

– Z tymi mocami będziesz niepokonany! – kontynuował nieznajomy. – Będziesz mógł ujarzmić wszystkie siły natury. Będziesz potrafił kontrolować umysły i przemieszczać się w różnych wymiarach. Zdobędziesz potężną broń, o której wiele cywilizacji nie ma nawet bladego pojęcia.

Wyobraźnia Noela zaczęła pracować nadzwyczaj intensywnie. Pomyślał, że być może jest to niepowtarzalna okazja i głupotą byłoby z niej nie skorzystać.

– Może i byłbym zainteresowany – rzucił obojętnie, próbując nie okazać nadmiernego zaciekawienia.

– Możesz być taki jak oni, ale by dostać się na Frogmouth, musisz przepłynąć Rzekę Rozrachunku, a to nie będzie proste – odparł tajemniczo mężczyzna w czarnym płaszczu.

– Przepłynąć rzekę? To żaden problem – parsknął pewny siebie Dompling, prężąc dumnie muskuły.

– Głupcze! Nie wiesz, o czym mówię! W Rzece Rozrachunku żyją wodni strażnicy, którzy wciągają w otchłań każdego, kto ma nieczyste zamiary lub na sumieniu niechlubne występki. A ty raczej nie należysz do świętoszków – rzekł grubiańsko nieznajomy, bacznie obserwując twarz Noela.

– No to po ptakach! Nie będę ryzykował życia, by utopili mnie jacyś strażnicy.

– Mogę ci pomóc, jeśli chcesz.

– Niby jak?

– Mam coś, co może ich zmylić i pomóc ci dostać się na Zaczarowaną Górę.

– Co chcesz w zamian?

– Bystry jesteś – zaśmiał się głośno mężczyzna.

– Nic nie ma w życiu za darmo – odparł stanowczo Noel. – Jestem zdecydowany. Podaj cenę.

– Cena nie jest wygórowana. Chcę, żebyś był tam moimi oczami i uszami, rozumiesz?

– Głupi nie jestem, już to chyba ustaliliśmy, nie?

– Dam ci magiczną tarczę, która ochroni twoje serce. Dzięki niej nikt nie rozczyta twoich zamiarów. Jedyne, czego wymagam, to bezwarunkowe oddanie i posłuszeństwo.

– Dobra, zgadzam się! – odparł chłopak, nie zastanawiając się nad konsekwencjami zawartego kontraktu.

Mężczyzna uśmiechnął się triumfalnie pod kruczą maską. Przysunął się do Noela i zajrzał mu głęboko w oczy. Chłopiec poczuł, jak lodowate spojrzenie przeszywa boleśnie jego oczodoły niczym ostre ukłucie szabli matadora precyzyjnie wymierzone w ofiarę. Nieznajomy wyjął z kieszeni medalion, nie większy niż jego szponiasta dłoń, i przyłożył go do serca Noela. Po zetknięciu ze skórą metal rozbłysnął krwistoczerwonym światłem, wnikając w ciało chłopca. Noel złapał się kurczowo za klatkę piersiową, nie mogąc ścierpieć palącego ognia, który trawił jego serce. Na szczęście ból szybko minął – po chwili było po wszystkim.

– Zbieraj się! – rozkazał mężczyzna nieprzyjemnym tonem. – Pójdziesz teraz odebrać swój bagaż ze Świątyni Mądrości – rzekł stanowczo i udzielił Noelowi wskazówek, jak tam dotrzeć. – Następnie udasz się na przystań portową, gdzie wsiądziesz na statek odpływający na Frogmouth. Musisz działać szybko! Ostatni kurs odpływa po zajęciu przez rekrutów wszystkich dostępnych miejsc, więc nie łaź nigdzie, bo jeśli się spóźnisz, z naszej umowy nici – rzucił na odchodnym, zawinął wokół siebie czarny płaszcz i zniknął Noelowi z oczu. Z oddali zdawało się tylko dobiegać przerażające echo zuchwałego śmiechu, które odbijało się coraz słabiej, powoli milknąc.

Zaślepiony wizją potężnych mocy Noel nie miał bladego pojęcia, komu zaprzedał duszę. Nie wiedział, że nieznajomy to Ravendrone, tajny szpieg na usługach krwiożerczego Karcharodona, władcy Królestwa Dinozaurów. Pod osłoną płaszcza, zapewniającego mu zdolność przemieszczania się w czasie i przestrzeni, przenosił się potajemnie do Świata Ptaków i próbował znaleźć miejsce ukrycia Szmaragdowej Czaszki. Pod maską kruka sprytnie kamuflował swe gadzie cechy, by nie zostać rozpoznanym i zdemaskowanym, co zniweczyłoby jego plany.

Noel po odebraniu swojego Życiowego Bagażu udał się czym prędzej na przystań, by zdążyć na kurs na Frogmouth. Przecisnął się energicznie przez tłum młodych ludzi, rozpychając się zuchwale łokciami, dziarsko przemierzył pomost i postawił stopy na deskach okrętu. Była to imponujących rozmiarów jednostka, której każdy element był kunsztownym dziełem rzemieślników. Na dziobie dumnie prężył pierś gigantyczny Feniks otulający obie burty potężnymi skrzydłami. Wykonany był, podobnie jak cały statek, z księżycowego drewna, majestatycznie połyskującego w odbiciu w krystalicznie czystej wodzie. Łódź liczyła ponad dziesięć stuleci, a wyglądała, jakby wyruszała w swój dziewiczy rejs. Wszystko to za sprawą drewna, z którego została wykonana. Budowniczowie pozyskali je w czasie nowiu, co sprawiło, że statek mógł przetrwać setki lat nietknięty zębem czasu. Nie miał żagli ani nie był przez nikogo sterowany. Noel bezskutecznie wypatrywał chociażby jednego członka załogi czy też kapitana. Na pokładzie znajdowali się tylko śmiałkowie chcący dostać się na Frogmouth.

Nagle w kadłub uderzył podmuch mroźnego powietrza. Gwar rozmów zmienił się w niemą ciszę. Wszyscy pasażerowie zastygli w bezruchu, a serce Noela przepełnił niepokój. Chłopak przełknął nerwowo ślinę, która z trudem przesunęła się przez ściśnięte gardło. Statek zaczął się łagodnie kołysać, przygotowując się do wypłynięcia na szerokie wody Rzeki Rozrachunku.

Niespodziewanie z przystani dobiegły krzyki grupy zdyszanych nastolatków, biegnących co tchu i wymachujących nerwowo rękami.

– Nie odpływajcie! – wrzeszczała jedna z dziewcząt, nie mogąc złapać oddechu ze zmęczenia. – Poczekajcie na nas!

Oczy wszystkich podróżnych skierowały się w stronę spóźnialskich.

– Prędzej, prędzej! Pośpieszcie się! – pokrzykiwał jasnowłosy chłopak, łapiąc swą towarzyszkę za rękę, by pomóc jej dostać się na pokład. W ostatniej chwili udało im się wskoczyć na dek odbijającego od nabrzeża statku, który powoli opuszczał port.

Noel spojrzał z zainteresowaniem na przybyszy. Utkwił wzrok w jednym z chłopców, którego twarz wydała mu się znajoma. Zagryzł wargę i zaczął intensywnie myśleć. Nagle w jego głowie zapaliło się światełko olśnienia, rozjaśniając jego rozważania.

„Ten chłopak wygląda jak ten nowy z sąsiedztwa. Czyżby to był Tony Steller?" – pomyślał i przesunął się kilka kroków do przodu, by móc słyszeć rozmowy prowadzone przez nowo przybyłą grupkę przyjaciół. Oparł się o burtę, postawił wysoki kołnierz zamszowej kurtki, skrywając twarz, by nie zostać rozpoznanym.

Po chwili na pokładzie zapanowało pełne napięcia poruszenie. Wśród podróżnych można było wyczuć ekscytację zmieszaną z paraliżującym strachem.

– Odpływamy! – Noel usłyszał za plecami nerwowy głos znacznie młodszego od siebie chłopca.

– Mam nadzieję, że strażnicy rzeczni nie porwą nikogo tym razem – ktoś inny dorzucił szeptem.

– Boisz się? – zagadnęła jakaś dziewczyna, kurczowo przyciskając do piersi swój niewielki bagaż.

– Kto? Ja? – zapytał Noel, spoglądając na nią przez ramię. – Ależ skąd! Czemu miałbym się bać? – odparł rezolutnym tonem, próbując nie okazać zdenerwowania.

– Podczas poprzedniej podróży trzy osoby zostały porwane przez strażników. Mam nadzieję, że nie będę następna... – wymamrotała wylękniona nieznajoma.

– Czemu mieliby akurat ciebie porwać?

– No wiesz, pochodzę ze świata ludzi i nie zawsze byłam grzeczna. Raz nasypałam popiołu do kaloszy mojego dziadka. Strasznie się na mnie zdenerwował, bo zniszczyłam jego jedyne buty do pracy.

– Nie żartuj! Strażnicy chyba nie porywają za takie dziecięce przewinienia? – zapytał Noel, martwiąc się coraz bardziej o siebie. Lista jego występków była zdecydowanie dłuższa i okrutniejsza niż jakieś niewinne psoty z kaloszami.

Zaczął się gorączkowo zastanawiać, czy tarcza od Ravendrone'a zadziała i ochroni go przed wodnymi cerberami. Poczuł, jak krople zimnego potu spływają mu po czole.

Otarł je pośpiesznie rękawem i utkwił wzrok w niknącym w oddali mieście.

Statek opuścił port i prowadzony przez tajemnicze siły zmierzał w nieznanym kierunku. Powietrze, początkowo przyjemne i ciepłe, stawało się coraz bardziej surowe, a chłód doskwierał pasażerom coraz mocniej, wywołując nieprzyjemne dreszcze.

Po kilku godzinach ospałej żeglugi łódź zaczęły spowijać smugi gęstej mgły, ograniczając widoczność do kilku kroków. Tony spojrzał niespokojnie na Harper, zagryzając nerwowo wargę. Abbott przysunął się do dziewcząt i przyciągnął bliżej Tony'ego. Cała czwórka chwyciła się kurczowo za zdrętwiałe z zimna dłonie, tworząc zwartą grupę.

– Trzymajmy się razem – powiedziała cicho Matylda. Na jej twarzy malowały się niepokój i napięcie. – Nie martwię się o siebie i Abbotta, nam raczej nic nie grozi, lecz niepokoję się o was. – Spojrzała z troską na dwoje swoich ziemskich przyjaciół.

Noel, słysząc te słowa, przesunął się na środek pokładu i wcisnął między innych pasażerów. Miał nadzieję, że strażnicy go nie zobaczą schowanego wśród niewinnych dzieci, które – jak domniemywał – nie miały żadnych występków na sumieniu.

Statek posuwał się ślamazarnie po nadzwyczaj spokojnych wodach. Mgła zaczęła stopniowo rzednąć, a powietrze stawało się z powrotem rześkie i przyjemne. Wśród podróżnych można było wyczuć lekkie odprężenie. Co odważniejsi zaczęli szeptać coś do siebie, wymieniając nieśmiałe uśmiechy.

– Udało się! – krzyknął ktoś po chwili z wyraźnie rozradowaną miną.

– Już po wszystkim? – zapytał jakiś niewysoki chłopak. – Wielcy mi strażnicy! Bardzo się ich przestraszyłem – rzucił arogancko, nie mając pojęcia, że to jeszcze nie koniec podróży.

– Ej, zobaczcie! Z tej rzeki wystają wodne twarze! – wrzasnął jakiś młokos stojący na rufie, który wymachując z ekscytacją rękami, wskazywał na wodę.

Większość podróżnych, nie mogąc powstrzymać ciekawości, rzuciła się do obu burt, by zobaczyć, co znajduje się w rzece. Również Tony chciał podbiec do krawędzi, by obserwować to niebywałe zjawisko, jednak Harper ścisnęła mocniej jego rękę, nie pozwalając mu ruszyć się z miejsca.

– Nie podchodź tam! – oznajmiła zdecydowanie. – Niech nie zwiedzie cię ten podstępny pokaz. Rzeczni strażnicy są bardzo sprytni. Nasza podróż jeszcze nie dobiegła końca, jak niektórzy myślą – skwitowała z poważną miną.

Woda na całej powierzchni bulgotała, kształtując się w setki ludzkich głów do połowy zanurzonych w otchłani, tak że widoczne były tylko twarze. Intensywnie poruszały ustami i oczami, jakby chciały coś powiedzieć, jednak wodna postać uniemożliwiała im jakąkolwiek komunikację.

Zafascynowani niecodziennym zjawiskiem młodzi ludzie wpatrywali się w rzekę jak zaczarowani. Niepostrzeżenie woda uformowała się w długie ramię, które wtargnęło na pokład i chwyciło jednego z krnąbrnych chłopaków, będącego – jak się właśnie okazało – szpiegiem. Biedak nie zdążył nawet pisnąć, kiedy silny uścisk porwał go i zatopił w bezkresnej otchłani. Na pokładzie zapanował popłoch. Pasażerowie krzyczeli z przerażenia, biegając we wszystkie strony i potykając się o własne nogi. Po chwili kolejna łapa usiłowała chwycić spanikowaną dziewczynę. Siedziała tuż obok Noela, nerwowo wymachując rękami. Próbowała skryć się przed wodnymi szponami, które sprawiały wrażenie, jakby nie mogły się zdecydować, kogo chwycić. Przerażony Noel sprytnie wślizgnął się za nieznajomą i wypchnął ją zuchwale przed siebie. Zanim dziewczyna została porwana przez rzecznego cerbera i zniknęła w ciemnym odmęcie, jej ciało zmieniło się w oślizgłego gada.

Noel dyszał przerażony, nie mogąc złapać tchu. Rozglądał się nerwowo, spodziewając się najgorszego… które ku jego wielkiemu zaskoczeniu nie nadeszło. Toń się uspokoiła. Wszystkie wodne twarze zniknęły, a dookoła rozległy się przyjemne odgłosy dżungli, która rozpościerała się po obu stronach koryta rzecznego. Statek sunął płynnie po krystalicznie czystej wodzie, zostawiając po sobie wzburzony warkocz piany.

Pasażerowie odetchnęli z ulgą. Zaczęli powoli podnosić się z drewnianego pokładu, przez który przetoczyło się głębokie westchnienie ulgi.

– Możecie już przestać trząść kuprami – zarechotał krępy młodzieniec, wskakując ostentacyjnie na gzyms wystający z burty. – A ty nieźle się strachu najadłeś, co? – rzucił szyderczo do Noela, uśmiechając się znacząco i szczerząc łopatowate zęby.

– Niby kto? Ja? – Zakłopotany Noel wstał na równe nogi i poprawił pogniecione spodnie. – O czym ty mówisz? Nie widziałeś, że ta podstępna dziewucha próbowała się za mną schować? Jakoś musiałem odgonić tego gada, nie?

– Tak, tak, widzieliśmy, jak zzieleniałeś ze strachu – zaśmiał się ponownie nieznajomy, a jego głos przybrał sarkastyczne zabarwienie. – Może ty też jesteś szpiegiem, co? Może strażnik chciał również ciebie porwać? – klekotał podejrzliwie, nie spuszczając wzroku z młodego Domplinga.

– Przestań mu dokuczać – wtrąciła się Harper. – Wszyscy byliśmy przestraszeni. To nie powód, żeby teraz z kogoś szydzić!

– Oj tak, biedaczek malutki. Bezbronne, nieopierzone pisklątko – drwił dalej i przysunął nos do twarzy Noela, którego dzieliły milisekundy od wymierzenia ciosu w zadarty dziób złośliwego intryganta.

– Daj spokój! Nie warto – powiedział Tony, widząc potworne zdenerwowanie, które niczym rozpalona lawa zalewało purpurowe ze złości poliki Domplinga. – Nie marnuj energii na kąśliwe zaczepki. Niektórzy po prostu czerpią radość z wyrządzania innym przykrości.

Noel z trudem powstrzymał się przed użyciem siły. Doskonale wiedział, że musi rozegrać to sprytnie, by nie zostać zdemaskowanym.

– Tak, masz rację! – rzekł znacznie spokojniejszym tonem. – Nie będę brodził w błocie razem z durnymi kurami. Zdecydowanie wolę latać z orłami – odparł chytrze, spoglądając na Harper i Abbotta, jakby próbował im się przypodobać.

– Jak już, to nie jestem kurą, lecz kogutem! I to z arystokratycznego rodu – rzucił wyraźnie obrażony chłopak o zadziornym usposobieniu.

– Kogut czy kura, jedno i to samo – zaśmiał się Noel, czując, jak wraca mu pewność siebie.

– Jeśli w twoich żyłach płynie błękitna krew, to powinieneś się wstydzić takiego zachowania! – wtrąciła Matylda, która dotychczas nie zabierała głosu w dyskusji.

– Wystarczy tej bezsensownej polemiki. Nasze światy są w niebezpieczeństwie, a wy prowadzicie jakieś dziecinne dyskusje, zupełnie nie wiadomo po co. Mam nadzieję, że mistrzowie nie wyrzucą was z Frogmouth za takie zachowanie – dodała Harper, zerkając groźnie na skonfliktowanych chłopców.

– Hmm! – burknął autor zaczepek, okręcił się na pięcie i odszedł urażony. Zadarł wysoko głowę, by podkreślić ostentacyjnie swoje niezadowolenie.

– Dziękuję, że się za mną wstawiliście – powiedział Dompling, spoglądając przyjacielsko na Harper i jej towarzyszy. Miał skrytą nadzieję, że uda mu się wkupić w ich łaski, co zdecydowanie pomogłoby mu w realizacji podstępnego planu.

– Nie ma problemu. Takie zachowania są absolutnie nie do przyjęcia – odparł Tony, uśmiechając się do Noela.

– Co to za hałas? Słyszycie? – zapytał nerwowo Abbott, odwracając głowę w stronę huku dobiegającego od dziobu.

Ku swemu wielkiemu przerażeniu ujrzeli olbrzymie bałwany kotłującego się jak wywar w kotle czarodzieja, monstrualnego wodospadu. Od przepaści dzieliło ich zaledwie kilka minut żeglugi. Na pokładzie wybuchła panika. Młodzież nie miała pojęcia, co robić, aby zatrzymać statek płynący jednostajnym tempem w kierunku nieuniknionej zagłady.

– Kto w ogóle steruje tą łodzią?! – wrzasnęła Harper.

– Nie mam pojęcia! – odkrzyknął Tony, rozglądając się nerwowo. – Może pod pokładem znajdują się jakieś sterowniki?

– Zróbmy coś, bo w przeciwnym razie za chwilę zakończy się nasza przygoda, która jeszcze się dobrze nie rozpoczęła! – grzmiała Matylda, rozganiając pasażerów z drogi i szukając zejścia na dół. Niestety nigdzie nie było najmniejszego śladu otworu prowadzącego pod pokład.

Statek coraz bardziej zbliżał się do kipieli. Podróżni czuli się zupełnie bezradni w obliczu czekającej ich katastrofy. Tumany gęstej mgły zaczęły spowijać łódź, ograniczając widoczność. Strugi wody, niczym ulewa, zalewały pokład, mocząc wszystkich do suchej nitki. Kadłub był już przy krawędzi przepaści. Histeria pasażerów mieszała się z wrzaskami, modlitwami i przekleństwami. Dziób zaczął się przechylać do przodu. Wszyscy wstrzymali oddech, oczekując zbliżającej się śmierci. I nagle… Feniks prężący pierś na dziobie statku ożył! Zatrzepotał mocno tytanicznymi skrzydłami i poderwał łódź w górę, unosząc się majestatycznie w podniebnych przestworzach.

Na pokładzie rozległy się okrzyki triumfu. Pasażerowie szaleli ze szczęścia, płacząc i rzucając się sobie w ramiona. Statek poszybował lekko nad potężnym wodospadem i wzniósł się w chmury, które szybko się rozpierzchły, odsłaniając słońce.

Rozdział VIII

WYPRAWA PO SMOCZE JAJA

Lot okrętu prowadzonego przez ognistego Feniksa nie trwał długo. Przyjemny powiew zefiru i ciepłe promienie słoneczne skutecznie osuszyły ubrania młodych śmiałków. Statek zatoczył krąg nad brzegiem ciągnącym się pod rozległym wzgórzem i wylądował u stóp ostrego klifu, którego skalne krawędzie pobłyskiwały smolistym kolorem prehistorycznego wulkanu. Na jego szczycie osadzona była masywna warownia. Jej główna część była prawie niewidoczna, ukryta za strzelistymi murami o wierzchołkach zatopionych wśród kłębiastych chmur.

– Jak my się tam dostaniemy? – wymamrotał strapiony Tony, zadzierając wysoko głowę. Na jego twarzy malowała się głęboka rozterka.

– Nie mam pojęcia – wyszeptała Harper. – Spodziewałam się znacznie przyjemniejszego widoku. To miejsce wygląda jak scena z jakiegoś horroru – dodała wyraźnie zakłopotana, wzdychając głęboko.

Na brzegu na przybyszy czekał mężczyzna ubrany w kremowy długi płaszcz przepasany zielonym sznurem.

Włosy w kolorze srebra opadały mu łagodnie na masywne ramiona. Na jego twarzy jaśniał pełen wdzięczności uśmiech. Podszedł wolnym krokiem do płonącego Feniksa i skłonił mu się na znak podziękowania za przywiezienie rekrutów na Frogmouth. Feniks w odpowiedzi schylił nisko głowę, zatrzepotał ognistymi skrzydłami, z których posypały się zimne iskry, i zastygł w bezruchu, przybierając ponownie formę drewnianego galionu wieńczącego stewę dziobową statku.

– Witam na zamku Atlandor na Zaczarowanej Górze. Nazywam się Hawkstone i jestem jej opiekunem – przemówił mędrzec. – Mam nadzieję, że nie najedliście się zbytnio strachu, dopływając do czeluści wodospadu?

– Ja o mało nie dostałem zawału serca – odpowiedział Abbott. Wysunął się naprzód i ciągnąc za sobą swój kufer, zszedł żwawo z pokładu.

– Bardzo przykro mi to słyszeć, ale Feniks budzi się tylko w obliczu zagrożenia, a przedostanie się na Frogmouth jest możliwe wyłącznie przez portal na Rzece Rozrachunku, w miejscu gdzie akurat ukształtował się przepastny wodospad.

– A! To wszystko wyjaśnia – wtrąciła Harper, idąc za Abbottem asekurującym dziewczęta, aby nie potknęły się o wystające z pokładu drewniane schodki.

– Ba… bardzo dziękujemy za możliwość przybycia tutaj – wyjąkał zestresowany Tony, rozglądając się nerwowo.

– Cała przyjemność po mojej stronie – odpowiedział uprzejmie mężczyzna, po czym odchrząknął, ściągnął usta i rozpoczął przemowę z powagą w głosie: – Frogmouth jest miejscem, gdzie możecie się nauczyć niecodziennych umiejętności oraz zdobyć moce, o których wam się nawet nie śniło. Wszystko jest możliwe, podkreślam: wszystko, i tylko od was zależy, ile z tej tajemnej wiedzy weźmiecie dla siebie i kim się staniecie. Nikt nie będzie wami kierował ani do czegokolwiek was przymuszał. Nikt nie będzie mówił, co macie robić, ale jeśli będziecie potrzebowali rady i pomocy, zawsze możecie o nią poprosić. Zostaniecie tutaj tak długo, jak długo zapragniecie. Możecie też odejść w dowolnym momencie. Macie wolną wolę i wola ta będzie szanowana bez jakiejkolwiek ingerencji z naszej strony.

Nagle Hawkstone zaczął rozglądać się dyskretnie, jakby był lekko zdenerwowany, lecz próbował nie okazywać zbytniego niepokoju.

– Zbierajmy się! Musimy jak najszybciej udać się do zamku. Tylko tam będziecie bezpieczni. Od kiedy Karcharodon knuje swoje plany, przebywanie poza murami którejkolwiek fortecy nie jest najrozsądniejszym pomysłem.

Słysząc te słowa, cała grupa pośpiesznie zeszła ze statku i ruszyła za mężczyzną. Po kilku minutach szybkiego marszu Hawkstone zatrzymał się u stóp potężnej skały, kazał przybyszom stanąć w rzędzie i polecił stanowczym tonem:

– Idziemy! Tylko proszę się nie zatrzymywać podczas przejścia przez ścianę na dziedziniec zamku. Przechodzimy szybko i zdecydowanie. Zrozumiano?

Nie czekając na odpowiedź, ruszył energicznym krokiem w stronę skały i po chwili zniknął, jakby rozpłynął się w powietrzu. Fragment kamienia, przez który przeniknął mężczyzna, zaczął wibrować, zmieniając swoją częstotliwość i otwierając tym samym przejście na dziedziniec. Przybysze, taszcząc swoje bagaże, pośpiesznie podążyli za opiekunem Zaczarowanej Góry, przechodząc kolejno przez grubą ścianę i pojawiając się po jej drugiej stronie.

Serce Harper zaczęło bić w przyśpieszonym tempie. Spojrzała z wyraźnym niepokojem na Tony'ego, który również wydawał się zdenerwowany. Przy potężnym kamiennym bloku zostało już tylko kilka osób. Kiedy przyszła kolej na Matyldę, ta w ostatniej chwili odwróciła się i spojrzała z troską na Harper oraz Tony'ego. Widząc, że ich twarze przybrały bladozielony odcień, dla dodania im otuchy powiedziała:

– Nie bójcie się! Ta ściana nie jest taka straszna, jak wygląda. Wystarczy wejść w nią odważnie, a wszystko będzie dobrze. Do zobaczenia po drugiej stronie! – po czym wkroczyła w skałę i zniknęła.

Za Matyldą pewnym krokiem powędrował Abbott, a następnie chłopiec o zadziornym usposobieniu, który na odchodnym rzucił pogardliwe spojrzenie w stronę młodego Domplinga, uśmiechnął się złośliwie i zniknął. Następny w kolejce był Noel, który ruszył z impetem przed siebie, zagryzł wargę ze zdenerwowania i… zawył z bólu. Zamiast przeniknąć przez przeszkodę, uderzył tylko głową w ścianę i odbił się od niej jak gumowa piłka.

– Co, do diabła?! – wrzasnął i złapał się za czoło, na którym rósł już duży guz.

– Co się stało? – zapytała Harper. – Dlaczego nie przeszedłeś?

– Skąd mam to wiedzieć?! – odpyskował Noel z ręką na obolałej głowie, której fragment zaczął przypominać wielką fioletową śliwkę.

Tony spojrzał z przerażeniem na Harper i podszedł bliżej ściany. Wyciągnął dłoń i dotknął kamienia, który był zimny i nieprzyjemnie wilgotny. Popukał kilka razy, ale skała nawet nie drgnęła.

– Wygląda na to, że portal przestał działać – powiedział lekko zakłopotany, spoglądając przestraszonymi oczami na Harper. Poczuł, jak usta mu zasychają i coś ściska gardło, nie pozwalając przełknąć śliny.

– To niemożliwe! Nie może nie działać! Pan Hawkstone powiedział wyraźnie, że mamy stanąć gęsiego i przechodzić zdecydowanym krokiem. Odsuńcie się! – poleciła Harper i przymierzyła się do przeniknięcia na drugą stronę.

Zamknęła oczy, zrobiła energiczny krok i… poczuła, że jej twarz wylądowała na zimnej skale, odwzorowując jej chropowatą strukturę.

– Au! – jęknęła przerażona dziewczyna. – Chyba rzeczywiście… nie działa… Tony, spróbuj ty!

– Zróbcie mi miejsce! – polecił Steller, przygotowując się do przejścia na dziedziniec. Cofnął się o trzy kroki, podskoczył kilka razy w miejscu dla uzyskania większego rozpędu i ruszył żwawo wprost na kamienny blok. Uderzył w skałę ramieniem, odbił się od niej jak sprężyna i upadł na ziemię, stękając z bólu.

– Tony! – krzyknęła Harper, podbiegając do przyjaciela. – Nic ci się nie stało?

– Nie, wszystko ze mną w porządku, ale co my teraz zrobimy? – zapytał drżącym głosem chłopak, wykrzywiając usta w grymasie bólu i masując obolałe od uderzenia ramię.

– Pewnie zorientują się tam, po drugiej stronie, że nie ma wszystkich, i po nas wrócą – powiedziała bez przekonania Harper.

– Wiedziałam, że to się tak skończy! – zapłakała spanikowana dziewczyna, która zaczepiała Noela na statku, racząc go opowieściami o psotach z dziadkowymi kaloszami. – Wiedziałam, że my, ludzie, po prostu jesteśmy za słabi i mamy w sobie zbyt dużo zła, by dostać się na Zaczarowaną Górę, wiedziałam! – szlochała żałośnie, ściskając kurczowo swój kufer.

– Nie maż się! – burknął Noel. – Nie dziwię się, że ściana przestała działać, kiedy zobaczyła taką beksę jak ty!

Dziewczyna wpadła w jeszcze większą rozpacz. Wprost zanosiła się od płaczu. Nagle jej szloch zaczął mieszać się z dobiegającym z oddali trzepotem skrzydeł, tworząc ciężki do zniesienia dysonans.

– Cicho! – syknęła Harper. – Słyszycie to?

Ciszę, jaka zapadła wokół nich, przerwał rozrywający niebo hałas. Wszyscy spojrzeli w górę. Łoskot narastał i narastał, aż zamienił się w dudnienie. Noel wstrzymał nerwowo oddech, wciskając plecy w zimną skałę. Miał wrażenie, że nogi wrosły mu w ziemię i stały się ciężkie jak z ołowiu. Pośród kłębiastych chmur zaczęły się rysować coraz wyraźniej dwie sylwetki kształtem przypominające wysokich, dobrze zbudowanych mężczyzn. Z ich szerokich barków wyrastały długie na ponad dwa metry skrzydła przylegające na całej długości do ramion, które lśniły hebanowym blaskiem. Lecący byli ubrani w ciemnoszare szaty pokryte kruczymi piórami. Po chwili zatoczyli koło nad głowami dzieci i wylądowali tuż przed nimi.

– Hmm! Co… my… tu… mamy? – rzekł jeden ze strażników Zaczarowanej Góry, uśmiechając się zadziornie i spoglądając spod oka na wylęknioną gromadkę.

– Kolejne ciamajdy, które nawet nie potrafią przejść przez ścianę – burknął drugi, podchodząc bliżej dzieci. – Czy was tam, w świecie ludzi, nikt nie uczy, jak przenikać przez materię i manipulować energią?

– No nie, a to… tego można się nauczyć? – zapytała z wielkim zainteresowaniem Harper.

– Oczywiście, że można! Choć nie pamiętam, kiedy ostatnio któryś z ludzi trafił tu z taką umiejętnością. Musiało to być bardzo, bardzo dawno temu – dodał strażnik, zawieszając spojrzenie na jakimś punkcie w dali, jakby próbował sobie coś przypomnieć.

– To jak my się tam dostaniemy? – dopytywał nerwowo Noel, w którego głowie szalały niespokojne myśli, łomoczące jak wzburzone fale oceanu o skalisty brzeg.

– No… musicie po prostu przejść przez skałę, i już!

– Słucham? Przecież powiedział pan, że ludzie nie potrafią tego robić – wtrąciła ponownie Harper. – To niby jak mamy tego dokonać?

– To nie jest takie trudne, jak się wydaje. Musicie po prostu wykorzystać siłę swojego umysłu i uwierzyć, że potraficie to zrobić. I przede wszystkim nie możecie się bać. Strach jest waszym największym wrogiem. Potrafi sparaliżować i zniszczyć wszystko. Wiara we własne możliwości sprawi, że będziecie góry przenosić.

– Serio? – Podekscytowany Noel już wyobrażał sobie, jak niesie wzgórze na własnych ramionach.

– Nie! – zaśmiał się strażnik. – Żartowałem z tymi górami, ale wszystko inne jest możliwe. To kto idzie pierwszy?

– Ja! – wrzasnął Dompling i wepchnął się przed pozostałych, nie mogąc się doczekać przejścia na drugą stronę.

Stanął przed skałą i zaczął mocno wytężać umysł, wpatrując się w nią w największym skupieniu, jakie tylko potrafił z siebie wykrzesać. Miał nadzieję, że za chwilę jak za dotknięciem czarodziejskiej różdżki znajdzie się na dziedzińcu zamku. Jednak mijały kolejne sekundy, a ściana nawet nie drgnęła. Na twarzy Noela zaczęły się pojawiać wyraźne oznaki zdenerwowania zmieszanego z piorunującą wściekłością.

– Może byście mi tak powiedzieli, co mam zrobić, by ta durna skała zaczęła działać, co? – warknął ze skwaszoną miną, widząc, że jego wysiłki idą na marne.

– Mój drogi chłopcze, po pierwsze, musisz nauczyć się cierpliwości, a po drugie, panuj nad emocjami – upomniał chłopaka jeden ze strażników. – Myślę, że będzie lepiej, jeśli ustąpisz miejsca przyjaciołom, a sam poczekasz.

Noel burknął coś pod nosem i odsunął się na bok, nadymając ze złości czerwone poliki, które wyglądały, jakby miały zaraz eksplodować.

Teraz Harper podeszła w skupieniu do wysokiej ściany, wpatrując się hipnotyzującym wzrokiem w jej niewzruszone struktury. Zacisnęła mocno powieki, zrobiła krok przed siebie… i po chwili wsiąknęła w kamień, który stał się miękki jak gąbka.

– Udało się! – krzyknął Tony, podskakując z radości na widok pulsującej skały. – Jednak to jest możliwe!

– Oczywiście, że jest możliwe – rzucił obojętnie strażnik, jakby przeniknięcie przez materię było najzwyklejszą rzeczą.

Po Harper do kamiennego bloku podeszła zapłakana dziewczyna i także po kilku sekundach zniknęła. Za nią powędrował Tony i mrucząc coś pod nosem, w wielkim skupieniu wpatrywał się w skałę, modląc się, aby również jemu się udało. Zawahał się na chwilę, ale szybko przypomniał sobie słowa pana Hawkstone'a. Dał wielkiego susa i przeniósł się na drugą stronę – ku swej wielkiej uldze.

Przed ścianą zostali tylko dwaj strażnicy i Noel, który pomimo wielu prób nie mógł przedostać się na dziedziniec.

– No cóż, chłopcze! Nie mamy teraz czasu na zabawy. Pójdziesz z nami!

Mężczyźni poderwali go i unieśli wysoko, szybując w bezmiar kłębiastego nieba. Noel, mknąc do góry w objęciach strażników, poczuł, jak serce podskoczyło mu do gardła, a fala paraliżującego gorąca zalała całe ciało. Obawiał się, że odkryto jego podstępne zamiary i teraz czeka go niechybny koniec. Zacisnął powieki, po których gęsto spływały krople ze spoconego ze strachu czoła.

*

Po przejściu przez skałę Tony i Harper znaleźli się na potężnym zamkowym dziedzińcu, na którym panował przyjemny harmider. W powietrzu unosiła się egzotyczna woń palonych ziół, która przyjemnie łaskotała ich nozdrza.

– Tony! Harper! Wreszcie jesteście! – Z oddali dobiegły ich radosne pokrzykiwania Matyldy i Abbotta, którzy przeciskali się między wojownikami odzianymi w czarne i srebrne stroje pokryte jedwabistymi piórami, z imponujących rozmiarów skrzydłami przylegającymi do boków.

– Gdzie wy się podziewaliście?! – wołał Abbott, sapiąc i nie mogąc złapać oddechu w przypływie niepohamowanej radości. – Widzieliście, ile tu jest rewelacyjnych rzeczy? Chodźcie, pokażę wam wylęgarnię.

– Wylęgarnię? Czego? Kurczaków czy kaczek? – zapytał Tony z wyraźnym poirytowaniem w głosie.

– Jakich kurczaków?! Oni hodują tutaj smoki i wiwerny! Chodźcie szybko, właśnie jeden taki słodziutki smoczek się wykluwa! – Rozgorączkowany Abbott kręcił się we wszystkie strony, nie mogąc opanować podniecenia.

– Co się z wami działo? – dopytywała Matylda, idąc szybkim krokiem obok przyjaciółki. Obie próbowały dotrzymać tempa Tony'emu i Abbottowi, którzy pędzili w kierunku wylęgarni.

– Dziwna sprawa – odpowiedziała Harper. – Ściana się zamknęła, kiedy Noel próbował przez nią przeniknąć. Musieli interweniować strażnicy, którzy pomogli nam przedostać się tutaj.

– A jemu udało się w końcu przejść?

– Nie wiem, próbował i próbował, ale skała pozostawała niewzruszona i milczała jak zaklęta.

– Ciszej! – syknął Abbott i spojrzał groźnie na szepczące dziewczęta, kiedy przekraczali próg obszernego budynku z masywnych kamiennych bloków.

Wewnątrz znajdowały się żłoby wyściełane czymś przypominającym wyschnięte mięsiste gąbki, jakie można spotkać na rafach koralowych.

– To tutaj! – oznajmił Abbott, podbiegając do jednego z olbrzymich koryt.

Leżało w nim czerwonopurpurowe jajo o średnicy pół metra. Skorupa trzeszczała i grzmiała, jakby lawa rozwścieczonego wulkanu próbowała wydostać się na zewnątrz.

– To smok ognisty – poinformował stojący za ich plecami mężczyzna, na którego twarzy rysowały się zadowolenie i duma. – Jestem Fergus… no tego tam… – dodał nieśmiało, prawie niesłyszalnym głosem.

– Miło nam pana poznać! – odpowiedziała Harper, spoglądając na barczystego, niewysokiego opiekuna smoków ubranego w bordowy strój. Miał on długą miedzianą brodę splecioną w gruby warkocz sięgający mu prawie do pasa.

– To nasz pierwszy smoczek od chyba trzydziestu tysięcy lat – powiedział z czułością mężczyzna, spoglądając szklistym wzrokiem na pękającą skorupę, przez której szczeliny pobłyskiwało ognistopomarańczowe światło.

– Nie macie tutaj dorosłych smoków? – zapytał ze zdziwieniem Tony.

– No… tego tam… nie mamy.

– To skąd wzięły się te jaja? – rzekł z niepohamowaną ciekawością Abbott, marszcząc czoło i ściągając brwi.

– No jak to skąd? Z kryształowej komnaty, ma się rozumieć.

– Z kryształowej komnaty? – powtórzyła zdumiona Harper, przeciągając wyraźnie samogłoski.

– No tak! – odpowiedział Fergus, jakby w ogóle nie rozumiał ich zdziwienia. – Kryształowe komnaty znajdują się głęboko pod ziemią i mają rozmaite przeznaczenie. No… na przykład w komnatach z żółtych kryształów przechowywane są jaja różnych rodzajów smoków. Gdyby nie te wredne dinozaury, tego tam, to pewnie przez kolejne tysiące lat te cudne stworzenia nie ujrzałyby światła dziennego… – skwitował pieszczotliwym tonem i zaczął się rozpływać nad swoimi podopiecznymi: – O, weźmy na przykład – ciągnął, wskazując na kolejne jaja różnych rozmiarów i kolorów – tam… tego tam, mamy smoka wodnego, a ten w niebieskiej skorupie w ciapki to… tego tam, to… wiwerna chmurzasta. Nie wiemy, jakie środki bitewne zastosuje Karcharodon, więc musimy być przygotowani na wszelkie ewentualności. No… teraz muszę już iść, bo… jeszcze czeka mnie wyprawa do wnętrza ziemi po kolejne smocze jaja.

– Wyprawa po smocze jaja? – powtórzył Abbott, któremu przez głowę przemknął fenomenalny pomysł. – Czy moglibyśmy się tam z panem wybrać?

– Gdzie…? Po jaja?

– Tak! Tak! – wykrzyknęli chórem chłopcy, wpatrując się w opiekuna smoków maślanym wzrokiem.

– Nieee, no… tego tam, czy ja wiem…?

– Bardzo prosimy! – nalegali.

– W sumie… przydałaby mi się pomoc, ale… no… tego tam – mruczał zmieszany Fergus, drapiąc się nerwowo po rudej czuprynie. – To nie jest zbyt bezpieczne, no… tego tam.

– My się niczego nie boimy! Bardzo prosimy, niech nas pan ze sobą zabierze – nie ustępował Tony.

– No… no dobrze! Niech wam będzie! Tylko pośpieszcie się, bo zostało niewiele czasu do wylęgnięcia się tego tu… małego smoczusia… – wybąkał pieszczotliwie, wpatrując się czule w pękające jajo.

– My się nim zaopiekujemy – powiedziała Harper. – Prawda? – Spojrzała pytająco na Matyldę.

– Ależ oczywiście! Nie musi się pan o nic martwić! – przytaknęła Matylda, starając się utwierdzić opiekuna smoków w przekonaniu, że jajo pozostawione z nimi jest zupełnie bezpieczne. – Z nami włos mu z głowy nie spadnie! To znaczy… gdyby miał włosy oczywiście! – Skrzywiła się, czując, że chyba palnęła głupstwo.

*

Chłopcy wraz z Fergusem opuścili wylęgarnię i udali się w kierunku wejścia do podziemia. Przez kilka minut wędrowali krętymi schodami w dół, aż schody zamieniły się w wąski korytarz wyłożony kamienną posadzką. Powietrze stawało się coraz zimniejsze, a jego ostry zapach przywodził na myśl zatęchłą piwnicę. Na końcu tunelu znajdowały się niewielkie drewniane drzwi. Opiekun smoków zatrzymał się przed nimi i zdjął z piersi metalowy medalion, pośrodku którego osadzony był żółty kryształ. Wyjął go i włożył w otwór w centralnym punkcie drzwi, które rozsunęły się na boki, ukazując maleńką skalną grotę. Wewnątrz panował tajemniczy półmrok rozświetlany tylko przez migocące marblity. Mężczyzna kiwnął na Tony'ego i Abbotta, aby weszli do środka. Na ścianie obok wejścia widniało trzynaście otworów w pionowym rzędzie. Fergus włożył do jednego z nich swój kryształ, z którego nagle wystrzeliła fala nieokiełznanej energii w pomarańczowym odcieniu. Chłopcy nie zdążyli nawet pisnąć, kiedy zassała ich wszystkich i zaczęli pędzić z potworną prędkością w dół, w głąb ziemi, niczym oberwana winda spadająca z setnego piętra.

– Uff, ale jazda! – powiedział Fergus, poprawiając rozczochraną fryzurę, po wylądowaniu w kryształowej komnacie.

Chłopcy ledwo stali na nogach, trzymając się jeden drugiego, aby nie stracić równowagi i nie upaść na ziemię.

– Wszystko z wami w porządku? – zapytał opiekun smoków, spoglądając na Tony'ego i Abbotta z uśmiechem na twarzy.

– Chyba tak – odrzekli obaj niepewnym głosem, mrużąc oczy, jakby próbowali odzyskać prawidłowe widzenie. Kiedy ostrość ich wzroku wyklarowała się, ujrzeli potężną grotę rozświetloną wspaniałym blaskiem kryształów mieniących się wszystkimi odcieniami szafranu. Każdy jej centymetr pokryty był nieziemsko wyglądającymi kamieniami szlachetnymi różnych kształtów i rozmiarów. Niektóre miały po kilkanaście metrów, wystawały ze ścian, z sufitu i podłogi, która również lśniła kanarkową iluminacją. Tony, zafascynowany pięknem kryształów, podniósł dwa małe kamyki i włożył do kieszeni spodni.

– Które by tu wziąć? – zastanawiał się głośno Fergus, głaszcząc się po splecionej brodzie i oglądając różne jaja spoczywające na pobłyskujących jasnym światłem kryształowych regałach.

– A co to za różnica? – zapytał Abbott.

– No duża, no... tego tam. Każdy smok czy wiwerna ma określone umiejętności. Muszę mądrze podjąć decyzję, tego tam. Może weźmiemy dwa jaja groźnego strażnika i dwa śmierciogbura?

– Co one takiego potrafią? – dopytywał Tony.

– Są bardzo agresywne... i waleczne. Po prawdzie... nie lubię ich, bo ciągle tylko z nimi problemy, ale wyszkoli się je, tego tam, i będzie w porządku. No dobra, bierzmy te jaja i wracajmy.

Mężczyzna chwycił dwa wielkie ciemnozielone jaja śmierciogbura, chłopcy zaś z trudem wtaszczyli do małej groty po jednym jaju groźnego strażnika. Opiekun smoków uruchomił jaskinię swoim żółtym kryształem i cała trójka poszybowała z prędkością błyskawicy na górę.

W drodze powrotnej, kiedy wspinali się po krętych schodach, ich nozdrza zaczęła drażnić ostra woń dymu zmieszanego z gęstą parą. Fergus coraz mocniej pociągał nosem i przyśpieszył kroku, by jak najszybciej dostać się do wylęgarni. Obawiał się najgorszego. Mając zajęte ręce, kopnął energicznie drzwi, które otworzyły się z hukiem.

Stanął oniemiały, nie mogąc uwierzyć własnym oczom. Całe pomieszczenie było zakopcone, jakby ktoś właśnie gasił pożar. Spośród kłębów gęstego dymu wyłoniła się umorusana sadzą Matylda, oddychając z trudem, kaszląc i odganiając ręką ciężką parę.

– Na trójgłowego smoka! Co się stało?! – krzyknął przestraszony Fergus i prawie wypuścił smocze jaja z rąk.

– No... nic poważnego – usiłowała coś nieporadnie tłumaczyć dziewczyna, ale gryzący dym prawie uniemożliwiał jej mówienie.

– Wykluł się smok ognisty i zaczął ziać ogniem, a tuż po nim przyszedł na świat smok wodny, który dostał czkawki. Nie wiedziałyśmy, co robić, więc trochę się tu nakopciło – wyjaśniła mokra jak kura Harper, która próbowała uspokoić małego smoczka plującego co chwilę wodą.

Fergus położył czym prędzej jaja śmierciogbura na posadzce, otarł nerwowo pot z czoła i podbiegł roztrzęsiony do smocząt, nie mogąc opanować głębokiego wzruszenia.

– Już dobrze, wszystko dobrze – przemawiał drżącym głosem. – Ta... tatuś już jest – wyjąkał tkliwie, pociągając nosem i ocierając łzy szczęścia spływające strużkami po jego rozpalonych polikach. Wyciągnął silne ramiona i przygarnął nowo wyklute smoczki, tuląc je czule do piersi.

Podekscytowani chłopcy podbiegli do Fergusa trzymającego maleństwa w objęciach.

– One są nieziemskie! – zawołał zachwycony Abbott.

– Smoki, prawdziwe smoki! To naprawdę są smoki! – krzyczał oszołomiony Tony, jakby nie mógł uwierzyć w prawdziwość tego, co właśnie zobaczył.

Rozdział IX

ZNIKAJĄCE DRZWI

Następnego ranka głośny łomot w drzwi obudził śpiące jeszcze dziewczęta, które zajęły przestronną komnatę w jednej z potężnych wież zamku. Rozpościerał się z niej niebiański widok na pierzynę kłębiastych chmur przesuwanych łagodnie przez spokojne prądy powietrzne. Wyglądając przez okno, można było odnieść wrażenie, że siedzi się na puszystych obłokach, a dookoła poza nimi nic nie istnieje.

– Harper! Matylda! Śpicie jeszcze?! – wołał zdyszany Abbott, waląc mocno w drzwi ich pokoju.

Po chwili drzwi uchyliły się i przez szczelinę wysunęła się głowa zaspanej Harper, prezentująca niecodzienny widok z rozczochraną jak stóg siana fryzurą.

– Która godzina? – zapytała dziewczyna, ziewając i przecierając zaspane oczy.

– Któż to wie. Tu nigdzie nie ma zegarków. Pan Hawkstone powiedział, że Ziemianie są jedynymi ludźmi w galaktyce, którzy mierzą coś, co nie istnieje. Tutaj nikt nie żyje według wskazówek zegara. Ale nie jest jeszcze za późno, aby dobrze zacząć dzień – oznajmił Tony, wchodząc razem z Abbottem do eleganckiej komnaty dziewcząt.

– Musimy zacząć wykonywać zadania i nabywać umiejętności, które pozwolą nam bronić naszych światów przed drapieżnymi wojownikami z Królestwa Dinozaurów – wymądrzał się Abbott. – To, że możemy robić, co chcemy, nie oznacza, że mamy spać cały dzień! – dodał impertynenckim tonem, spoglądając spod byka na koleżanki.

– Dobrze, dobrze, nie gorączkuj się. Już idziemy! – odpowiedziała Matylda i wychodząc jako ostatnia z pokoju, zatrzasnęła za sobą masywne drewniane drzwi.

Cała czwórka powędrowała szerokim korytarzem, który nieśmiało przecinały jaskrawe promienie wschodzącego słońca. Wszystko dookoła było dla nich nowe i tajemnicze. Czuli się trochę niepewnie, zostawieni sami sobie, ale wiedzieli, że w tej metodzie jest ukryta mądrość, która pozwoli im odkryć rzeczy dla nich ważne. Nie musieli się niczego obawiać, gdyż zamek był skrupulatnie strzeżony przez najlepszych wojowników na całej Zaczarowanej Górze. Jedynymi wrogami, jakich mogli się lękać, byli oni sami. Tylko strach i wewnętrzne blokady mogły ich hamować przed osiągnięciem upragnionych celów i zdobyciem potężnych mocy.

Pełni ekscytacji podążali długim holem, dyskutując na temat wczorajszej wyprawy po smocze jaja oraz niespodziewanego wyklucia się dwóch smoków, które narobiły zamieszania w wylęgarni Fergusa. Nagle ich poranna wędrówka została przerwana przez ścianę, która wyrosła przed nimi jak zaczarowana, uniemożliwiając dalszy marsz.

– A to co za niespodzianka? – zapytał zdziwiony Abbott, którego piegowaty nos wylądował prawie na zimnym murze.

– To pewnie jakieś „magiczne" przejście, przez które przenika się z użyciem swojego umysłu. Takie samo jak to na dole, przy wejściu do zamku, pamiętacie? – odparła z przekonaniem Matylda. Podeszła bliżej i zaczęła się wpatrywać hipnotyzującym wzrokiem w ścianę, ale ona nawet nie drgnęła.

Po chwili pozostali dołączyli do przyjaciółki i cała grupa wysilała wzrok w największym skupieniu, łącząc siły w zmaganiach z materią, jednak mur pozostawał niewzruszony.

– Najwyraźniej coś nie działa – stwierdziła strapiona Harper. – Nie mamy wyjścia. Musimy wrócić i znaleźć inną drogę.

Cała grupa, uznając to za jedyne logiczne rozwiązanie, ruszyła z powrotem. Skręcili w prawo, choć wydawało im się, że przedtem nie było na ich drodze żadnych zakrętów. Gdy tylko znaleźli się za rogiem, zobaczyli, że także to przejście zamyka pozbawiona drzwi ściana.

– Już nic z tego nie rozumiem – wymamrotał Abbott, drapiąc się po białej czuprynie. – Mógłbym przysiąc, że ten korytarz nie miał wcześniej żadnych skrętów...

– No ja też! – zawtórował mu Tony. – Dobra, wracajmy w takim razie. – Poczuł, jak nieprzyjemny dreszcz lęku przebiega mu po plecach i wywołuje gęsią skórkę na ramionach.

Kiedy się odwrócili, hol ponownie zakręcał, tym razem w lewo. Harper spojrzała niepewnie na Matyldę i chłopców, na których milczących twarzach malował się niepokój. Nie mając innego wyjścia, poszli w lewo i ku swemu wielkiemu przerażeniu spostrzegli, że również to przejście zamyka ślepa ściana. Stanęli zrezygnowani i wpatrywali się w nią przez jakiś czas, próbując znaleźć logiczne wytłumaczenie tego zjawiska.

Nagle na murze pojawiły się białe drzwi, do złudzenia przypominające wejście do pokoju Tony'ego w jego rodzinnym domu. O dziwo, widniała na nich naklejka z napisem: DZIECIOM WSTĘP WZBRONIONY!, identyczna z tą, którą przykleił kiedyś u siebie, aby Lily nie wchodziła tam pod jego nieobecność.

Tony natychmiast rozpoznał drzwi, a ich widok przywołał bolesne uczucie tęsknoty za domem, mamą i młodszą siostrą. Wysunął się przed przyjaciół i wpatrywał w nie w wielkim skupieniu. Do głowy zaczęły mu napływać ckliwe obrazy chwil spędzonych z rodziną. Po policzku Tony'ego spłynęła łza, którą szybko otarł rękawem. Chwycił za klamkę i pociągnął drzwi do siebie. Poczuł, jak krew w jego żyłach zaczyna krążyć w przyśpieszonym tempie, a serce wali jak młotem. Zajrzał ostrożnie do środka i zobaczył… swój pokój! Był dokładnie w takim stanie, w jakim go zostawił, kiedy wybrał się w poniedziałkowy poranek z mamą na spotkanie z dyrektorem szkoły. Pod oknem stało biurko, a na nim znajdował się otwarty laptop z wygaszonym ekranem. W kącie leżały deskorolka i rozrzucone buty. Obok znajdował się regał z figurkami jego ulubionych bohaterów z gier komputerowych i piłkami, na których widniały autografy kilku znanych piłkarzy. Pośrodku zaś stało łóżko, na którym siedziała jego mama. Trzymała w rękach koszulkę Tony'ego i szlochała, wycierając chusteczką mokry nos.

– Mamo! – Tony czuł, jak coś rozdziera jego serce i wywołuje bolesny ucisk w piersi. – Mamo! Mamo!

Jednak pani Diana nie słyszała wołania syna. Po chwili do pokoju weszła Lily. Usiadła obok mamy i wyszeptała dla dodania otuchy:

– Mamusiu, nie płacz, proszę. Nie płacz. Tony się odnajdzie, zobaczysz. On musi być gdzieś niedaleko, wiem to.

Pani Steller pogłaskała ją po głowie, zamknęła zapłakane oczy i przytuliła mocno córeczkę.

Tony nie mógł dłużej wytrzymać widoku cierpiących mamy i siostry. Otworzył szeroko drzwi i niewiele myśląc, przekroczył próg swojego pokoju, opuszczając tym samym korytarz zamku Atlandor na Zaczarowanej Górze.

– Tony! – krzyknął na cały głos Abbott. – Tony!

Jednak chłopiec nie słyszał już wołania – znalazł się w swoim domu w ludzkim świecie, w innym wymiarze. Rzucił się w objęcia mamy i Lily, które na jego widok poderwały się na równe nogi. Po ich policzkach zaczęły płynąć strugi łez radości. Wszyscy troje uścisnęli się, nie mogąc uwierzyć w to, co właśnie się wydarzyło. Po chwili Tony oprzytomniał i odwrócił się w stronę drzwi, przez które przed momentem wszedł, ale nie został po nich ślad. Zniknęły jak zaczarowane. Podbiegł do ściany i zaczął ją obmacywać nerwowo, jednak poza tapetą niczego tam nie było.

Harper, Matylda i Abbott wpatrywali się w pokój Tony'ego w milczeniu, nie mogąc uwierzyć, że ich przyjaciel odszedł. Zrobiło im się bardzo przykro, że stracili oddanego towarzysza. Harper próbowała go jeszcze nawoływać, ale żadne głosy nie docierały na drugą stronę. Po chwili drzwi zniknęły tak samo tajemniczo, jak się pojawiły, zostawiając troje osłupiałych przyjaciół z otwartymi ustami, wpatrujących się w ścianę jak zahipnotyzowani.

– Wygląda na to, że Tony wrócił do domu – wymamrotała łamiącym się głosem Matylda.

– Najwyraźniej takie było jego przeznaczenie – wydukała Harper, ocierając wilgotne kąciki oczu.

Nagle w miejscu, gdzie jeszcze kilka minut wcześniej znajdowały się drzwi pokoju Tony'ego, pojawiły się potężne drewniane wrota. Widniały na nich niezrozumiałe napisy oraz wyrzeźbione znaki i symbole. Przez szczeliny przenikały nieśmiało promienie zielonego światła, które po chwili zgasło, a następnie rozbłysło ponownie. Abbott przysunął oko do szpary, chcąc wypatrzyć, co znajduje się po drugiej stronie, jednak niczego nie mógł dostrzec.

– Te drzwi nie pojawiają się tutaj bez powodu. W końcu jesteśmy na Zaczarowanej Górze, prawda? – powiedziała Harper i złapawszy za mosiężną klamkę, pociągnęła ją do siebie. Miała nadzieję, że być może wrota pozwolą również jej wrócić do domu, kończąc w ten sposób wieloletnie uwięzienie w ciele ptaka. Abbott i Matylda przyłączyli się do przyjaciółki i ciągnąc razem za ciężkie skrzydło, uchylili je nieznacznie.

Ich oczom ukazała się duża starodawna pracownia wyposażona w najdziwniejsze urządzenia i sprzęty, jakich nigdy wcześniej nie widzieli. Pośrodku stała ogromnych rozmiarów maszyna osadzona na potężnym kamiennym bloku. Wyglądała jak świder usiany zielonymi kryształami, czubem skierowany do góry. Obok maszyny krzątał się nerwowo młody mężczyzna w granatowym kombinezonie. Jego rozczochrana czerwono-blond czupryna sterczała we wszystkie strony, jakby została rażona piorunem.

Harper, Matylda i Abbott byli tak zaciekawieni niecodziennym widokiem, że nawet nie zauważyli, kiedy przekroczyli próg i znaleźli się wewnątrz, odcinając sobie tym samym powrotną drogę na korytarz zamku Atlandor.

– Podejdźcie bliżej – zachęcił ich mężczyzna, nie odrywając wzroku od wirującej maszyny, której kryształy rozświetlały zielonym blaskiem pomieszczenie, tworząc atmosferę tajemniczego półmroku.

– Czy on mówi do nas? – wyszeptała Matylda, chowając się razem z Harper i Abbottem za jedną z wysokich kolumn podtrzymujących strzeliste sklepienie komnaty.

– Tak! Mówię do was. A widzicie tu jeszcze kogoś? – odpowiedział gospodarz, wpatrując się nieustannie w maszynę i dokręcając coś wielkim śrubokrętem.

Trójka przyjaciół spojrzała na siebie z niedowierzaniem. Nie mając wyjścia, wychylili się nieśmiało zza filaru i niepewnie ruszyli w kierunku nieznajomego.

Nagle maszyna zaczęła wirować szybciej i szybciej, tworząc karuzelę malachitowego światła zmiksowanego z dźwiękiem przypominającym gwizd pędzącej lokomotywy. Na sekundę komnata rozbłysnęła oślepiającym blaskiem wymieszanym z kłębami gęstego dymu. Włosy całej trójki stanęły dęba, jakby zostały zelektryzowane wysokim ładunkiem. Coś huknęło, świsnęło i po chwili wszystko zgasło.

– O, ja nieszczęsny! – lamentował głosem pełnym goryczy młody mężczyzna, potrząsając na boki swoją potarganą czupryną. – Od kiedy zalało nam Atlantydę...

– Atlantydę? – powtórzyła głośniej Harper.

– Tak, Atlantydę. Od tego nieszczęsnego dnia... – kontynuował, ocierając umorusaną twarz – ...kiedy przenieśliśmy maszynę czasu na Frogmouth, nie potrafię zliczyć, ile samolotów i statków przepływających przez Trójkąt Bermudzki wysłałem do innych wymiarów czasowych. Jak tylko Isis dowie się, że znowu próbowałem uruchomić tę maszynę, będę w poważnych tarapatach! – odpowiedział wyraźnie strapiony naukowiec.

– Czyli Atlantyda istniała naprawdę? – dopytywał zaintrygowany Abbott, głaszcząc się nerwowo po głowie i próbując uładzić sterczące we wszystkie strony włosy.

– Oczywiście, że istniała! Zbierajmy się stąd lepiej, bo jeśli Isis nas tu nakryje, będziemy mieć poważne kłopoty. – Mężczyzna zgarnął czym prędzej narzędzia porozrzucane na kamiennym blacie, jakby próbował zatuszować swoją obecność, wepchnął je do drewnianej skrzyni i błyskawicznie skierował się w stronę wyjścia.

Harper, Matylda i Abbott, nie mając bladego pojęcia, co zrobić, intuicyjnie ruszyli za nim.

– Gilbercie, co znowu robiłeś w Pracowni Czasu?! – Tuż po wyjściu z komnaty ich uszu dobiegł ciepły, a zarazem stanowczy kobiecy głos.

Naukowiec stanął jak wryty, jakby nogi wrosły mu w kamienną posadzkę. Na jego twarzy odmalowało się poważne strapienie. Cała grupa odwróciła się bardzo powoli w stronę nieznajomej. Ku swemu wielkiemu zaskoczeniu ujrzeli niesamowicie piękną wysoką kobietę o długich blond włosach, których fale łagodnie spływały na jej idealnie wyrzeźbione ramiona. Na nadgarstku miała dużą złotą bransoletę wysadzaną okazałymi kryształami w różnych kolorach i kształtach.

– Ja?... – wybąkał zmieszany Gilbert. – Ja tylko chciałem...

– Gilbercie, ile razy mam ci powtarzać, żebyś nie bawił się maszyną czasu! – upomniała go kobieta.

– Bardzo, bardzo przepraszam… Już więcej się to nie powtórzy, obiecuję! – odparł strapiony naukowiec, zwieszając nisko głowę. Zrobiło mu się wstyd, że nie dotrzymał danej wcześniej obietnicy.

– Nie powiem, piękny przykład dałeś naszym gościom. – Kobieta kręciła wymownie głową, jakby chciała podkreślić swoje rozczarowanie. – Cóż, dobrze już! Wiesz, że nie potrafię się długo gniewać. A wy, moi drodzy, skoro trafiliście na Gilberta… – zwróciła się do Harper, Matyldy i Abbotta, zmieniając wyraz twarzy na zdecydowanie pogodniejszy – to właśnie on będzie waszym opiekunem podczas pobytu w tym zamku. Tutaj możecie nauczyć się wielu wspaniałych rzeczy. Tak więc, chłopcze, do roboty. Tylko nie zawiedź mnie tym razem! – rzuciła na odchodnym i oddaliła się bezszelestnie, powłócząc za sobą długim trenem kremowej sukni. Sprawiała wrażenie, jakby w ogóle nie dotykała stopami posadzki.

– Uff! To mi się upiekło. – Gilbert wypuścił powietrze z płuc, wydając przy tym syk niczym dziurawy balon. – Isis i Stormborne są najpotężniejszymi władcami na Zaczarowanej Górze – wyjaśnił. – Isis ma siedzibę w zamku Atlandor, Stormborne zaś króluje w podniebnych przestworzach, ale jego forteca ciągle zmienia położenie, tak że trudno ją zlokalizować. Wszyscy darzą ich ogromnym szacunkiem, ale również boją się ich, ponieważ oboje posiadają potężne moce, z którymi niewielu może się zmierzyć.

Matylda, Harper i Abbott szli za Gilbertem, który ochoczo opowiadał im o mieszkańcach Frogmouth potrafiących robić nieprawdopodobne rzeczy. Po dość intensywnej wędrówce przestronnymi korytarzami fortecy wydostali się na zewnątrz. Ostre słońce oślepiło ich na chwilę, zacierając prawidłowe widzenie.

– Ej, chyba dostałem halucynacji! – wymamrotał Abbott z wyraźnym niepokojem w głosie.

– Dlaczego tak uważasz? – zapytał zaskoczony Gilbert, krzyżując ręce na piersi.

– No chyba już całkowicie zwariowałem. Widzę wielkie bloki kamienia latające nad głowami ludzi, o tam, na placu – odpowiedział strapiony chłopiec, przecierając z niedowierzaniem oczy.

– Może to jakaś fatamorgana? – wtrąciła Harper.

Gilbert wybuchnął śmiechem.

– Nic ci się nie pomieszało ani nie jest to żadna fatamorgana. To lekcja lewitacji! Chandryk jest wielkim znawcą tej sztuki. Kiedy tylko uczniowie położą wszystkie kamienie na ziemi, przedstawię mu was. Teraz zachowajcie ciszę, aby nie rozkojarzyć nikogo, bo jeszcze jakiś uczniak mógłby spuścić komuś głaz na głowę.

Gdy wszystkie bloki bezpiecznie wylądowały, Gilbert ruszył w stronę wysokiego muskularnego mężczyzny w średnim wieku, którego głowa była zupełnie pozbawiona włosów. Chandryk miał na sobie szerokie, przewiewne spodnie, a jego atletyczny tors wystawał spod rozpiętej bawełnianej koszuli.

Gdy dzieci zbliżały się do mężczyzny, na placu zapanowało wyraźne rozprężenie po intensywnej lekcji wymagającej szczególnie dużego skupienia.

– Chandryku! Chandryku! – wołał Gilbert, ponaglając gestem trójkę przyjaciół. – Mam nowych uczniów dla ciebie – wysapał zdyszany, kaszląc i odganiając wszechobecny kurz wzbity z podłoża przez osiadające kamienie.

Mężczyzna spojrzał na nowicjuszy przez ramię i odezwał się bardzo powoli, otrzepując przy tym pył z szarawarów.

– Rozpoczynamy ćwiczenia każdego ranka wraz ze wschodem słońca. Ta sztuka wymaga nadzwyczaj spokojnego umysłu i skupienia. Proponuję wam iść dziś do łóżek razem z kurami, byście jutro wstali wypoczęci. Inaczej wasza dekoncentracja może być zabójczo niebezpieczna.

*

Następnego dnia, zanim jeszcze słońce wysunęło swą czerwoną tarczę zza horyzontu, cała trójka czekała na placu przed zamkiem. Gwiazdy bladły, nieśmiało migocąc na jaśniejącym niebie i ustępując powoli miejsca zorzy porannej. Niepostrzeżenie wokół Harper, Matyldy i Abbotta pojawiło się kilkanaście młodych osób, które wyrosły jak spod ziemi. Abbott zaczął się przyglądać wszystkim dookoła i odniósł wrażenie, że wśród oczekujących jest chłopak do złudzenia przypominający Noela. Chciał już krzyknąć jego imię, ale ten odwrócił głowę. Wszyscy stali w skupieniu, czekając na swojego mistrza, który również zjawił się bezszelestnie. Stanął naprzeciwko stosu wielkich kamieni i przemówił tajemniczym głosem zniżonym prawie do szeptu:

– Umysł… Niezgłębiona zagadka ludzkości. Bezkresny jak ocean, odkryty tylko na powierzchni. Jego potęgę mają odwagę eksplorować zaledwie nieliczni.

Po chwili klasnął w wielkie niczym bochny chleba dłonie, zatarł je jak siłacz przygotowujący się do dźwignięcia ciężaru i polecił zdecydowanym tonem:

– Stańcie w rzędzie, zachowując bezpieczną odległość od siebie. Każdy wybiera głaz i przenosi go z jednego stosu na drugi, zrozumiano?

Harper upatrzyła sobie niewielki blok i zaczęła się intensywnie w niego wpatrywać, ale głaz nawet nie drgnął. Pozostali radzili sobie znacznie lepiej. Wielkie bryły latały w powietrzu, przenoszone z jednego miejsca na drugie. Abbott uznał to za wspaniałą zabawę i zaczął ganiać swoim kamieniem głaz Matyldy, zderzając je niczym samochodziki w wesołym miasteczku. Chandryk, widząc to, upomniał go, grożąc mu palcem. Chłopak odkrył, że ma lewitacyjny talent, i postanowił zbudować wysoką wieżę z głazów ułożonych jeden na drugim, wywołując zazdrosne spojrzenia innych uczniów.

Harper za to poczerwieniała ze złości, nadymała policzki i szeptała pod nosem jakieś niezrozumiałe słowa, jakby próbowała zakląć kamienie, by wreszcie zaczęły latać. Jednak pomimo wysiłku i wielu prób nie udało się jej poderwać z ziemi żadnego bloku.

– Nic mi nie wychodzi! – wykrzyknęła zrezygnowana i zacisnęła wargi ze zdenerwowania.

– Nie martw się – pocieszał ją Chandryk. – Początki bywają trudne. Niektóre umiejętności wymagają treningu, a inne trzeba wesprzeć wiedzą. Jestem przekonany, że masz wiele talentów. Bądź cierpliwa i konsekwentna w działaniach, ucz się, obserwuj znaki, a pewnego dnia rezultaty cię zaskoczą.

Dziewczyna uśmiechnęła się niepewnie, ale czuła się bardzo nieporadna wśród pozostałych uczniów, którzy bez trudu radzili sobie z ciężkimi blokami kamienia, przenosząc je we wszystkie strony i układając w budowle różnych kształtów.

Chandryk, widząc irytację Harper, polecił jej, by udała się do biblioteki, gdzie znajdują się starożytne zwoje i księgi, w których zawarta jest tajemna wiedza na temat sztuki lewitacji.

Nie zwlekając, dziewczyna pobiegła do zamku i skierowała kroki wprost do książnicy. W głębi pomieszczenia przy kamiennym stole siedziała Isis. W skupieniu studiowała starodruki – i albo była tak zaabsorbowana czytaniem, że nawet nie zauważyła dziewczyny kręcącej się między regałami, albo widziała więcej, niż Harper mogło się wydawać.

Kilka minut później do biblioteki wbiegli zdyszana Matylda wraz z Abbottem i Gilbertem i zwalniając, cichutko podeszli do przyjaciółki.

– Czemu zwiałaś z lekcji? – zapytał szeptem Abbott.

– Bo nic mi nie wychodzi z tymi kamieniami – wymamrotała zdruzgotana Harper przez zaciśnięte zęby.

– Trzeba było próbować do skutku – poradził jej Gilbert.

– Łatwo ci mówić. Ile razy można próbować? Już mi mózg chciał eksplodować od tego koncentrowania się i wlepiania wzroku w głazy – odpowiedziała łamiącym się głosem.

– Cóż, czasami trzeba tysięcy prób, zanim pojawią się rezultaty. – Matylda poklepała przyjaciółkę życzliwie po plecach. – Chodź, poszukamy tych ksiąg i mam nadzieję, że jutro pójdzie ci lepiej.

– Ci...szej... ci...szej! – Nagle intensywną wymianę zdań przyjaciół przerwały syczące głosy o metalicznym zabarwieniu.

Należały do kilkunastu mężczyzn odzianych w hebanowe, długie płaszcze. Na głowach mieli kaptury, spod których błyszczały czarne jak sadza oczy. Ich zimny, martwy wzrok przywoływał na myśl mroczne cmentarne krypty. Twarze mieli zakryte maskami w kształcie kruczego dzioba, dłonie zaś osłonięte rękawiczkami, których palce były zakończone szpiczastymi metalowymi pazurami. Siedzieli z gniewnymi minami przy kamiennych stołach, studiując księgi zawierające tajemną wiedzę Atlantydy.

– To ludzie maszyny – wyszeptał Gilbert, odciągając przyjaciół w odległy kąt, by nikt nie słyszał ich rozmowy. – Oni nie mają wnętrzności jak normalni ludzie. W środku są wyposażeni w jakieś mechanizmy czy coś takiego.

– Serio? Macie tu roboty? – zapytał Abbott.

– Nie! To nie są roboty. Oni mają uczucia i inteligencję. W sumie nie wiem dokładnie, kim są. Isis opiekuje się nimi. Nikt ich tu nie lubi, bo ciągle są niezadowoleni i grymaśni. Nigdy się nie uśmiechają i ciągle tylko narzekają.

– Skąd oni się tu wzięli? – zapytała prawie niesłyszalnym głosem Harper, spoglądając ukradkiem na ludzi maszyny.

– Przylecieli z jakiejś odległej galaktyki, aby zgłębić naszą wiedzę, ale ziemska atmosfera jest dla nich za ciężka, więc męczą wszystkich swoją paskudną obecnością.

– Nie mogą wrócić do siebie, skoro im się tutaj nie podoba? – zapytała pomysłowo Matylda.

– To nie takie proste. Nie mogą wrócić, dopóki nie wypełnią misji, z jaką tu przybyli. Isis nie miała wyjścia i musiała ich przyjąć. Ich cywilizacja dała jej ultimatum. Chcieli za wszelką cenę zdobyć naszą wiedzę, więc mogliśmy im ją przekazać pokojowo, godząc się na to, lub bronić naszych tajemnic podczas wojny, która wisiała na włosku. Oni rozwinęli potężną technologię. Nie mielibyśmy w starciu z nimi żadnych szans. Siedzą zatem całymi dniami i nocami w bibliotece i sczytują tymi swoimi martwymi oczami nasze księgi.

– Chyba znalazłam to, czego szukałam – wtrąciła cicho Harper, zdejmując z wysokiego regału zakurzony starodruk.

– Dobra, to bierzmy tę księgę i zmiatajmy stąd – zaproponował Gilbert, który podejrzliwie spoglądał na nadętych mężczyzn w czarnych płaszczach. Miał nieodparte wrażenie, że ci ludzie obserwują go cały czas, wodząc za nim grobowymi spojrzeniami, które wywoływały siarczyste dreszcze na całym jego ciele.

Rozdział X

KULA POSŁANIEC

Hej, ty tam! – krzyknął Chandryk do jakiegoś młodzieńca, nakazując mu gestem, by pomógł Abbottowi przynieść trzynaście dywanów na plac zamkowy.

Nieznajomy, powłócząc niechętnie nogami, ruszył w stronę magazynu. Odwracał przy tym głowę, unikając kontaktu wzrokowego z chłopcem. Wszedł do środka i przerzuciwszy kobierzec przez ramię, próbował czmychnąć na zewnątrz. Abbott przyglądał mu się uważnie i nie chcąc tym razem przepuścić okazji, zawołał:

– Noel, to ty?!

Chłopak wzdrygnął się, ale udał, że nie słyszy wołania, i nie zatrzymując się, zmierzał ku wyjściu.

– Noel! – krzyknął powtórnie Abbott.

– Eee… No… Cześć, Abbott – odpowiedział zmieszany Dompling, odwracając się w stronę chłopaka.

– A, to jednak ty! Jak ci się udało tu dotrzeć?

– No… normalnie. Strażnicy mnie przynieśli na zamek i czym prędzej zacząłem naukę, aby nadrobić zaległości.

– To wspaniale! Dziewczęta się ucieszą, kiedy się dowiedzą, że tutaj jesteś. Tylko czemu zachowujesz się, jakbyś ludzi nie poznawał?

– Kto? Ja? Eee... nie, wydaje ci się. Ja po prostu koncentruję się na lekcjach – odpowiedział Noel, któremu było bardzo nie na rękę spotkanie z Abbottem i jego przyjaciółkami. Wiedział, że teraz będzie musiał zachować wyjątkową ostrożność w kontaktach z Ravendrone'em.

Zgodnie z poleceniem chłopcy przynieśli na plac dywany i zrzucili je u stóp Chandryka. Mistrz chwycił jeden z kobierców i rozwinął na ziemi.

– A to co? Latające dywany? – zaśmiał się Abbott.

– E tam, te dywany nic nie potrafią bez człowieka. Dopiero moc naszego umysłu może sprawić, że zaczną zachowywać się jak zaczarowane – wyjaśnił Gilbert z rozbawieniem w głosie.

– Teraz pokażę wam, jak transportować duże ilości ciężkich przedmiotów – powiedział Chandryk, skupiając wzrok na stosie wielkich kamiennych bloków.

Za pomocą siły umysłu przeniósł kilkanaście z nich na dywan i ułożył w równą piramidę na całej jego powierzchni. Obładowany masywnymi głazami kobierzec zaczął się powoli unosić, wzbudzając niemały zachwyt i westchnienia obserwującej to młodzieży. Po pokazie każdy uczeń wziął jeden dywan i rozpoczął ćwiczenia.

Harper podeszła zakłopotana do nauczyciela i powiedziała zmieszanym głosem:

– Wczoraj wypożyczyłam z biblioteki księgę na temat manipulowania energią i sztuki zmuszania przedmiotów do lewitacji, żeby poczytać, ale nic w niej nie ma. Wszystkie karty są puste.

– Jak to puste? – zapytał zdziwiony mistrz, zaglądając nerwowo do ciężkiego tomu, który Harper przytaszczyła na zajęcia. – Tego już za wiele! Chodź ze mną! Musimy porozmawiać z Isis – oznajmił i energicznym krokiem opuścił zamkowy dziedziniec.

Harper ze wszystkich sił starała się za nim nadążyć. Serce podskoczyło jej do gardła. Chciała wytłumaczyć, że to nie jej wina, ale twarz Chandryka zrobiła się purpurowa ze złości. Mężczyzna, krocząc zamaszyście w stronę biblioteki, nie dał jej szansy na jakiekolwiek wyjaśnienia.

Isis jak zwykle siedziała pośrodku wielkiej sali i studiowała w skupieniu starodruki. Chandryk stanął za kolumną i wpatrywał się uważnie w królową, która po chwili podniosła wzrok i spojrzała w jego stronę. Mężczyzna, używając telepatii, poprosił ją o rozmowę na osobności.

– Myślałam, że tylko ptaki umieją porozumiewać się telepatycznie – wykrztusiła Harper.

– My też potrafimy – odparł nerwowo Chandryk.

– Dlaczego ja tego nie umiem, będąc w ciele człowieka?

– Bo może nie wykorzystujesz wszystkich swoich umiejętności? – rzekł mistrz i podążył za Isis, trzymającą w rękach długie zwoje papieru. Cała trójka weszła do pustej komnaty, pośrodku której stał kamienny stół z dwunastoma wysokimi krzesłami.

– Isis… – rozpoczął Chandryk, nie kryjąc potężnego zdenerwowania – ostatnimi czasy coraz więcej naszych ksiąg zostaje pozbawionych tekstu. Spójrz! – Otworzył opasły tom, który przydźwigała Harper. – Czy nie uważasz, że pora odesłać ludzi maszyny tam, skąd przybyli? Przecież jak tak dalej pójdzie, to nasi studenci nie będą mieli się z czego uczyć! – powiedział, intensywnie gestykulując i nie kryjąc oburzenia.

Harper odetchnęła z ulgą i poczuła, jak ciężki kamień spadł jej z serca. Myślała, że Chandryk jest zły na nią, bo nie potrafi unosić umysłem głazów i na dodatek zniszczyła księgę, ale jego rozjuszenie wynikało z czegoś zupełnie innego.

– To nie jest takie proste – odpowiedziała spokojnym głosem Isis. – Niestety musimy ich gościć dopóty, dopóki nie wypełnią swojej misji. Nie mamy innego wyjścia, tylko cierpliwie czekać.

– To jest jakaś kosmiczna niedorzeczność! – kontynuował zbulwersowany mężczyzna.

– Poza tym nie mamy pewności, że to oni dopuszczają się szalbierstwa – oznajmiła królowa.

– A któż inny mógłby być tak wredny? – rzucił na odchodnym Chandryk i ukłoniwszy się z szacunkiem Isis, opuścił wraz z Harper komnatę.

*

Późnym wieczorem Abbott wparował do pokoju dziewcząt, taszcząc na plecach zwinięty dywan. Rzucił go na podłogę, zatarł dłonie i uśmiechając się szeroko, polecił:

– Zbierajcie się! Jedziemy na wycieczkę!

– Co? – zapytała Matylda, która leżała na brzuchu na kanapie i czytała jakieś opasłe dzieło w twardej jak skorupa oprawie.

Chłopiec otworzył szeroko dwuskrzydłowe drzwi na balkon, rozwinął energicznie dywan, po czym krzyknął podekscytowany:

– Wskakujcie!

– Abbott, zwariowałeś do reszty? – burknęła Matylda, odkładając książkę na bok. – Nie możesz sobie tak po prostu latać nocą na dywanie!

– A kto mi zabroni? Czy pan Hawkstone nie powiedział, że mamy wolną wolę? Dziś wieczorem zamierzam z niej w pełni skorzystać! – zaśmiał się, rozsiadając się wygodnie na puszystym kobiercu.

– Ale to może być niebezpieczne! – Matylda próbowała wybić mu szalony pomysł z głowy, jednak Abbott ani myślał jej słuchać.

– Chodźcie! Będzie super!

Harper uznała, że to może być niesamowita przygoda, i ochoczo dosiadła się do przyjaciela, który przygotowywał się do startu. Matylda, nie chcąc zostać sama, zdecydowała się ostatecznie dołączyć. Usiadła tuż obok Harper i złapała ją mocno za rękę. Abbott wytężył umysł i dywan zaczął się powoli unosić. Najpierw nierówno, kołysząc się na boki, by po chwili wyfrunąć w otwarte niebo, na którym gwiazdy migotały złotym blaskiem. Delikatny wiatr rozwiewał dzieciakom włosy, a pęd wywoływał przyjemne łaskotanie w żołądku.

– Niezła jazda, nie! Niczym z *Baśni z tysiąca i jednej nocy*! – krzyczał rozentuzjazmowany chłopiec, unosząc nad zamek kobierzec, który kołysał się jak okręt na łagodnych morskich falach – ku wielkiej uciesze dziewcząt.

– Może te legendarne dywany z bajek same nie latały? Może ludzie kierowali nimi za pomocą swojego umysłu, tak jak ty teraz? – zastanawiała się Harper, uśmiechając się szeroko i odsłaniając zęby, których biel odbijała jaskrawe światło wiszącego nisko księżyca.

– W każdej legendzie jest odrobina prawdy – zgodziła się Matylda, spoglądając w dół na sennie oświetlone mury potężnego zamku. – Spójrzcie tam! – krzyknęła po chwili, wskazując na przesuwający się cień jakiegoś człowieka, który prześlizgiwał się wzdłuż muru, rozglądając się dyskretnie dookoła.

Abbott zawrócił i zleciał niżej, by przyjrzeć się dokładnie nieznajomemu. Zawiśli na chwilę w bezruchu w powietrzu, gdy nagle jakaś szklana kulka uderzyła chłopca boleśnie w czoło.

– Au! – wrzasnął, łapiąc się za głowę i tracąc tym samym kontrolę nad latającym dywanem.

Harper w ostatniej chwili chwyciła kulkę, która po odbiciu się od głowy Abbotta upadła na jej kolana. Kobierzec, pozbawiony chwilowo kontroli, szamotał się bezładnie, tracąc powoli wysokość. Trójka przyjaciół wpadła w panikę. Żadne z nich nie potrafiło zapanować nad spadającym dywanem, kołującym coraz szybciej w dół. Nie mogąc utrzymać równowagi, ześlizgnęli się z aksamitnej powierzchni i zawiśli na jego krawędziach. Z trudem utrzymując się w powietrzu, z przerażeniem czekali niechybnego upadku.

Nagle wydarzyło się coś niespodziewanego. Nadleciało wielkie ptaszysko i chwyciło ich mocno, ratując w ostatniej chwili przed roztrzaskaniem się o ostre dachy fortecy.

Dziewczęta nie mogły złapać tchu, przyciśnięte jedna do drugiej. Abbott szarpał się niespokojnie, podejmując daremne próby wydostania się z silnego uścisku. Po kilkunastu sekundach dziwny stwór wypuścił dzieci ze szponów, kładąc je ostrożnie na szczycie zamkowej wieży. Cała trójka stłoczyła się ciasno i dysząc z przerażenia, wyczekiwała najgorszego.

– Mówiłam! Mówiłam, że to się źle dla nas skończy! – krzyczała spanikowana Matylda, po której policzkach płynęły strugi łez. – Przez twoje głupie pomysły zostaniemy teraz pożarci przez jakiegoś potwora! – lamentowała bliska utraty przytomności.

– Nie tak szybko… – wyszeptał ciepły męski głos dochodzący zza gęstych chmur otulających dach, na którym siedziały dzieci. Należał on najwyraźniej do owego „potwora", który ocalił Harper, Matyldę i Abbotta od śmiertelnego upadku.

Zza tumanów zawiesistej mgły wyłoniła się postać i przysunęła bliżej zlęknionych przyjaciół, ukazując im się w srebrnym blasku księżyca. Był to pół mężczyzna, pół ptak. Miał ludzką głowę i atletyczny tors, zamiast ramion zobaczyli jednak potężne skrzydła, na których końcu znajdowały się dłonie. Od szyi w dół był całkowicie upierzony, niczym ptak. Stał na masywnych żółtych skokach zakończonych silnymi szponami.

– Nie… nie zamierzasz nas po… pożreć? – zapytała trwożliwie Harper, odzyskując powoli głos i logiczne myślenie.

– My nie jemy ludzi… Jesteśmy roślinożerni – odrzekł spokojnie mężczyzna-ptak, uśmiechając się pod nosem. – Mam na imię Gryfiks i mieszkam z rodziną wysoko w górach. Mieliście dużo szczęścia, że akurat przelatywałem nad zamkiem. Inaczej byłoby już po was.

– Ehem! – odchrząknął Abbott, podnosząc się na trzęsących się jeszcze ze strachu nogach. – Bardzo dziękujemy za uratowanie nam życia. Jesteśmy pana dozgonnymi dłużnikami – dodał z wyraźną skruchą w głosie, spuszczając nisko głowę.

– Nie ma sprawy. Cała przyjemność po mojej stronie, lecz co wam przyszło do głowy, by latać nocą na jakimś dywanie?

– To był mój pomysł – przyznał zawstydzony Abbott. – Jak widać, zupełnie nieodpowiedzialny. Ale nic by nam się nie stało, gdyby nie jakiś kamień, który trafił mnie między oczy, zupełnie dekoncentrując.

– To nie kamień, lecz szklana kulka – wtrąciła Harper, wyjmując z kieszeni kryształowy przedmiot.

– To jest kula posłaniec używana do przesyłania zaszyfrowanych wiadomości. – Gryfiks wziął ją w dłoń i przyjrzał się jej dokładnie z każdej strony. – Te kule mogą pokonywać duże odległości. Płyną po niebie po niewidzialnych siatkach przypominających gigantyczne sieci rybackie. Czasami zdarza się, że wypadają ze swojego traktu.

– Co jest na niej napisane? – zapytała z animuszem Harper, w której głowie zaczęło kiełkować ziarenko nieposkromionej ciekawości.

– Tego to ja nie wiem – odpowiedział Gryfiks. – Wiadomość jest widoczna tylko po podświetleniu wiązką czerwonego światła. Wiecie co? Zapraszam do mnie na herbatkę – zaproponował po chwili. – Napijemy się dobrego wywaru z okolicznych ziół, no i może spróbujemy rozszyfrować zagadkę tej kuli.

– A gdzie dokładnie pan mieszka? – zapytała podejrzliwie Matylda, wiedząc, że przyjęcie zaproszenia od nieznajomego może nie być najmądrzejszym pomysłem.

– Nie, nie musicie się mnie obawiać – rzekł przekonująco mężczyzna, uśmiechając się życzliwie, jakby odczytał przesiąknięte niepokojem myśli dziewczyny. – Gdybym miał złe zamiary, nie ratowałbym was, prawda?

– No... niby tak – odpowiedziała Matylda, w której głowie lęk toczył walkę z chęcią bliższego poznania intrygującego stworzenia.

– Matyldo, ty we wszystkim dopatrujesz się jakichś podstępów – oznajmił pewny siebie Abbott i poderwał się na równe nogi, okazując gotowość do podróży.

Trójka przyjaciół prowadzona przez Gryfiksa poszybowała spokojnie na dywanie przez otulone pierzyną chmur nocne przestworza. Opuścili okolicę zamku, który z każdą sekundą zmniejszał się, aż w końcu zniknął im z pola widzenia. Powietrze stawało się coraz chłodniejsze i nieprzyjemnie wilgotne, wdzierając się jak oślizgły wąż pod ich cienkie ubrania.

W końcu Gryfiks wylądował wysoko w górach na grubej gałęzi potężnego drzewa, na którym rosły dorodne dynie. Otrzepał aksamitne skrzydła, uśmiechnął się pogodnie i zapraszającym gestem wskazał na okrągłe wejście do jego domu.

– A to kto?! – Zza gęstych gałęzi dobiegł ich wrogo brzmiący rozindyczony męski głos.

– Nie twoja sprawa – odburknął Gryfiks, chwytając za drewnianą klamkę.

– Ludzie już raz prawie nas posłali na dno oceanu – rzucił kąśliwie nieznajomy, który wychylił się zza konarów i spojrzał pogardliwie z góry na Harper, Matyldę i Abbotta.

– Nie wszyscy ludzie są źli – odparł mężczyzna-ptak i otworzywszy szeroko drzwi, kiwnął na dzieci, by czym prędzej weszły do środka.

Gryfiks mieszkał wraz z żoną i synkiem w przestronnym domu wyżłobionym w gigantycznym drzewie. Jego konary były tak rozłożyste, że z trudem docierały tam promienie słoneczne. W izbie panował przyjemny półmrok, rozświetlany tylko blaskiem emitowanym przez kryształy rozstawione na podłodze, meblach i w niewielkich otworach wydłubanych w miazdze drewnianych ścian. Zaraz po wejściu w nozdrza gości uderzyła mieszanka zniewalających zapachów ziół, których okazałe pęki wisiały pod sufitem.

– Kim był ten mężczyzna-ptak? – zapytała Harper, czując się nieswojo, zaatakowana przez nieznajomego.

– To jeden z moich braci – odpowiedział zażenowany gospodarz. – Ale nie przejmujcie się nim. On ma żal do ludzi, że nas źle traktowali i z ich winy Atlantyda została pochłonięta przez ocean.

– Jak to?! – Matylda zrobiła wielkie oczy i niecierpliwie wyczekiwała dalszej opowieści.

– Ludzie, którzy zamieszkiwali Atlantydę, byli nieprawdopodobnie rozwiniętą cywilizacją. Mieli statki kosmiczne i byli o krok od przystąpienia do Galaktycznej Rady. Niestety zaczęli prowadzić eksperymenty genetyczne. Podczas rozmaitych prób stworzyli wiele krzyżówek gatunków, takich jak centaury i fauny, a także nas. Wykorzystywali nowo stworzone istoty do ciężkiej pracy i służby w swoich domach. Traktowali nas... no... rzec by można, jak niewolników. Legenda głosi, że było to niezgodne z prawami natury i rzekomo doprowadziło do zagłady Atlantydy. Część jej mieszkańców uciekła latającymi statkami, przedostając się na inne kontynenty. Całe szczęście, że my mamy skrzydła, więc udało się nam uchronić przed śmiercią, ale teraz raczej trzymamy się od ludzi z daleka.

– Bardzo przykro mi to słyszeć – powiedziała ze smutkiem Harper, której oczy zaszły łzami.

– Nie musi być ci przykro. Teraz jest inaczej. Ludzie na Zaczarowanej Górze są bardzo mili, ale niektórzy z nas, jak mój brat, nie potrafią im wybaczyć. Ot, cała historia.

– Moje sikoreczki, zapraszam na pyszną dynię szpinakową – wtrąciła radośnie pani Gryfiksowa, która właśnie nakryła do stołu i postawiła na nim sześć pękatych bań.

– Dziękujemy bardzo, ale... nie jesteśmy głodni – odrzekli zgodnie przyjaciele, którzy mimo pustych żołądków nie gustowali w dyniowych, a tym bardziej szpinakowych potrawach.

– Założę się, że nigdy wcześniej nie kosztowaliście czegoś takiego – zachęcała pani domu, podając każdemu wielką jak ramię dorosłego człowieka drewnianą łyżkę.

Synek państwa Gryfiksów wdrapał się na stołek. Zdjął ochoczo roślinną pokrywkę z czubka dyni i zaczął łapczywie wyjadać miąższ z jej wnętrza. Na ten widok Harper i Matylda również zdecydowały się skosztować soczystego warzywa, które ku ich wielkiemu zaskoczeniu okazało się słodkim smakołykiem, rozkosznie rozpływającym się w ustach niczym miód. Abbott, widząc rozanielone miny dziewcząt, także skusił się na kęs. Zanurzył wielką łychę we wnętrzu dyni, po czym niepewnie wsunął ją do ust, wykrzywiając się w grymasie obrzydzenia. Jednak po przełknięciu jego mina zmieniła się natychmiast w promienny uśmiech.

– A tak w ogóle, czemu zawdzięczamy wizytę tak miłych gości? – zapytała kobieta-ptak, przeżuwając powoli strawę i spoglądając pytająco na męża.

– Ach, przepraszam, moja droga – odpowiedział zakłopotany gospodarz i zaczął opowiadać małżonce historię niespodziewanego ocalenia dzieci, które znalazły się w poważnych tarapatach za sprawą tajemniczej kulki.

– Kula posłaniec… – powtórzyła powoli kobieta, przełykając głośno kęs słodkiej dyni.

– Tak, tak – potwierdziła ożywiona Harper i wyciągnąwszy przedmiot z kieszeni, położyła go przed sobą na stole.

– Kiedyś służyłam u wpływowego kapłana i wysyłanie zaszyfrowanych wiadomości na zielonych kryształowych kulach odbywało się tylko w sytuacjach zagrożenia lub zbliżającej się wojny. To nie wróży niczego dobrego – wyszeptała pani Gryfiksowa, spoglądając bojaźliwie na męża. – Spróbujmy odczytać zapisaną na niej wiadomość – dodała po chwili ciężkiego milczenia, przerywanego tylko siorbaniem dyniowego miąższu przez chłopca, z którego szarobrązowych ramion sterczały nieupierzone jeszcze skrzydełka.

– Czy widzieliście, kto rzucił tę kulę? – wykrztusił przez ściśnięte gardło pan Gryfiks, który nagle poczuł trudny do opisania niepokój.

– To był jakiś mężczyzna. Miał na sobie długi czarny płaszcz z kapturem. Niestety nie udało nam się zobaczyć jego twarzy – wyjaśniła ze strwożoną miną Harper.

Gospodyni podniosła się powoli i odeszła od stołu. Zaczęła badawczo rozglądać się po pomieszczeniu, sprawdzając dziury w ścianach, w których umieszczone były różnokolorowe kryształy. Po chwili z małego otworu wyjęła czerwony marblit. Wzięła zieloną kulę posłańca i podeszła do niewielkiego paleniska, w którym skwierczały żółte kamyki emitujące fale gorących płomieni. Rozgrzała nad nimi soczewkowaty czerwony kryształ, który zaczął promieniować purpurowym światłem. Oświetlona nim zielona kulka ujawniła zapisaną na niej wiadomość.

– BI... BLIO... TE... KA PRA... WIE PO... SPRZĄ... TA... NA – przeczytała głośno pani Gryfiksowa, mrużąc przy tym pomarańczowe oczy, przywodzące na myśl bystre spojrzenie jastrzębia.

– „Biblioteka prawie posprzątana”? Co to znaczy? – zapytała zaintrygowana Matylda, podchodząc bliżej do kryształowego paleniska, przy którym stała kobieta-ptak, wpatrując się uważnie w kulę i rozmyślając nad ujawnioną treścią.

– Wiem! Ludzie maszyny! – syknęła Harper, marszcząc brwi i wypuszczając z płuc wstrzymywane powietrze.

– To niemożliwe! – odparł Gryfiks. – Oni są na Zaczarowanej Górze od dawien dawna. Poza tym Isis ma na nich oko.

– Wypożyczyłam z biblioteki księgę i wiecie co? Cała treść została wyczyszczona! Kiedy pokazałam to Chandrykowi, wpadł w gniew. Poszliśmy do Isis, ale ona nie chciała przyznać mu racji i za wszelką cenę broniła tych dziwolągów.

– Isis ma potężne moce i wie znacznie więcej, niż możecie sobie wyobrazić. Widzi przyszłość i potrafi ocenić, kiedy ktoś kłamie, więc powinniście w pełni jej zaufać – wyjaśnił mężczyzna-ptak.

– Kto w takim razie niszczy wiedzę Atlantydy i wysyła szpiegowskie kule, hę? – zapytał Abbott, krocząc gniewnie wokół niewielkiego stołu pośrodku izby.

Rozdział XI

NÓŻ ŚWIATŁA

Noc otuliła granatowym płaszczem Zaczarowaną Górę, pogrążając wszystkie żywe istoty w głębokim śnie. Księżyc w nowiu schował swą tarczę w mrocznym cieniu Ziemi, sprawiając, iż wszystko zlało się w jedną ciemną całość.

Abbott, Harper i Matylda maszerowali energicznym krokiem przez zamkowe korytarze, by zdążyć na spotkanie z Isis, która dokładnie o północy, wraz z biciem dzwonu na zamkowej wieży, miała rozpocząć prelekcję na temat używania potężnych Energii Życia. Chandryk upomniał uczniów, że jest to wyjątkowa umiejętność i koniecznie powinni wziąć udział w zajęciach. Harper zastanawiała się, dlaczego ta lekcja odbywa się tak późno, ale nie zadawała pytań, gdyż zostało im niewiele czasu, a wciąż nie mogli odnaleźć wskazanej komnaty, co wyjątkowo ich irytowało.

– Pośpieszcie się – syczał rozeźlony Abbott.

– No przecież idziemy! – odwarknęła Matylda. Dziewczęta maszerowały najszybciej jak mogły, by dotrzymać przyjacielowi kroku.

Sekundy goniły jedna drugą w rytm bijących serc dzieci, które powoli traciły nadzieję na dotarcie w porę na wykład Isis. Nagle z zamkowej wieży rozległ się głośny dźwięk dzwonu.

– No to koniec, jesteśmy spóźnieni! – oznajmiła zrezygnowana Harper, zatrzymując się jak wmurowana pośrodku korytarza i opuszczając bezradnie ręce.

– Jak to możliwe?! – krzyknęła Matylda. – No żeby się zgubić w zamku, to trzeba mieć naprawdę pecha.

– Tak bardzo chciałem się nauczyć używać Energii Życia – powiedział ze smutkiem Abbott. – Chandryk powiedział, że to jest najlepsze, czego można tutaj doświadczyć.

– A wy tu, tego tam… co tak stoicie w ciemnościach? – Nagle usłyszeli znajomy głos.

Cała trójka ożywiła się i podbiegła do okna, przez które zobaczyła Fergusa siedzącego na wiwernie wiszącej w powietrzu przy zamkowym murze.

– Fergus! – wykrzyknął uradowany Abbott.

– Skąd masz tego smoka?! – dodała zaciekawiona Matylda.

– No… tego tam… To nie smok, tylko wiwerna. Nooo! – Mężczyzna pociągnął za lejce, by zapanować nad zwierzęciem. – Wybrałem się na przejażdżkę, bo trenuję groźnego strażnika. I tak sobie lataliśmy, aż tu nagle dojrzałem was, to zawróciłem, tego tam…

– Jak to się stało, że ta wiwerna jest już taka duża? – zapytała z niepohamowanym zainteresowaniem Harper.

– No… tego tam, one szybko rosną – odparł Fergus, uśmiechając się szeroko i prężąc dumnie pierś. – A wy co się, tego tam, włóczycie po nocy?

– Właśnie przegapiliśmy zajęcia z Isis. Miały się zacząć o północy w Komnacie Księżycowej, ale zupełnie straciliśmy orientację i nie możemy do niej trafić. – W głosie Matyldy słychać było rozczarowanie.

– Nie! Nie możecie tego przegapić! – powiedział poważnie Fergus. – Ta wiedza może być przekazana tylko podczas nowiu, a następny dopiero za dwadzieścia osiem dni! Do tego czasu może być już za późno.

– To co mamy zrobić? – zapytała nerwowo Harper, spoglądając rozbieganym wzrokiem na opiekuna smoków.

– Wskakujcie! Podrzucę was do komnaty, no… tego tam.

Trójka przyjaciół czym prędzej wsiadła na grzbiet unoszącego się w powietrzu groźnego strażnika i poszybowali razem nad spadzistym dachem fortecy. Przemknęli jak błyskawica na północną stronę zamku. Fergus pociągnął mocno za wodze, dając wiwernie znać, że ma się zatrzymać. Dzieci zeskoczyły na długi taras na wysokości trzynastego piętra i popędziły co sił w nogach szerokim korytarzem, na którego końcu znajdowały się duże drewniane drzwi z wyrzeźbionym księżycem w pełni.

– To musi być Komnata Księżycowa! – stwierdził uradowany Abbott i nie zastanawiając się długo, chwycił za mosiężną klamkę. Pociągnął wrota do siebie, uchylając je delikatnie, i wsunął nieśmiało głowę do środka.

W pomieszczeniu panował półmrok. Pośrodku przed masywnym prostokątnym blokiem skalnym stała Isis. Na jej twarzy odbijała się amarantowa poświata wydobywająca się z wnętrza kamienia. Kobieta kiwnęła głową, dając spóźnialskim znać, aby weszli. Harper i Matylda zajęły dwa wolne miejsca na marmurowych stołkach z boku głazu, Abbott zaś usiadł obok Noela naprzeciwko Isis.

– Ta energia ma olbrzymią moc… – kontynuowała królowa tajemniczym głosem, prezentując na dłoni świetlistą kulę migocącego światła. – Czerwone kryształy o owalnym kształcie w głównej mierze służą do leczenia, ale mają również niespotykane właściwości. Można nimi uzdrowić wiele schorzeń: złamane kości, zadane rany, infekcje czy inne choroby na co dzień nawiedzające istoty żywe, z którymi nie poradziło sobie ziołolecznictwo czy medycyna dostępna w danej cywilizacji. – Nagle Isis przerwała, wzięła głęboki wdech i kontynuowała z poważną miną: – Pamiętajcie! Ta energia została stworzona, by czynić dobro, ale jej niewłaściwe wykorzystanie może zabić!

– Zabić!? – wydukała zaniepokojona Harper, otwierając usta ze zdziwienia.

– Tak, jeśli dostanie się w niepowołane ręce lub będzie użyta do niecnych celów. Dlatego pamiętajcie, obchodźcie się ze wszystkim, co spotykacie w swoim życiu, z należytym szacunkiem i nie działajcie przeciwko prawom natury – odpowiedziała królowa.

Po czym wyciągnęła rękę przed siebie i zaczęła wpatrywać się w kulisty kłębek wirującej energii.

– Teraz pokażę wam, w jaki sposób ta łagodna energia może zamienić się w śmiercionośną broń, ale ostrzegam was: pod żadnym pozorem nie wolno wam z niej korzystać! Jedyna okoliczność, w której będziecie mogli użyć miecza światła, to obrona własna lub innych w obliczu zagrożenia życia.

Isis wyszła kilka kroków do przodu, stanęła pośrodku sali i rzekła:

– Wyciągacie dłoń na bezpieczną odległość. Wpatrujecie się intensywnie w czerwony kryształ osadzony w bransolecie i wypowiadacie słowo „miecz" lub „nóż", w zależności od tego, jaki rodzaj broni chcecie uzyskać.

Następnie sama postąpiła dokładnie według tej instrukcji i na koniec powiedziała głośno:

– MIECZ!

Nagle ze śródręcza jej dłoni wystrzeliła jasna smuga, która zamieniła się w świetlisty krótki miecz akinaka, rozjaśniając komnatę karmazynowym blaskiem.

Abbott aż podskoczył z wrażenia i zapiał głośno z zachwytu. Noel wpatrywał się jak zaczarowany w lśniące ostrze wystające z ręki kobiety. Przygryzł dolną wargę, aby nie dopuścić do siebie pomysłów na niecne wykorzystanie potężnych mocy. Wiedział, że musi mieć się na baczności, gdyż Isis mogła odczytać jego myśli. Ze wszystkich sił przywoływał obrazy leczenia chorych, choć w głębi serca pragnął rozkoszować się scenami walki i zabijania wrogów.

Niestety ani Gilbert, ani wielka Isis nie mogli odczytać prawdziwych zamiarów młodego Domplinga, gdyż jego serce przesłaniała magiczna tarcza podstępnego Ravendrone'a. Wszystkie myśli chłopaka były zamazywane, zanim przybrały formę energetyczną i zaczęły wirować wokół jego głowy. Telepatyczny przekaz znikał jak za dotknięciem niewidzialnej ręki rozganiającej kotłującą się parę nad miedzianym garnkiem.

– Teraz każde z was dostanie zaczarowaną bransoletę, w której osadzone są czerwone kryształy mocy – oznajmiła Isis. – Dziś w nocy nastąpi ich inicjacja. Niech wam służą, a wy służcie innym, czyniąc i rozprzestrzeniając dobro na świecie.

Z ciemnego kąta pomieszczenia wyłonił się Gilbert, który na kryształowej tacy wniósł osiem metalowych bransolet. Uczniowie założyli je na nadgarstki i zaczęli pojedynczo podchodzić do królowej, by aktywować energetyczne moce ognistoczerwonego kamienia.

Następnie Isis wyjaśniła adeptom, jak wytwarzać na dłoni energię skumulowaną w bransolecie. Upomniała wszystkich jeszcze raz, by byli bardzo ostrożni i nie rozwijali jej w nóż czy miecz światła, których nieodpowiedzialne używanie niesie śmiertelne niebezpieczeństwo.

Noel jako jedyny nie mógł powstrzymać nieokiełznanej ciekawości. Oddalił się od grupy, odwrócił do ściany i wystawiwszy prawą rękę przed siebie, zaczął intensywnie wpatrywać się w kryształ osadzony w bransolecie pobłyskującej na jego nadgarstku. Nagle na jego otwartej dłoni zaczęła wibrować świetlista kula czerwonej energii. Pełen ekscytacji przez zaciśnięte zęby wypowiedział szeptem:

– Nóż!

W ułamku sekundy z jego dłoni wystrzeliło świetlne ostrze długie na niecałą stopę. Serce chłopaka zaczęło bić w przyśpieszonym tempie, uderzając jak młotem. Nie dowierzał sam sobie, że to naprawdę działa. Stał jak zahipnotyzowany, wpatrując się w wiązkę ognistego płomienia, która wystawała z jego dłoni.

– Noel! – Za plecami Domplinga rozległ się rozwścieczony głos Gilberta, na którego dźwięk chłopak wzdrygnął się i mimochodem machnął ręką w bok. Świetlisty nóż wystrzelił jak z procy i uderzył w kamienny stół, przecinając go na dwie części.

Rozległy się krzyki. Harper, widząc to, odskoczyła w tył i przywarła szczupłym ciałem do ściany. Matylda zaś otworzyła usta z przerażenia i zamarła.

– Czy ty chcesz nas wszystkich pozabijać?! – wrzasnął rozsierdzony Gilbert, podbiegł do Noela i złapał go mocno za ramię. – Nie słyszałeś, co powiedziała Isis? Ta energia ma potężną moc! Może leczyć, ale może też zabić!

– Prze... przepraszam – wybąkał Noel, próbując brzmieć i wyglądać jak ktoś skruszony.

– Chłopcze! Myślę, że nie jesteś jeszcze gotowy, aby władać tak niebezpiecznym narzędziem – powiedziała Isis, spoglądając rozczarowanym wzrokiem na Noela.

– To nie są żarty! – skwitował Gilbert, którego twarz buchała czerwonym żarem niczym u rozzłoszczonego indora.

Mężczyzna chwycił Domplinga za rękę, zdjął z jego nadgarstka bransoletę z kryształem mocy i schował ją do kieszeni, rzucając mu na odchodnym nieufne spojrzenie.

Noel wziął głęboki wdech. Chciał coś powiedzieć na swoją obronę, jednak nie mógł wydusić słowa. Miał wrażenie, jakby odebrało mu mowę. Po chwili oprzytomniał, ale zanim to nastąpiło, Gilbert z Isis opuszczali już komnatę, zamykając za sobą potężne drewniane drzwi.

Chłopak usiadł bezradnie na kamiennym stołku i poczuł, jak wszystko gotuje się w nim ze złości. Nie mógł uwierzyć, że został pozbawiony możliwości praktykowania wielkiej Energii Życia po tak niewinnym – w jego mniemaniu – przewinieniu, jakim była próba rozwinięcia świetlistego noża.

– Ja im jeszcze pokażę! – wyszeptał i opuściwszy komnatę, zniknął w ciemnościach zamkowego korytarza.

*

Następnego ranka, jeszcze zanim słońce wychyliło się zza horyzontu, Abbott przemykał samotnie przez senny dziedziniec zamku, kierując swe dziarskie kroki do biblioteki. Spotkanie z Gryfiksami i rozmyślania o kuli posłańcu nie dawały mu spokoju. Nie mogąc okiełznać ciekawości, zdecydował się przeprowadzić prywatne śledztwo na temat tekstu znikającego z ksiąg, zwojów i starodruków przechowywanych w starożytnym księgozbiorze Atlantydy.

Drzwi biblioteki były uchylone. Chłopak wszedł do środka i ujrzał ludzi maszyny siedzących przy kamiennych stołach, bez reszty skupionych na studiowaniu opasłych tomów.

Abbott burknął coś pod nosem, okazując głębokie niezadowolenie, jednak mężczyźni nie zwrócili na niego najmniejszej uwagi.

– Czy te stare wróble nigdy nie śpią? – burknął chłopak szeptem sam do siebie, prześlizgując się wzdłuż wysokich regałów wypchanych po brzegi najróżniejszymi dziełami.

Sięgnął po pierwszą lepszą księgę, by sprawdzić, czy znajdują się w niej zapiski, czy też zostały wymazane przez podejrzanych osobników w czarnych płaszczach. Otworzył gruby tom i poczuł, jak ogarnia go fala złości.

– Wiedziałem! Wszystko jest wyczyszczone! Cała treść znika z książek! – mamrotał do siebie, kręcąc z dezaprobatą głową i przewracając kartki drżącymi ze zdenerwowania rękami.

Dla upewnienia się sięgnął po kolejny wolumin i kolejny, lecz również w nich nie było żadnych zapisów. Pomiędzy masywnymi, ręcznie wykonanymi okładkami starodruków znajdowały się tylko pożółkłe kartki, na których nie widniało nawet pojedyncze słowo.

– Jak to się dzieje, że Isis pozwala na takie rzeczy!? – wyszeptał zezłoszczony, przewracając energicznie stronice w kolejnych księgach. Niestety wszystkie były puste. – Muszę porozmawiać o tym z Gilbertem! – postanowił i opuścił bibliotekę, rzucając zamaskowanym mężczyznom wrogie spojrzenie.

Pracownia Czasu, w której Abbott spodziewał się zastać Gilberta, znajdowała się na ostatnim piętrze wysokiej wieży. Aby się tam dostać, chłopak musiał przejść kilka długich korytarzy, które wiodły w różne strony, raz w prawo, raz w lewo, raz w dół, a raz w górę. Ich układ sprawiał wrażenie, jakby celowo zmieniały położenie, uniemożliwiając dotarcie do upragnionego celu. Jednak tym razem, ku wielkiemu zaskoczeniu Abbotta, udało mu się bardzo szybko pokonać złośliwe korytarze i dotrzeć do stóp wieży.

Czym prędzej wszedł na kręte schody i zaczął wędrować ku górze. Intensywna wspinaczka sprawiła, że poczuł, jak wszystko wiruje mu w głowie. Zatrzymał się na chwilę i oparł ręce o górne stopnie, pochylając się przy tym, dzięki czemu większa dawka tlenu mogła swobodniej dotrzeć do jego mózgu.

Po żmudnej wędrówce Abbottowi w końcu udało się pokonać stopnie zamkowej wieży. Wyszedł na korytarz, skręcił w prawo i ujrzał wysokie drzwi Pracowni Czasu. Podszedł do nich i zadudnił pięścią. Nikt nie odpowiedział. Chłopiec uznał, że sprawa, z którą przychodzi, jest niecierpiąca zwłoki, dlatego zdecydował się wejść bez zaproszenia.

W środku nikogo nie było. Maszyna czasu wirowała spokojnie swym wielkim świdrem, rozrzucając po ścianach migocącą jasnozieloną poświatę.

– Gilbert! – zawołał nieśmiało Abbott. – Gilbert, jesteś tu?

Jego głos odbijał się echem od murów przestronnego pomieszczenia. Chłopiec pomyślał, że zostawienie włączonej maszyny czasu jest bardzo dziwnym, wręcz niepokojącym zachowaniem, niepodobnym do Gilberta. Nagle jego oczom ukazał się przerażający widok. Spod kamiennego stołu obok maszyny wystawały męskie nogi leżące nieruchomo na zimnej posadzce. Abbott podbiegł w tamtym kierunku i ujrzał nieprzytomnego przyjaciela.

– Gilbert! Gilbert! Na litość boską, co ci się stało?! – Padł na kolana i wsunął dłoń pod głowę młodego naukowca, na której widniała rana od uderzenia jakimś tępym przedmiotem.

Tętno Gilberta było prawie niewyczuwalne. Abbott przysunął policzek do ust rannego, by sprawdzić, czy chłopak oddycha. Chwycił mocno jego bezwładną rękę i szlochając, wyszeptał:

– Gilbercie! Błagam cię! Nie umieraj… proszę!

Po chwili oprzytomniał. Krople zimnego potu zaczęły zalewać jego rozpalone czoło. Uzmysłowił sobie, że przecież posiada zaczarowaną bransoletę mocy z cudownym leczniczym kryształem.

– Energia Życia! – krzyknął uradowany, czując, jak nadzieja wraca i otula jego strapione serce.

Wyciągnął przed siebie ramię i zaczął wpatrywać się w kryształ, próbując jak najszybciej uruchomić leczniczą energię. Jednak był tak zdenerwowany, że wszelkie wysiłki spełzały na niczym. Kamień milczał jak zaklęty, zachowując się niczym zwykła błyskotka, jaką można nabyć na odpuście.

Niespodziewanie Gilbert zaczął powoli sam odzyskiwać świadomość. Ścisnął delikatnie dłoń Abbotta, jakby chciał mu coś przekazać. Chłopak przysunął ucho do twarzy rannego, próbując zrozumieć sens nikłych słów płynących z jego ust.

– Po… idź… po… po… moc – z trudem wyjąkał Gilbert i ponownie stracił przytomność, opuszczając głowę na kolana chłopca.

Abbotta ogarnęło głębokie przerażenie. Nie wiedział, co ma robić. Jego umysł zalała panika i nie był w stanie niczego wymyślić. Ostatkiem zdrowego rozsądku uzmysłowił sobie, że musi natychmiast odnaleźć Isis. Tylko ona mogła uratować Gilberta. Nie chciał zostawiać rannego przyjaciela samego w Pracowni Czasu, jednak nie miał wyjścia. Uznał, że to jedyne rozsądne rozwiązanie.

Ułożył Gilberta w bezpiecznej pozycji na boku: zgiął jego prawą nogę w kolanie, a prawą rękę umieścił pod biodrem; lewe ramię ugiął w łokciu i położył na klatce piersiowej nieprzytomnego, a następnie chwycił go za lewy bark oraz biodro i przekręcił ku sobie. Podparł mu głowę i delikatnie obrócił naukowca, aż jego łokieć oparł się o posadzkę. Na koniec odgiął jego głowę do tyłu, tak by usta były skierowane ku dołowi, umożliwiając przepływ powietrza.

Zajęty ratowaniem przyjaciela Abbott teraz dopiero zobaczył, że do pracowni prowadzą sekretne tylne drzwi, przez które ktoś właśnie próbował się wymknąć. Nieznajomy miał na sobie długi czarny płaszcz z szerokim kapturem dokładnie zakrywającym jego twarz.

– Człowiek maszyna! – syknął rozwścieczony Abbott i poderwawszy się na równe nogi, błyskawicznie skoczył w stronę podejrzanego.

Dobiegł do drzwi, ale zakapturzona postać zatrzasnęła je tuż przed jego nosem. Otworzył je z impetem i popędził za uciekającym. Sprawca skręcił w prawo, ginąc mu na chwilę z oczu. Mężczyzna zbiegł po schodach prowadzących do wschodniej części zamku, a następnie zeskoczył z balustrady, zyskując przewagę nad zdyszanym chłopcem. Kątem oka Abbott zobaczył, że tamten uśmiecha się szyderczo i najwyraźniej drwi sobie z pogoni. Jednak chłopak ani myślał się poddać. Skoncentrował wszystkie siły, by nie ulec zmęczeniu i nie stracić przeciwnika z pola widzenia.

Po wyczerpującej gonitwie, kilkunastu skrętach, nawrotach, biegu raz w dół, raz w górę przez nieprzewidywalne zamkowe korytarze Abbott czuł, że powoli traci dech w piersi i opuszczają go siły. Obawiał się, że uciekający ma nad nim zdecydowaną przewagę fizyczną – mężczyzna skręcił w lewo i zniknął mu z oczu. Chłopak, dysząc, doczłapał do ściany, wyjrzał za róg i ku swemu wielkiemu zaskoczeniu zobaczył, że hol zamyka ślepa ściana, przy której stoi tyłem pozbawiony możliwości ucieczki mężczyzna.

Ucieszył go ten widok, jednak w jego sercu radość mieszała się z przerażeniem. Przypomniał sobie słowa Gilberta opowiadającego o potężnej technologii, jaka jest w posiadaniu ludzi maszyn. Wiedział, że fizyczna potyczka z intruzem może zakończyć się dla niego fatalnie.

– Jak wam nie wstyd! – wrzasnął do nieznajomego. – Isis was gości, a wy bezczelnie niszczycie wiedzę Atlantydy!

Miał cichą nadzieję, że być może uda mu się skruszyć mechaniczne serce człowieka i doprowadzić do zakończenia starcia w pokojowy sposób.

Nie wiedział wówczas, jak bardzo się mylił.

Zakapturzony mężczyzna odwrócił się powoli w stronę Abbotta i spojrzał na niego złowrogo. Chłopiec ostrożnie zrobił kilka kroków do przodu, kontynuując swój wywód, gdy nagle usłyszał rozkaz:

– Stój! Ani kroku dalej!

Stanął jak wmurowany. Poczuł się zdezorientowany, gdyż głos zupełnie nie przypominał metalicznego tonu, jakim posługiwali się ludzie maszyny.

– Kim jesteś?! – wydyszał niepewnie Abbott, robiąc kolejny krok przed siebie.

– Powiedziałem: stój! – krzyknął ponownie mężczyzna.

– Zaraz… zaraz… Ja skądś znam ten głos… – Abbott nie zdążył dokończyć zdania, gdy został trafiony śmiercionośnym promieniem noża światła, który jak błyskawica wystrzelił z dłoni nieznajomego.

Chłopiec padł nieprzytomny na kamienną posadzkę.

– Głupiec! – rzucił zakapturzony mężczyzna, spoglądając z politowaniem na rannego. Zawinął się pośpiesznie w płaszcz i oddalił przez nikogo już niezatrzymywany.

*

Harper właśnie rozczesywała włosy kościaną szczotką zakończoną ośmioma kurzymi pazurami, gdy usłyszała nieregularne dźwięki przypominające uderzenia kamyków w szybę. Zaintrygowana podeszła do okna, myśląc, że pewnie Abbott próbuje jakichś nowych figli, latając na dywanie. Ku swemu wielkiemu zaskoczeniu za szybą ujrzała groźnego strażnika, na którym siedział Fergus z bardzo strapioną miną. Dziewczyna czym prędzej uchyliła okno i wystawiła przez nie głowę.

– Harper, wydarzyło się nieszczęście – powiedział smutno opiekun smoków.

– Co się stało?!

– Opowiem wam wszystko po drodze. Ubierajcie się i wskakujcie raz-dwa na strażnika. Coś złego przydarzyło się Abbottowi – dodał stroskanym głosem, spuszczając głowę i zamykając czarne oczy.

Dziewczęta poczuły, że nogi się pod nimi uginają. Niepewność była nie do zniesienia. Nie czekając, wskoczyły na wiwernę i wszyscy poszybowali w kierunku Świątyni Uzdrowienia, znajdującej się w zachodnim skrzydle zamku.

Podczas lotu Fergus próbował streścić, najlepiej jak umiał, przebieg wydarzeń, ale mówił tak chaotycznie, że dziewczęta niewiele zrozumiały z jego opowieści. Wiedziały jedno: życie Abbotta było w śmiertelnym niebezpieczeństwie.

Nieprzytomnego chłopca umieszczono w specjalnej komnacie, której ściany mieniły się karmazynowym blaskiem krystalicznych, sześciokątnych graniastosłupów sięgających od podłogi aż do sufitu. Nad jego ciałem unosiły się swobodnie małe marblity o leczniczej mocy, emitujące życiodajną energię.

W pomieszczeniu znajdowali się Isis, Hawkstone oraz poobijany Gilbert, który siedział na krześle z zabandażowaną głową i przykładał do niej płaski purpurowy kamień.

Dziewczynki podbiegły do nieprzytomnego przyjaciela, a tuż za nimi wmaszerował ciężkim krokiem Fergus, pociągając głośno nosem i co chwilę ocierając go rękawem. Matylda chwyciła Abbotta za rękę – była chłodna, co wywołało w sercu dziewczyny niepokojące przeczucie, że życie przyjaciela gaśnie.

– Ktoś zaatakował Abbotta nożem światła – powiedział ze smutkiem w głosie Hawkstone. – Najprawdopodobniej ten sam osobnik ukradł wcześniej Gilbertowi zaczarowaną bransoletę i zranił go w głowę.

– To był jeden z nich! – wystękał z bolesnym grymasem na twarzy Gilbert. – Zanim mnie ogłuszył, widziałem kątem oka jego czarny płaszcz i tę odrażającą maskę na twarzy.

– Nie mamy pewności, że to byli oni – wtrąciła królowa. – Gilbercie, nie możemy nikogo oskarżać bez dowodów – dodała.

– Nie rozumiem, dlaczego tak ich ciągle bronisz – wymamrotał wyraźnie oburzony naukowiec. – Czy to nie są wystarczające dowody? Zostałem zaatakowany. Abbott jest ciężko ranny i jego życie wisi na włosku. Nawet moc naszych kryształów jest za słaba, aby go uratować.

– Jak to za słaba? O czym ty mówisz?! – krzyknęła spanikowana Harper. – To nie może być prawda!

– Niestety Gilbert ma rację – rzekł ze smutkiem Hawkstone, schylając nisko głowę. – Iskra życia gaśnie w ciele Abbotta z każdą chwilą. Robimy wszystko co w naszej mocy, ale nie wiemy, jak długo uda nam się utrzymać go przy życiu.

– Najdroższa Isis, powiedz, że to nieprawda! – wyjąkała przez łzy Matylda, pociągając nosem.

– Jedyny ratunek to Szmaragdowa Czaszka, ale… – Isis urwała. – Nie… To zbyt ryzykowne. Obawiam się, że nie możemy położyć na szali istnienia naszych światów. Czasami musimy poświęcić jednostkę dla ratowania ogółu.

– Jak to?! Ocalenie Abbotta jest zbyt ryzykowne? Poświęcić jednostkę?! – dopytywała poruszona Matylda, a na jej twarzy malowało się wielkie zdziwienie. – Nic z tego nie rozumiem!

– Szmaragdowa Czaszka to kryształ o potężnych mocach. Zapisana jest w niej cała kosmiczna wiedza, która kiedyś została podarowana ludziom przez Galaktyczną Radę. Dzięki niej światy ludzi i ptaków współistnieją w harmonijnej symbiozie. To właśnie ten kryształ jest obiektem pożądania Karcharodona. Od niepamiętnych czasów jest ukryty w Piramidzie Słońca, znajdującej się pośrodku dzikiego i niebezpiecznego lasu. Tylko człowiek o czystym sercu i z pustym Bagażem Życiowym może ją odnaleźć – wyjaśnił Hawkstone.

– Nawet jeśli zdecydowalibyśmy się podjąć ryzyko i ją tu przynieść, by uratować Abbotta – kontynuowała Isis – nie wiemy, czy znaleźlibyśmy śmiałka, który spełniłby wymogi i mógłby wyruszyć na jej poszukiwanie.

– Harper… – wyszeptała pełna nadziei Matylda, spoglądając z ożywieniem na przyjaciółkę.

– Mój bagaż jest pusty! – oznajmiła Harper.

– Moje dziecko, jeśli nawet uda ci się odnaleźć Szmaragdową Czaszkę, to wojownicy Karcharodona będą chcieli ją nam wykraść, a wówczas czeka nas marny koniec. Nie, nie mogę na to pozwolić – odpowiedziała poważnie strapiona Isis.

– Pozwól jej iść! – nieoczekiwanie wtrącił się Hawkstone, spoglądając tajemniczo na królową. – Nic nie dzieje się bez przyczyny – dodał równie zagadkowo.

Isis zamknęła na chwilę oczy, zatapiając się głęboko w nieprzeniknionych myślach, po czym rzekła:

– Dobrze, możesz wyruszyć na wyprawę, ale pamiętaj, że masz czas tylko od wschodu do zachodu słońca i tylko raz możesz podjąć wyzwanie. Jeśli nie dotrzesz tam, zanim słońce skryje się za nieboskłonem, piramida zamieni się w pył i Szmaragdowa Czaszka przepadnie bezpowrotnie.

*

Dziewczęta i Hawkstone czym prędzej opuścili Świątynię Uzdrowienia. Wiedzieli, że nie ma chwili do stracenia. Maszerując szerokim korytarzem, skręcili w lewo i weszli do olbrzymiej sali, której końca nie było widać. Każdy, nawet najmniejszy skrawek ścian i sufitu był pokryty perfekcyjnie utkanym gobelinem. Był on nieprawdopodobnie pięknym dziełem sztuki. Pulsował i mienił się najcudowniejszymi kolorami świata, magicznym światłem i czarującymi wibracjami. Harper i Matylda zatrzymały się oniemiałe i rozglądały ciekawie dookoła. Czuły się jak zaczarowane i nie mogły oderwać wzroku od tętniącego życiem gobelinu.

– To jest Komnata Gobelinu – wyjaśnił Hawkstone. – Każda niteczka tej tkaniny reprezentuje czyjeś życie. Każdy z nas jest jednostką, ale wszyscy jesteśmy połączeni w jedną całość, tworząc niesamowite dzieło stworzenia. To niebieskie, małe, ledwo migocące włókienko, tam, u góry, to życie Abbotta. Harper – zwrócił się do dziewczyny – musisz się pośpieszyć, bo niedługo zgaśnie.

Rozdział XII

ZAGADKOWY STRYCH

Tony z trudem otworzył zaspane oczy. Poczuł, jak przyjemna błogość otula jego zrelaksowane i wypoczęte ciało. Już dawno tak dobrze mu się nie spało jak we własnym łóżku.

– Jestem w swoim łóżku?! – krzyknął przerażony. Zerwał się, zdezorientowany, i usiadł sztywno, jakby górna część jego ciała została sparaliżowana.

Rozejrzał się nerwowo po pokoju. Po chwili oprzytomniał. Tak, siedział na własnym łóżku. Na biurku stał mały elektroniczny zegarek. Wskazywał dziewiątą rano.

– Harper! – krzyknął Tony, podrywając się na równe nogi. Wciągnął w pośpiechu powycierane dżinsy oraz wymiętą koszulkę i zbiegł na dół, do kuchni, dudniąc głośno bosymi stopami po drewnianych schodach niczym słoń pędzący po afrykańskiej sawannie.

Pani Steller gotowała kakao. Zerknęła w stronę drzwi, wyczekując wejścia schodzącego w pośpiechu syna. Mleko właśnie zaczęło unosić swój jedwabisty kożuch i niespodziewanie wykipiało na kuchnię.

– Ach! – jęknęła pani Diana. – Jakkolwiek bym pilnowała i nieustannie wpatrywała się w gotujące się mleko, ono zawsze wykorzysta chwilę nieuwagi, by wykipieć – narzekała, wycierając rozlany płyn z kuchennej płyty.

– Mamo! Muszę iść do pana Rollinga – oznajmił Tony, łapiąc zamszową kurtkę wiszącą na wieszaku w przedpokoju.

– Synu! Poczekaj! Idziemy z tobą! – krzyknęła gorączkowo pani Steller. Rzuciła upapraną mlekiem ścierkę na blat, wytarła mokre dłonie w ręcznik i kiwnęła znacząco na siedzącą przy stole Lily, dając jej znać, by czym prędzej się podniosła. – Nie mogę pozwolić, byś znowu zniknął – oznajmiła, przekręcając energicznie klucz w zamku drzwi wejściowych ich domu, i popędziła za Tonym i Lily, którzy już wkraczali na dziedziniec pana Horacego.

Pan Rolling na widok Tony'ego oniemiał z wrażenia. Jego wyjątkowo zaniedbana i zarośnięta twarz rozpromieniła się. Chłopiec, nie mogąc się powstrzymać, krzyczał już od progu, pełen podniecenia:

– Odnalazłem Harper! Panie Rolling, odnalazłem Harper!

Pan Horacy nie mógł opanować emocji. Jego ciało zaczęło drżeć jak osika, a oczy wypełniły łzy wzruszenia. Stellerowie weszli czym prędzej do środka i Tony zaczął opowiadać o Świecie Ptaków, Zaczarowanej Górze i wszystkich osobach, które tam spotkał, i niezwykłych przygodach, jakich doświadczył po drugiej stronie.

– I jak szliśmy z Harper, Matyldą i Abbottem przez korytarz zamku Atlandor, ni stąd, ni zowąd na ścianie pojawiły się drzwi do mojego pokoju – kontynuował rozgorączkowany chłopiec. – Kiedy przekroczyłem ich próg, niespodziewanie przeniosłem się z powrotem, wprost do naszego domu.

– Wrota wymiarów! – krzyknął podekscytowany pan Rolling, czując, jak krew pulsuje coraz szybciej w jego niemłodych już naczyniach krwionośnych.

– Tak... One pojawiają się ostatnio coraz częściej w różnych miejscach na ziemi – oznajmił głos zdecydowanie nienależący do żadnego ze Stellerów.

– Kto to!? – zapytała pani Diana, rozglądając się nerwowo.

– Mamusiu, nie musisz się martwić. To pan Rutherford – uspokoiła ją z uśmiechem Lily, wskazując na coś pod ścianą.

– A ty skąd znasz pana Rutherforda? – zapytał zaciekawiony Tony, uśmiechając się delikatnie.

– Ach, przepraszam, droga pani... – Leśny skrzat uprzedził odpowiedź Lily. – Nie mieliśmy okazji wcześniej się poznać, ale w tej sytuacji... Myślę, że... nie ma co się dalej ukrywać – powiedział mężczyzna i ukazał swą nikłą postać.

Zszokowana pani Diana odruchowo się cofnęła, wciskając plecy w oparcie fotela.

– Pan Rutherford mieszka pod wzgórzem, tuż przy jeziorze, obok którego wiedzie droga do centrum miasta – oznajmiła z wyraźnie zadowoloną miną dziewczynka. – Do jego domu prowadzą takie malutkie okrągłe drzwi otulone wrzosami, paprociami i innymi roślinami.

– Ale... jak to się stało, że się poznaliście? – wypytywał dociekliwie Tony.

– Ach, to długa historia – odparł z uśmiechem pan Rutherford. – Twoja siostra widzi po prostu więcej, niż powinna. – Zaśmiał się głośno. – My, skrzaty, poruszamy się w zupełnie innej częstotliwości niż ludzie, przez co jesteśmy dla was niewidzialni, ale niektórzy mają nadprzyrodzone umiejętności – skwitował, spoglądając pogodnie na Lily.

– Pan Rutherford pomagał mi ciebie odnaleźć – wyznała cichutkim głosem dziewczynka.

– Odnaleźć? – zdziwiła się pani Diana. – I ja nic o tym nie wiedziałam?

– Przecież i tak nie uwierzyłaby pani córce, więc uznaliśmy, że poprowadzimy poszukiwania na własną rękę – wyznał lekko zakłopotany pan Rutherford, nie chcąc, aby kobieta poczuła się urażona, że Lily trzymała to przed nią w tajemnicy.

– Diano, musi pani przyznać, że my, dorośli, czasami potrafimy być strasznymi ignorantami – wtrącił pan Horacy. – Czy uwierzyłaby pani w istnienie jakiegoś skrzata, który pojawia się tak samo tajemniczo, jak znika, i mieszka w podziemnych górskich tunelach?

– Ma pan rację. Nigdy bym nie uwierzyła w takie historie i z pewnością próbowałabym je wybić z głowy moim dzieciom.

– No właśnie, mamo! – krzyknęła Lily. – Czasami wy, rodzice, musicie po prostu obdarzyć nas większym zaufaniem. Ziemia to magiczna planeta, pełna tajemnic i zagadek, które nie dla wszystkich są zrozumiałe. Nawet jeśli czegoś nie możecie pojąć, nie znaczy to wcale, że to coś nie istnieje!

– Mądrze powiedziane – szepnął jej do ucha brat i dumnie objął ją ramieniem, przytulając serdecznie.

– Moi mili! – przerwał ich rozmowę pan Rolling, biorąc głęboki wdech. – Musimy znaleźć drogę powrotną na

Zaczarowaną Górę i uratować Harper. Nie ma innego wyjścia.

– Tak, ale jak tego dokonać?! – zawołała zakłopotana pani Steller. – Czy nie słyszał pan, że do Zaczarowanej Góry wiedzie długa droga, pełna wyzwań i niebezpieczeństw?

– Wrota wymiarów! – przerwał jej bezpardonowo pan Rutherford. – Pod tym wzgórzem, gdzie mieszkam, znajduje się mnóstwo zawiłych korytarzy, które zostały wydrążone przez moich przodków wiele tysięcy lat temu. Od czasu do czasu na ich końcach pojawiają się tajemnicze drzwi. Nigdy nie zastanawiałem się, dokąd prowadzą, bo i po co. Dobrze żyło mi się tu, wśród ludzi. Ale teraz sobie myślę, że to mogą być wrota do innych światów.

– Naprawdę?! – gorączkował się Tony. – W takim razie nie zwlekajmy! Musimy się tam wybrać i to sprawdzić.

Wszyscy poderwali się na równe nogi i czym prędzej ruszyli za leśnym skrzatem.

Cała piątka stanęła u progu niewielkich okrągłych drzwi podziemnego mieszkania pana Rutherforda. Mężczyzna uchylił drzwiczki i zaprosił gości. Pan Rolling, pani Steller i Tony musieli przyklęknąć, by dostać się do środka.

Dom skrzata był skromnie, ale przytulnie urządzony. Pośrodku znajdował się mały owalny stolik, na którym suszyły się okazałe kapelusze grzybów różnych gatunków. Przy nim stało samotne krzesło, a w kącie łóżko nieprzekraczające metra długości, wyścielone zielonym mchem. Pod sufitem dyndały pęki suszonych ziół. W skalnej ścianie naprzeciwko wejścia zostało wykute palenisko, nad którym zawieszono trzy szeregi powykrzywianych drewnianych półek. Stały na nich dzbanki wypełnione po brzegi jagodami, malinami, borówkami i miodem.

– Chodźcie za mną! – zawołał pan Rutherford, wskazując na ciemny otwór w jaskini będący początkiem podziemnego korytarza.

– Ale jak my się tam zmieścimy? – słusznie zaniepokoiła się pani Diana.

– Ach, racja! – zawołał skrzat. – Jesteście przecież za duzi. Nie możemy pójść wszyscy.

– Ja się zmieszczę! – krzyknęła pełna wigoru Lily, mając skrytą nadzieję na wyprawę na Zaczarowaną Górę.

– Lily! Nie możesz tam iść! – oznajmił Tony. – To jest bardzo niebezpieczne. Poza tym tylko ja byłem w Świecie Ptaków i myślę, że powinienem tam wrócić.

– Masz rację, chłopcze – potaknął skrzat. – Pójdziemy obaj.

Pan Rutherford wyjął z kieszeni dwa białe kryształy, które po podrzuceniu do góry rozbłysnęły jasnym światłem, rozświetlając ponury jak nora kreta korytarz.

– A wy, moi drodzy, rozgośćcie się! Lily, pod moją nieobecność czyń powinność gospodyni! – powiedział skrzat i zniknął wraz z Tonym w ciemnym tunelu.

Korytarz był bardzo niski. Chłopiec cały czas przykucał i robił niespodziewane uniki, by nie uderzyć głową o wystające ze sklepienia stalaktyty.

Dość szybko doszli do niewielkiego rozszerzenia przypominającego zatoczkę autobusową, w którym na szynach stał drewniany wagonik. Pan Rutherford umocował świecące kryształy z przodu pojazdu i wdrapał się do środka, zachęcając Tony'ego do uczynienia tego samego.

– Nie wiedziałem, że ma pan tutaj komunikację miejską – zażartował chłopiec, wskakując czym prędzej do środka.

– Myślałeś, że będziemy się przeciskać przez korytarze na kolanach? – zaśmiał się skrzat, po czym pociągnął za wajchę umocowaną z tyłu wehikułu i odblokował koła wagonu, który w mgnieniu oka zaczął nabierać rozpędu. – Nie mamy czasu na spacery. Trzymaj się mocno, czasami może trząść! – krzyknął jeszcze, ale w pędzie jego słowa zostały gdzieś z tyłu.

Pojazd poruszał się z coraz większą prędkością. Tony skulił się w kącie, czując mdłości wywołane licznymi skrętami w różne strony, gwałtownymi spadkami oraz niespodziewanymi podjazdami.

Po kilku minutach szalonej jazdy wagonik zatrzymał się.

Tony wystawił niepewnie głowę, spojrzał w górę i poczuł się tak, jakby całe sklepienie wirowało.

– Wszystko z tobą w porządku, chłopcze? – zapytał zaniepokojony skrzat.

– Chyba tak… – wymamrotał Tony, chwiejąc się na nogach.

– No dobrze, jesteśmy przy pierwszych drzwiach – oznajmił pan Rutherford, wskazując na drewniane stare wrota zamykające światło podziemnego korytarza.

Chłopiec podszedł do portalu i jęknął drżącym głosem:

– Myśli pan, że powinniśmy otworzyć te drzwi?

– Nie mamy innego wyjścia.

– A sprawdzał pan kiedykolwiek, co się za nimi znajduje?

– No właśnie nigdy nie miałem takiej potrzeby ani ochoty.

– Mam nadzieję, że to jest przejście na Zaczarowaną Górę... – wycedził przez zęby młodzieniec. Obawiał się, czy nie trafią do świata dzikich zwierząt, krwiożerczych dinozaurów lub czegoś jeszcze gorszego, o czym nawet nie chciał myśleć.

Tony z trwogą w sercu podszedł do drzwi i pociągnął za zardzewiałą klamkę. Ale wrota ani drgnęły.

– Nie mogę ich otworzyć! – wysapał rozczarowany, spoglądając na leśnego skrzata.

– Może ja spróbuję – westchnął mężczyzna, jednak również jego wysiłki zakończyły się niepowodzeniem. – No nic, najwyraźniej te wrota nie działają. Wsiadajmy w takim razie do wagonu i jedźmy poszukać następnych.

Tony na samą myśl o ponownej podróży pędzącą kolejką dostał nudności. Niestety nie miał wyjścia. Musieli odnaleźć odpowiednie przejście, by dostać się na Zaczarowaną Górę.

Po kilku minutach zwariowanej jazdy znów zatrzymali się przy niewielkich drewnianych drzwiach, na których widniała wycięta czterolistna koniczyna.

– Tych nie musimy otwierać – jęknął pan Rutherford.

– Dlaczego?

– Tu mieszka mój daleki kuzyn Leprechaun z wysp irlandzkich. Straszny z niego sknera i złośliwiec. Nie widziałem go już z pięćset lat i niech tak zostanie. Wcale za nim nie tęsknię.

– Ale skoro tu trafiliśmy, może powinien pan go odwiedzić? – zaproponował entuzjastycznie chłopiec, pragnąc poznać legendarnego skrzata w zielonym ubraniu i kapeluszu.

– Nie, mój drogi. To nie jest dobry pomysł. On jest bardzo chytry. Dla niego ważne są tylko skarby, złoto i wszelkie kosztowności, które licznie gromadzi w głębokich pieczarach pod ziemią. Lepiej zabierajmy się stąd! Szkoda czasu dla takich osobników jak on – odparł leśny skrzat i wskoczył do wagonika, okazując swą gotowość do dalszej jazdy.

Tony wraz z panem Rutherfordem pędzili zawiłymi podziemnymi tunelami przez dobrych kilka godzin. Zatrzymywali się co jakiś czas przed różnej wielkości wrotami, jednak żadnych z nich nie byli w stanie otworzyć. Po wielu nieudanych próbach zrezygnowani wrócili do mieszkania skrzata.

*

Na dworze było już ciemno i ponuro. Chłodny wiatr przeganiał pożółkłe liście, których liczba oznaczała nadejście deszczowej jesieni. Chłopiec przemknął wąską ścieżką biegnącą wzdłuż jeziora i wszedł na palcach do swojego domu.

Pani Steller i Lily już spały. Tony zajrzał cichutko do sypialni mamy i musnął wargami jej czoło na dobranoc. Nigdy wcześniej tego nie robił, ale wydarzenia ostatnich tygodni uświadomiły mu, że nie można odkładać rzeczy ważnych na później. Następnie ostrożnie otworzył drzwi do pokoju siostry, podszedł do jej łóżka, naciągnął troskliwie kołdrę na jej ramiona i wyszeptał:

– Dobranoc, siostrzyczko. Kocham cię.

Lily uśmiechnęła się delikatnie, otworzyła oczy i odpowiedziała cichutko:

– Też cię kocham…

– To ty jeszcze nie śpisz? – zapytał półgłosem Tony.

– Właśnie się obudziłam – mruknęła sennie dziewczynka. – Czy znaleźliście wrota wymiarów? – dopytywała.

– Niestety nie – odpowiedział Tony z nutą zawodu w głosie. – Jestem bardzo zmęczony. Jutro wszystko ci opowiem – zakończył, pocałował siostrę w czoło na dobranoc, po czym zamknął drzwi i zniknął w ciemnym korytarzu ich skromnego domu.

W swoim pokoju rzucił ubrania niedbale na podłogę, padł na łóżko i zasnął jak nieżywy. W całym domu zapanowała głucha cisza. Jedynie przez niewielkie okna zaglądał nieśmiało cienki jak rogalik księżyc.

Niespodziewanie w środku nocy chłopiec poczuł straszliwy ziąb przeszywający jego ciało. Naciągnął kołdrę na głowę, by się ogrzać. Jednak temperatura była tak niska, że zaczął trząść się z zimna jak galareta i przeraźliwie grzechotać zębami. Mimo potwornego zmęczenia zmusił się do wstania, by sprawdzić, czy okno w jego pokoju nie jest otwarte. Kaloryfery grzały prawidłowo, dając przyjemne ciepło. Okno było zamknięte. Mimo to powietrze w sypialni przywoływało na myśl mroźne wnętrza arktycznego zamku Królowej Śniegu.

– Dlaczego tutaj jest tak zimno? – wymamrotał zaspany Tony, chuchając i zacierając energicznie ręce.

Wyszedł na korytarz, by sprawdzić, czy i tam panuje ekstremalnie niska temperatura. Nagle jego uwagę przykuły smugi jasnego światła przeciskające się przez szczeliny małych drzwi prowadzących na poddasze. Podszedł zaciekawiony bliżej, stąpając niepewnie zmarzniętymi stopami po drewnianych schodkach. Przysunął głowę do największej dziury w deskach, jaką udało mu się wypatrzyć. Przystawił do niej oko i nagle odskoczył przestraszony, wydając z siebie zduszony krzyk:

– Co to?!

Po drugiej stronie drzwi zobaczył jaskrawozielone ślepię z wąską czarną źrenicą przebiegającą przez środek. Ktoś był na poddaszu i próbował zajrzeć do ich mieszkania przez tę samą szparę co Tony.

Chłopiec, oddychając szybko i trzęsąc się – nie wiadomo, czy bardziej ze strachu, czy też z zimna – przywarł plecami do lodowatej ściany i próbował zebrać myśli rozbiegane jak wystraszone karaluchy. Po chwili ochłonął i z duszą na ramieniu ponownie zajrzał przez dziurkę na strych.

Pośrodku niewielkiego pomieszczenia stał mały zielony smok i spoglądał bystrymi oczami w kierunku drzwi. Wyglądał na lekko wylęknionego. Jego ciało pokryte było drobniutkimi liśćmi mieniącymi się różnymi odcieniami zieleni. Z pleców wyrastały mu dwa pokaźne skrzydła opuszczone bezwładnie na podłogę niczym rozłożysty ogon pawia. Na głowie sterczały małe czułki przypominające młode łodyżki z pąkami nierozwiniętych jeszcze w pełni liści.

– Tony! Tony! – Niespodziewanie z głębi strychu dobiegło chłopca wołanie łudząco przypominające głos Fergusa, jakby dochodzące z innego świata. – Tony!… Słyszysz mnie?

– Fergus? – zapytał półszeptem chłopiec.

– Tak, to ja. To znaczy ja tylko gadam. Jestem na Zaczarowanej Górze. Wysłałem liściastego smoka po ciebie… no tego tam. On ma kryształy.

– Ale jak ja mam się tam do niego dostać? Drzwi na strych są zamknięte na cztery spusty.

– Kryształy... Smok ma kryształy! – wołał Fergus.

– Kryształy! – powtórzył rozpromieniony Tony, przypominając sobie, że zabrał z kryształowej komnaty dwa żółte marblity. Pobiegł czym prędzej do swojego pokoju, poderwał z podłogi brudne spodnie, włożył rękę do kieszeni i triumfalnie wyciągnął połyskujące kamyki. Wrócił na górę, przyklęknął przy małym wejściu i wcisnął jeden z kryształów w otwór masywnego zamka. Nagle z jego wnętrza rozbłysnęła oślepiająca jasność. Zasuwa zazgrzytała ze starości, luzując się, i po chwili drzwi tajemniczego stryszku otwarły się gładko.

Błyski silnego światła i tupanie Tony'ego obudziły Lily. Zaciekawiona, wyjrzała niepewnie ze swojego pokoju, przecierając zaspane oczy. Ku swemu zdumieniu ujrzała brata majstrującego przy zamku drzwiczek prowadzących na poddasze. Drobnymi kroczkami ruszyła w stronę Tony'ego, który właśnie otworzył zardzewiałą zasuwę zamka. Klęknął i na czworakach wślizgnął się czym prędzej na stryszek.

Zafascynowany chłopiec spojrzał na liściastego smoka, który stał lekko oszołomiony i sprawiał wrażenie, jakby nie wiedział, co ma robić. Zwierzę wyglądało na bardzo młodego i płochliwego osobnika.

– Fergus! Jesteś tam?! – zawołał szeptem Tony, by nie obudzić mamy i siostry.

– Jestem!

– Co mam teraz zrobić? Jestem w środku z twoim smokiem.

– Co?! – wrzasnął Fergus.

– Jestem w środku! Ze smokiem! – powtórzył ciut głośniej.

– Aaa... No dobrze! Smok ma kryształy w obroży... Słyszysz?

– Tak, słyszę.

– Połącz żółty kryształ z czerwonym... Słyszysz? Żółty z czerwonym!

– Słyszę! Żółty z czerwonym.

– Tak! Kiedy je połączysz, przeniesiesz się razem ze smokiem na Frogmouth. Słyszysz?...

– Tak! – odpowiedział chłopiec, próbując wygrzebać spod smoczych liści obrożę z kryształami.

Lily, usłyszawszy te słowa, wzdrygnęła się. Poczuła, jak niepokój ściska jej gardło, nie pozwalając wypowiedzieć słowa. Wiedziała, że musi coś zrobić. Nie chciała ponownie stracić brata. Widząc Tony'ego trzymającego smoczą obrożę w rękach, wybąkała zduszonym, ledwie słyszalnym głosikiem:

– Tooony!...

Łącząc żółty kryształ z czerwonym, chłopiec spojrzał zaniepokojony w stronę wejścia, w którym stała boso jego siostrzyczka w długiej nocnej koszuli. W rękach mocno ściskała małego misia. Jej twarz najpierw pobladła, a później zzieleniała, jakby dziewczynka zobaczyła straszliwego ducha. Zrobiła niepewny krok przed siebie, przekraczając próg strychu, i...

– Lily! Nie! – wrzasnął przerażony.

Jednak było już za późno. Połączone kryształy wytworzyły potężną energię, która jak tornado zassała smoka wraz z Tonym i przeniosła ich na drugą stronę, na Zaczarowaną Górę. Podmuch trwał tylko sekundę, ale jego siła była tak ogromna, że objęła zasięgiem również Lily.

Chłopiec wylądował w wylęgarni smoków. Wokół niego unosił się tuman gęstej pary. Tony zaczął kaszleć i machać rękami, rozganiając kłęby wszędobylskiego dymu.

– No… tego tam… udało się! – rzekł zadowolony Fergus, śmiejąc się od ucha do ucha.

– Lily! – krzyknął przerażony chłopiec.

– Spokojnie – wymamrotał opiekun smoków. – Jest i ona – dodał, trzymając za rękę umorusaną i lekko wystraszoną dziewczynkę.

Rozdział XIII

W POSZUKIWANIU KRYSZTAŁU

Poranek był nader smętny i ponury. Słońce skryło swą tarczę za burymi chmurami. Leniwy wiatr ślamazarnie rozganiał na niebie kłębiaste barany, zza których z trudem przeciskały się promienie słońca.

Harper z brzaskiem wyruszyła na poszukiwanie Szmaragdowej Czaszki. Wiedziała, że czas nie jest jej sprzymierzeńcem. Hawkstone i Matylda odprowadzili ją na skraj wielkiego starego lasu. Tworzące go rośliny rozmiarami wielokrotnie przekraczały znane jej gatunki. Potwornie długie i powykręcane we wszystkie strony gałęzie wiły się jak dzikie węże. Sterczące korzenie, wąsy i liany sczepiały się w mocnych splotach, skutecznie utrudniając wędrówkę.

Dziewczęta uściskały się czule na pożegnanie. Matylda próbowała nie okazywać emocji, jednak łzy wbrew jej woli spływały ciurkiem po rozpalonych do czerwoności policzkach. Hawkstone wytłumaczył Harper jeszcze raz bardzo dokładnie, jak dostać się do Piramidy Słońca, po czym objął ją serdecznie i pożegnał z wielkim bólem serca.

Harper zaczęła się przedzierać przez gęstwinę. W sercu czuła strach, ale wiedziała, że ta wyprawa to jedyna szansa na uratowanie Abbotta.

Po kilkunastu minutach wędrówki nagle usłyszała zza pleców wołanie kogoś zdyszanego:

– Harper! Harper! Poczekaj!

Odwróciła się i ujrzała biegnącego za nią Noela.

– A ty co tu robisz? – zapytała zdumiona.

– Idę z tobą – odpowiedział chłopak.

– Jak to? Przecież tylko mój Życiowy Bagaż nie ma żadnych doświadczeń. Nie możesz tak sobie po prostu iść! – oznajmiła stanowczo, poprawiając walizkę przewieszoną przez ramię.

– No właśnie... Zostałem wysłany przez Isis, aby ci towarzyszyć – próbował przekonywać ją Noel. – Mój bagaż również jest pusty – skłamał bez zająknięcia, patrząc jej prosto w oczy z przyjaznym uśmiechem na twarzy.

– Dlaczego nie wziąłeś go ze sobą? – zapytała podejrzliwie.

– No wiesz... Wszystko działo się tak szybko... Poza tym nie ma konieczności noszenia wszędzie swojego kufra. Przecież jesteśmy połączeni z naszymi bagażami niewidzialną srebrną nicią, prawda? Zresztą szkoda czasu na gadanie. Musimy odnaleźć Szmaragdową Czaszkę i uratować Abbotta – nalegał chłopak, obserwując uważnie reakcję Harper.

– Skoro tak, to chodźmy – odpowiedziała niepewnie, z niepokojącym ukłuciem w sercu, i ruszyli przed siebie.

Nagle usłyszała w głowie jakiś tajemniczy cichy głos.

– *Uważaj, komu ufasz.*

Harper wzdrygnęła się i zapytała w duchu:

– Czyj to głos?

– Mój! To znaczy… twojego bagażu. Od czasu odebrania mnie ze Świątyni Mądrości nie mieliśmy okazji porozmawiać, ale nie martw się, rejestruję wszystko, co się dzieje w twoim życiu, i jestem zawsze do twojej dyspozycji. My, Życiowe Bagaże, służymy ludziom najlepszymi radami, ale tylko gdy nas o nie poprosicie. W przeciwnym razie nie wtrącamy się, gdyż szanujemy wolną wolę, którą wy, istoty ludzkie, jesteście obdarzone.

– Ach, przepraszam, panie Bagażu, że nie mieliśmy okazji wcześniej porozmawiać – odpowiedziała w myślach Harper. *– Zupełnie o panu zapomniałam… Mam nadzieję, że nie obraził się pan, że wcisnęłam pana pod łóżko i zostawiłam w zapomnieniu.*

– Ależ skąd, moje dziecko! My nigdy się nie obrażamy – odparł kufer. *– To dla nas żadna nowość. Wielu ludzi zapomina o naszym istnieniu, błądząc i popełniając wiele niepotrzebnych pomyłek. Życie to wielka szkoła. Gdyby tylko ludzie częściej zaglądali w głąb siebie i z nami rozmawiali, wówczas nie musieliby powtarzać tak często tej samej klasy* – zachichotał neseser.

– Powiedział pan, że na ziemi też służycie ludziom?

– Oczywiście!

– Zaraz… czegoś tu nie rozumiem. Nigdy nie widziałam żadnego Życiowego Bagażu u kogokolwiek w świecie ludzi. Jak to możliwe?

– U ludzi nazywamy to „intuicją".

– Intuicją?

– Tak! Każdy ją ma, ale nie każdy umie z niej korzystać. Niektórzy nawet w nią nie wierzą! – zaśmiał się Życiowy Bagaż. *– A wystarczyłoby wsłuchać się w swoje wnętrze, zadać pytanie, a odpowiedź zostałaby podana jak na tacy.*

– *To ja mam bardzo ważne pytanie, panie Bagażu. Czy Abbott przeżyje?* – zapytała drżącym głosem Harper.

– *Nic nie jest przesądzone. Od ciebie zależy, jak wykorzystasz daną ci szansę uratowania przyjaciela* – odpowiedział zagadkowo kufer.

– *W takim razie nie marnujmy czasu* – oznajmiła i ruszyła szybkim marszem przed siebie, odgarniając z drogi bujne zarośla.

Harper i Noel wędrowali przez jakiś czas w milczeniu. Również Życiowy Bagaż nie zabierał głosu. Kołysał się delikatnie na plecach dziewczyny, upajając się przyjemnymi wrażeniami płynącymi z wędrówki.

– Czy wiesz, jak dojść do piramidy? – zagadnął w końcu Noel, który zaczął się niecierpliwić długim marszem.

– Chyba tak – wyszeptała Harper. – Piramida Słońca powinna być gdzieś niedaleko. Nie jest trudno ją znaleźć. Problemem jest się do niej dostać i odszukać Szmaragdową Czaszkę.

– Co masz na myśli?

– Isis ci nie powiedziała? – zapytała, ściągając podejrzliwie brwi.

– No, mówiłem ci, że nie było zbyt dużo czasu na wyjaśnienia. Kiedy tylko dowiedziałem się o wszystkim, natychmiast zgłosiłem się na ochotnika.

– I nikt cię nie ostrzegł, że stary las kryje wiele pułapek i niebezpieczeństw?

– Ach, cóż one znaczą w obliczu gasnącego życia naszego przyjaciela.

– Masz rację – odpowiedziała Harper, lekko markotniejąc na myśl o umierającym Abbotcie.

– To straszne, że ktoś zaatakował go nożem światła. Nadal nie mogę w to uwierzyć – zagadywał Noel, udając zatroskanego. – Czy w ogóle wiadomo, kto to był? – dodał po chwili, nie otrzymawszy odpowiedzi na pierwsze pytanie.

– Podejrzewają kogoś spośród ludzi maszyn – mruknęła zgaszonym głosem dziewczyna.

– Niezłe z nich typki – przytaknął chłopak. – Mam nadzieję, że poniosą zasłużoną karę.

– Też mam taką nadzieję – odparła Harper i zamilkła, zatapiając się w myślach.

Żmudna wędrówka i przeciskanie się przez gęstwinę poszycia leśnego stały się wyjątkowo monotonne. Harper nie miała ochoty na rozmowę z Noelem, który klekotał jak najęty. Koncentrowała się na drodze i obserwowaniu wskazówek mających ją zaprowadzić do Piramidy Słońca. Poza latającymi ważkami wielkością przypominającymi letnie słomkowe kapelusze nie zauważyła niczego niezwykłego, aż do momentu kiedy odniosła wrażenie, że coś lub ktoś nieustannie wodzi za nią wzrokiem.

– Ktoś nas chyba obserwuje – szepnęła.

– Co? – zapytał Noel, podbiegając bliżej.

– Nie masz wrażenia, że ktoś nas śledzi?

– Eee, czy ja wiem – wycedził niepewnie Noel, rozglądając się ukradkiem. – Nie zauważyłem. Może to po prostu jakieś zwierzęta?

– Być może – odrzekła Harper, odsuwając wiszące przed nią liczne pnącza i przeciskając się powoli do przodu.

W końcu gęsty las się przerzedził i dwoje poszukiwaczy wyszło na szeroką ścieżkę. Z ziemi wystawały chropowate kamienie wielkości męskiej pięści, o które Noel co chwilę się potykał. Jego irytacja i niezadowolenie przybierały na sile. Po jakimś czasie twarda droga zaczęła przypominać miękkie grzęzawisko. Z podłoża coraz bardziej wystawały nierówne bloki skalne, wielkością i kształtem do złudzenia przypominające głowę aligatora. Ziemia rozrzedzała się i miękła z ich każdym krokiem, zmieniając się w rozległą masę błota. Rogowate, podłużne głazy zaczęły coraz wyraźniej prezentować swój kształt, przywołując na myśl niebezpieczne drapieżniki. Harper dała dużego susa, by przeskoczyć z jednego głazu na drugi, gdy nagle jeden z kamieni przemienił się w żarłocznego aligatora i próbował chwycić ją za nogę swą potężną paszczą.

– Noel, uciekaj! – krzyknęła przerażona dziewczyna ile sił w piersi, przeskakując po grzbietach ożywionych i wygłodniałych gadów, by umknąć przed niechybną śmiercią.

Dompling na widok dziesiątek aligatorów ocierających się niezgrabnie jeden o drugiego zimnokrwistymi cielskami zastygł w bezruchu. Milisekundę później potężna dawka adrenaliny uderzyła w jego mięsień sercowy. Poczuł niepohamowany przypływ energii i zaczął gnać przez żywą gadzią aleję ku suchemu lądowi.

Po – wydawałoby się – trwającej wieczność walce o przetrwanie Harper pierwsza dotarła do brzegu. Padła na ziemię, sapiąc i dysząc. Tuż za nią ostatkiem sił dobiegł Noel. Wbijał zesztywniałe palce w twardy grunt i wierzgał jak dziki koń, próbując niezgrabnie wygrzebać się z grzęzawiska. Harper, widząc jego nieporadność, poderwała się, chwyciła go za rękę i mocno pociągnęła, ratując nieboraka przed uściskiem potężnych szczęk.

– Dziękuję – wydyszał Noel, ocierając twarz umazanymi w błocie dłońmi i jęcząc z przerażenia.

– Twoja noga! – krzyknęła Harper, wskazując na poszarpane spodnie i ranę na prawej łydce chłopaka.

– Och nie! – zawył z bólu. – Jeszcze tego mi brakowało. Czegoś tak przyziemnego jak apteczka oczywiście nie mamy?

– No, niestety nie.

– Świetnie! – burknął, pociągając nosem. – Umrzeć z wykrwawienia w jakimś dzikim lesie! Nie mogłem wyśnić sobie lepszego zakończenia – jęczał bliski rozpaczy Noel.

– Weź się w garść i przestań panikować! – rzuciła Harper. – Przecież mam bransoletę z kryształem mocy. Zaraz zajmę się twoją nogą i będziesz jak nowo narodzony.

– Jesteś pewna, że umiesz jej używać?

– Zaraz się przekonamy – odpowiedziała dziewczyna, ale na jej twarzy malował się cień niepewności.

Wysunęła rękę przed siebie i zaczęła się wpatrywać w czerwony kamień osadzony w bransolecie. Po chwili wydobył się z niego kłębek wirującej energii o koralowej barwie. Dziewczyna przyłożyła dłoń do krwawiącego miejsca na nodze Noela i po kilku sekundach rana zagoiła się, nie pozostawiając najmniejszego śladu.

– To naprawdę działa! – krzyknął chłopak, oglądając łydkę ze wszystkich stron. Poderwał się, opuścił sfatygowane nogawki spodni i zaczął podskakiwać radośnie w przypływie euforii.

– Cieszę się, że się udało, ale teraz musimy iść dalej! – Dumna z siebie Harper, nie czekając, ruszyła naprzód z przewieszonym przez ramię neseserem.

Po kilkunastu krokach dziewczyna odniosła nieodparte wrażenie, że wzrok, który wcześniej czuła na swoich plecach, nadal za nią podąża. Rozejrzała się dyskretnie dookoła i nagle poczuła, że coś wilgotnego otula jej ramiona. W pierwszej chwili pomyślała o bagażu. Jednak kiedy zerknęła przez bark, na swoich plecach ujrzała zieloną liściastą łapę. Krzyknęła mimowolnie, próbując zrzucić ją z pleców, ale im bardziej się starała, tym więcej gigantycznych liści wdrapywało się na jej ramiona. Harper miotała się dookoła, nie mogąc oswobodzić się z objęć potężnej rośliny, której monstrualne łapy obejmowały ją w coraz silniejszym uścisku. Noel również wrzeszczał i podskakiwał, wymachując rękami we wszystkie strony jak opętany. Jednak potężne rośliny nie dawały za wygraną i po nierównej walce powaliły przeciwników.

Harper i Noel leżeli na ziemi całkowicie unieruchomieni, opleceni silnymi łodygami nieznanej im rośliny. Masywne pnącza wiły się i prężyły, ciągnąc swe ofiary przez gęste poszycie. Po jakimś czasie pędy zatrzymały się. Sponiewierana para wylądowała przed wysokimi pniami, sięgającymi co najmniej czterech metrów wysokości. Każdy z nich był pokryty od nasady aż do samego czubka setkami oczu przylegających jedno do drugiego. Mrugały one niespokojnie, przymykały się i spoglądały złowrogo na przybyszy, wywołując nieprzyjemne dreszcze na ich obolałych i spoconych ze strachu ciałach.

– Czego szukacie w naszym lesie?! – Niespodziewanie pośród bujnej roślinności otaczającej Noela i Harper zagrzmiało groźnie brzmiące zapytanie.

Harper chciała coś odpowiedzieć, ale jej usta były pełne włochatego mchu, pozostałego po ciągnięciu po leśnym podłożu. Noel leżał na brzuchu i niewiele widząc, pluł i mamrotał coś pod nosem. Szarpał się na wszystkie strony w bezskutecznych próbach oswobodzenia się.

– My… my szukamy Szmaragdowej Czaszki – wyjąkała Harper, kiedy wreszcie udało jej się wypluć cały mech.

Wszystkie oczy pni skierowały się na nią i otworzyły szeroko ze zdziwienia. Następnie zmrużyły się złowieszczo, a po chwili rozległ się szyderczy śmiech dobiegający z różnych stron spośród bujnej roślinności.

– Myślicie, że możecie przyjść sobie do lasu ot tak, jak na grzyby, by znaleźć potężną Szmaragdową Czaszkę? – zadrwił ktoś bardzo nieprzyjemnym głosem.

– Nie, nie, ależ skąd! – wymamrotała przestraszona dziewczyna. – Przybywamy tutaj z polecenia wielkiej Isis. Mój przyjaciel umiera i ten kryształ jest naszą jedyną nadzieją na jego ocalenie.

Wszystkie oczy ponownie spojrzały na Harper, a następnie na wypięty tyłek Noela, który nadal gramolił się i przewracał w silnym uścisku liściastych łap.

– Ty możesz odejść – oznajmił zaskakująco głos i wszystkie więzy pętające dziewczynę zluzowały się i opadły bezwładnie na ziemię.

Harper odetchnęła z ulgą, wstała i wciąż trzęsąc się na nogach, otrzepała ubranie.

– A co z moim przyjacielem? – zapytała troskliwie, spoglądając na chłopca nieporadnie walczącego z pnączami. Jego usta nadal były pełne różnych traw, co skutecznie uniemożliwiało mu mówienie.

– O niego się nie martw. Po prostu idź! I radzę ci się pośpieszyć! – odrzekł głos z powagą zmieszaną z nutą troski.

Harper wolała nie zadawać kolejnych pytań, by nie zdenerwować kogoś – lub czegoś – kto właśnie łaskawie ją oswobodził. Zerknęła ponownie na setki oczu wpatrujących się w nią nieustannie i odniosła wrażenie, że spojrzenia złagodniały.

Poczuła, że powinna im zaufać.

– W którą stronę mam pójść? – zapytała nieśmiało na odchodnym, spoglądając z lękiem na obserwujące ją oczy.

Wszystkie gałki zwróciły się w prawo, wskazując kierunek wędrówki. Dziewczyna, nie zastanawiając się długo, ruszyła przed siebie, a tuż za nią poszybował jej Życiowy Bagaż, unosząc się lekko pomiędzy rozłożystymi koronami drzew.

Harper nie mogła ochłonąć po spotkaniu z dziwnymi drzewami, które zamiast kory miały żywe oczy. Dygotała z przerażenia, ale nie spowalniała wędrówki. Po prawie godzinie marszu wyszła na niewielką polanę, na której przeciwległej krawędzi stała olbrzymia piramida zbudowana z kamiennych bloków. Główna część budowli schowana była wśród koron potężnych starych drzew, które pochyliły się nisko z westchnieniem, łącząc się w nierozerwalnym splocie przyrody.

– Jesteśmy na miejscu – wyszeptała zadowolona Harper, odsuwając sprzed twarzy zadziorne liście paproci. – Panie Bagażu, panie Bagażu, udało się! – krzyknęła, podnosząc głowę, by wypatrzyć przyjaciela unoszącego się swobodnie w powietrzu.

Kufer zleciał niżej i zawisł na wysokości oczu Harper, machając jedwabistymi skrzydłami.

– *To teraz czeka nas najważniejsza przeprawa* – oznajmił bardzo powoli z niemal grobową powagą.

– Co ma pan na myśli? – zapytała zaniepokojona dziewczyna. – Czy w tej piramidzie czyhają jakieś niebezpieczeństwa, o których powinnam wiedzieć?

– *No... szczerze mówiąc, ciężko zdefiniować przeciwnika. Tutaj przyjdzie ci się zmierzyć z samą sobą* – odpowiedział Życiowy Bagaż.

– Nie rozumiem – wymamrotała zmieszana Harper, spoglądając na unoszący się przed nią neseser.

– *Szmaragdowa Czaszka została ukryta w jednej z sekretnych komnat w piramidzie, która jest pieczołowicie strzeżona. Kluczem do jej znalezienia jest twoje serce. Tylko osoba o odpowiedniej wibracji może tego dokonać. Musisz też wiedzieć, że dookoła piramidy rozciągnięta jest zaczarowana zasłona, coś w rodzaju płynnej ściany, której dotknięcie powoduje natychmiastowe porażenie i śmierć.*

– Co?! – krzyknęła Harper, czując, jak zimne dreszcze przebiegają po całym jej ciele. – Dlaczego nikt mi o tym wcześniej nie powiedział?!

– *Spokojnie, moje dziecko. Pewnie nikt nie chciał cię stresować, bo i po co? Przecież twoje serce jest czyste, a ja nie noszę żadnych doświadczeń. Magiczne moce chroniące Szmaragdową Czaszkę uruchamiają się tylko w przypadku osób, których zamiary nie są uczciwe, więc nie ma powodu martwić się na zapas, jak to zresztą robią prawie wszyscy ludzie* – wyjaśnił bagaż.

Harper westchnęła głęboko, zarzuciła kufer na plecy i ruszyła niepewnie naprzód. Czuła, jak serce wali jej mocno, w rytmie przypominającym galop dzikiego konia. Od wejścia do piramidy dzieliło ją już tylko kilkadziesiąt kroków. Nagle potknęła się o coś twardego i kanciastego. Zatrzymała się zaniepokojona i spojrzała pod stopy. Jej oczom ukazały się pokrywające gęsto polanę zwęglone szkielety człekokształtnych istot. Wyostrzyła wzrok i dostrzegła, że powietrze przed czubkiem jej nosa zaczęło drgać i sprawiało wrażenie zdecydowanie gęściejszego.

– To pewnie ta zabójcza zasłona. – Wzięła głęboki wdech, czując, jak coś chwyta ją za gardło i paraliżuje kończyny.

Zacisnęła ze zdenerwowania powieki i drżąc ze strachu, zmusiła się do zrobienia nieśmiałego kroku... po czym weszła w płynną ścianę chroniącą piramidę przed niepożądanymi gośćmi. Poczuła, jak coś wilgotnego musnęło jej ciało niczym pękająca bańka mydlana. Wypuściła głośno wstrzymywane powietrze i odetchnęła z ulgą, szczęśliwa, że udało się jej pokonać niewidzialną zaporę. Jej umysł zalała fala dzikiej radości, promieniująca od czubka głowy aż do stóp.

Niestety uczucie niepokoju było silniejsze. Harper podeszła z lękiem do wejścia do wnętrza piramidy. Rozejrzała się uważnie dookoła i pchnęła ciężkie kamienne wrota, które nie stawiając oporu, otworzyły się bezgłośnie. Dziewczyna znalazła się w długim korytarzu, w którym panował ponury półmrok. Gdy tylko zrobiła krok naprzód, zapaliły się jasnożółte kryształowe lampy osadzone w kamiennych ścianach. Zachęcona tym Harper zaczęła pewniej wędrować przed siebie. Hol kończył się ciężkimi drewnianymi drzwiami. Nacisnęła na masywną żelazną klamkę i ku jej wielkiemu zaskoczeniu również i te wrota otwarły się bezszelestnie. Zajrzała do środka przez podłużną szparę i zobaczyła wielką oświetloną salę, w której przy kamiennych stołach siedziało w milczeniu kilkadziesiąt osób odzianych w długie kremowe szaty. Wszyscy byli zatopieni w lekturze starych ksiąg.

– Co tu robią ci ludzie? – wyszeptała zdziwiona, drapiąc się po rozczochranej głowie. – Czy ja śnię, czy już kompletnie postradałam zmysły? – zastanawiała się, stojąc osłupiała w progu i nie mając zielonego pojęcia, co dalej począć.

– Witaj, drogie dziecko – nagle przywitała ją jakaś starsza, ale kwitnąco wyglądająca kobieta o szarozłotych oczach, która wyrosła przed Harper jak spod ziemi.

Dziewczyna przełknęła głośno ślinę, zaskoczona pojawieniem się nieznajomej. Kobieta, widząc zażenowanie gościa, zapytała ciepłym głosem, darząc Harper życzliwym uśmiechem:

– Jestem Pryde, strażniczka wiedzy. Co cię do nas sprowadza, moja droga?

– Ja… ja… przyszłam odebrać Szmaragdową Czaszkę – wyjąkała speszona Harper, dopatrując się w miłym przyjęciu jakiegoś podstępu. Pomyślała, że przecież nie może to być takie proste. Spodziewała się raczej niebezpiecznych pułapek, zawiłego labiryntu do pokonania i arcytrudnych zagadek do rozwiązania.

– Nareszcie! Trochę to trwało.

– Prze… przepraszam – wydukała zmieszana. – Wędrówka zajęła nam prawie cały dzień. Nie było łatwo tutaj dotrzeć.

Nagle kobieta wybuchnęła gromkim śmiechem.

Dziewczyna stała zdezorientowana w progu i zupełnie nie rozumiała powodu tego rozbawienia.

– Ach, wybacz mi, proszę, moje zachowanie. Czymże jest dzień w porównaniu do dziesiątek tysięcy lat czekania, aż któreś z ludzi przybędzie odebrać należną im wiedzę. Już prawie straciliśmy nadzieję, że to kiedykolwiek nastąpi. Ach, tak bardzo się cieszę, że wreszcie komuś się udało! – odrzekła z entuzjazmem w głosie Pryde, zapraszając Harper do środka. – Wejdź, proszę, i poznaj naszych strażników wiedzy. Oni gromadzą i przechowują największe tajemnice, które zostały przekazane ludziom przez Galaktyczną Radę w zamierzchłych czasach. – Wskazała na mędrców siedzących w komnacie, a następnie dodała podniesionym głosem: – Strażnicy! Przepowiednia się wypełniła! Ta oto dziewczyna o kryształowym sercu przybywa, by odebrać Szmaragdową Czaszkę i przekazać zaginioną wiedzę ludziom!

Nagle wszystkie oczy skierowały się na Harper. Cisza panująca w pomieszczeniu zamieniła się w harmider. Potem rozległo się szuranie kamiennymi krzesłami i wszyscy rzucili się do dziewczyny, by ją przywitać i uścisnąć jej dłoń.

– To dla nas prawdziwe wyróżnienie! – oznajmił wysoki sędziwy mężczyzna o bystrych oczach, które na widok Harper rozpromieniły się. – Jak się nazywasz, drogie dziecko?

– Ha... Harper Rolling – odpowiedziała zmieszana, nie spodziewając się zupełnie takiego obrotu sprawy.

– Już myśleliśmy, że ludzie nigdy nie odzyskają swojej wiedzy – dodała piskliwie starsza kobieta, której srebrne włosy upięte były w elegancki kok. Podeszła pośpiesznie do Harper i mocno uścisnęła jej spocone ze zdenerwowania ręce.

– Nareszcie wiedza wróci do prawowitych właścicieli! – wiwatował następny mężczyzna, otulając dłoń Harper swoimi szczupłymi rękami.

– Jest mi bardzo miło poznać szanownych strażników i strażniczki potężnej wiedzy, ale czy mogłabym już dostać ten kryształ? – wyjąkała niepewnie Harper, uświadamiając sobie, że musi czym prędzej wracać do zamku, by uratować Abbotta. – Mój przyjaciel umiera i Szmaragdowa Czaszka jest dla niego jedynym ratunkiem – dodała z zatroskaną miną.

– Ależ oczywiście, moje dziecko! – odrzekła serdecznie Pryde. – Chodź za mną! – poleciła, wskazując na szare drzwi.

Weszły do niewielkiej komnaty o niskim sklepieniu. Jej ciemne kamienne ściany były pokryte zasłonami gęsto utkanych pajęczyn. Kobieta zapaliła przy wejściu dwie pochodnie, na których widok włochate pająki czmychnęły do kątów, włócząc niezgrabnie swoimi odstającymi odwłokami. Harper wzdrygnęła się z obrzydzenia, gdyż zawsze czuła wstręt do tych stawonogów. Nieprzyjemny dreszcz przebiegł po jej plecach, a gęsia skórka pokryła ramiona.

– Szmaragdowa Czaszka jest ukryta gdzieś w tej komnacie – powiedziała spokojnym głosem strażniczka wiedzy.

– Ale gdzie? – zapytała zaskoczona Harper.

– Tego niestety nikt nie wie. Jeśli jesteś właściwą osobą, to ją odnajdziesz. Tylko człowiek o odpowiednich wibracjach i czystym sercu może tego dokonać. Powodzenia, drogie dziecko! – rzekła i zamknęła za sobą drzwi.

– Panie Bagażu, co ja mam teraz zrobić? – wymamrotała wyraźnie wystraszona Harper, badając uważnie wzrokiem wszystkie zakamarki pomieszczenia.

– *Przede wszystkim przegoń strach, który tak chętnie gości w twojej głowie, a otwórz serce i umysł. One są jak spadochron. Najlepiej działają, kiedy są otwarte* – poradził jej Życiowy Bagaż.

– No dobrze, ale to nie jest takie proste, jak się panu wydaje – wyjąkała rozdygotana Harper, która na samą myśl o odrażających pająkach dostała wypieków na twarzy. – Czy wszystko zawsze musi się tak komplikować?

– *Jeśli nie doświadczyłabyś trudów i nie zaznała ciemności, nigdy nie rozpoznałabyś światła, moje dziecko* – rzekł skrzydlaty przyjaciel.

Harper nie miała wyjścia. Została jej powierzona misja do wypełnienia. Pomimo pajęczyn i świadomości, że gdzieś w pobliżu są ich twórcy, zaczęła badawczo przyglądać się ścianom, oświetlając je płonącą pochodnią.

– No i skąd ja mam wiedzieć, za którym kamieniem ukryta jest ta czaszka?

– *Pomyśl spokojnie i poszukaj znaków* – zasugerował kufer. – *One zawsze pojawiają się, kiedy potrzebujemy pomocy.*

– Może po prostu opukam wszystkie te kamienne bloczki? – zasugerowała Harper i podeszła do ściany znajdującej się naprzeciwko drzwi wejściowych. Zadarła głowę i zaczęła szukać jakichś znaków. Zauważyła, że jedna z cegieł lekko wystaje i jest zdecydowanie większa od pozostałych. Ostukała ją pięścią, a następnie pchnęła ze wszystkich sił, ale kamień nawet nie drgnął. Wydarzyło się natomiast coś zupełnie nieprzewidywalnego. Z kąta komnaty, spośród gęstych pajęczyn, dobiegł ją donośny chrobot, jakby ktoś przesunął ciężki głaz. Harper zbliżyła się do źródła dźwięku i ujrzała kamienny posąg klęczącego na obu kolanach wojownika, który w złożonych dłoniach trzymał wielki miecz.

– To tylko jakaś figura – wyszeptała z ulgą, ocierając pot z brudnego czoła i zdejmując włókna pajęczej sieci ze swoich potarganych włosów.

Z pochodnią w ręku nie przestawała przyglądać się kolejnym cegłom. Zauważyła, że jedna tuż przy posadzce jest lekko wyszczerbiona. Nacisnęła ją, z nadzieją że otworzy się sekretna komora skrywająca Szmaragdową Czaszkę. Niestety również ten kamień pozostał niewzruszony. Ponownie do jej uszu dobiegł dźwięk przesuwanego po posadzce ciężkiego bloku skalnego. Zatrzymała się na chwilę strwożona, po czym podeszła niepewnym krokiem do kąta, w którym stała rzeźba wojownika, i z przerażeniem stwierdziła, że rycerz klęczy już tylko na jednym kolanie. Na drugim spoczywały jego dłonie ściskające rękojeść miecza.

– Panie Bagażu, chyba mamy problem – wybąkała przez zęby dziewczyna. – Wygląda na to, że przy każdej mojej pomyłce ten wojownik się porusza. Mam nadzieję, że zdążę odnaleźć kryształ, zanim całkiem się obudzi.

– *Nie trać nadziei* – pocieszał ją Życiowy Bagaż. – *I przede wszystkim działaj! Dzień powoli dobiega końca, a musisz zdążyć przed zachodem słońca. W przeciwnym razie piramida zniknie, wszystko zamieni się w pył i cały twój wysiłek pójdzie na marne.*

Harper była pod olbrzymią presją zarówno nieubłaganie uciekającego czasu, jak i niebezpieczeństwa czyhającego na nią ze strony rzeźby posępnie wyglądającego rycerza. Przyglądała się bardzo uważnie kolejnym bryłom w ścianie, jednak szczęście jej zupełnie nie dopisywało. Ilekroć wytypowała jakiś głaz, wybór okazywał się nietrafiony.

Kamienny wojownik podniósł się z kolan, stanął wyprostowany i przysunął się do Harper tak blisko, że gdyby oddychał, mogłaby poczuć jego lodowaty dech na twarzy. Dziewczyna denerwowała się coraz bardziej. Światło pochodni bladło z każdą minutą. Harper, czując wielką trwogę w sercu, podjęła kolejną próbę wytypowania właściwej cegły.

Niestety również to podejście zakończyło się fiaskiem. Figura podniosła potężny miecz, chrobocząc przy tym niemiłosiernie. Harper nie miała wątpliwości. Następny ruch może być jej ostatnim.

– Poddaję się! – krzyknęła spanikowana.

– *Nie możesz się teraz poddać!* – ryknął neseser. – *Czasami tuż przed osiągnięciem celu los nas testuje, jakby chciał sprawdzić, czy jesteśmy gotowi na nagrodę.*

Harper zacisnęła mocno usta. Zebrała resztki sił i rozglądając się po mrocznych ścianach, dostrzegła nagle dziwnie wyglądającego pająka o pomarańczowych nogach, siedzącego na jednej z cegiełek w kącie, z którego wyszedł kamienny rycerz. Podeszła tam. Wzięła głęboki wdech i dmuchnęła z całych sił, by przegonić stawonoga.

– Sio, sio! – syknęła, ale zwierzę ani myślało się ruszyć. – No trudno, raz kozie śmierć! – powiedziała i wyciągnęła przed siebie drżącą rękę. Lękając się niesłychanie, pchnęła energicznie cegłę, która poruszyła się, zaczęła wibrować i wślizgnęła się do środka komory, ukazując w zagłębieniu muru pokrytą grubym kurzem Szmaragdową Czaszkę.

– Panie Bagażu! Znalazłam kryształ! – krzyknęła szczęśliwa Harper, wyciągając pośpiesznie znalezisko ze schowka.

– *Wiedziałem, że ci się uda! Wierzyłem w ciebie od samego początku* – oznajmił radośnie kufer. – *No to teraz zbierajmy się stąd!* – zakomenderował zdecydowanym głosem, jakby wyczuwał wiszące w powietrzu niebezpieczeństwo.

Harper wepchnęła kryształową czaszkę pod pachę, zarzuciła neseser na ramię i czym prędzej pobiegła ku wyjściu.

Niestety na zewnątrz czekała na nią przykra niespodzianka.

Z boku piramidy, tuż przy niewidzialnej ścianie ochronnej, stali trzej gadzi wojownicy i najwyraźniej czekali na dziewczynę. Ich agresywne zachowanie wskazywało na mało przyjazne zamiary. Mieli ludzką posturę, ale wielkością zdecydowanie przewyższali człowieka. Wysocy na co najmniej trzy metry, zamiast twarzy mieli paszcze drapieżnego tyranozaura, w których błyszczały gęste, zakrzywione do tyłu zęby. Mocne i tęgie ramiona były zakończone szponiastymi łapami. Umięśnione dolne kończyny brutalnie rozrywały darń ostrymi pazurami. Wojownicy wlekli za sobą długie ogony, którymi raz po raz uderzali nerwowo o ziemię. Stwory miały na sobie brązowo-zielone zbroje, w łapach zaś trzymały długie i ostre młoty osadzone na masywnych kijach.

Harper stanęła jak wmurowana, po czym uskoczyła za kamienne drzwi i gorączkowo myślała, co dalej począć. Paraliż zwątpienia ogarnął jej ciało. Wiedziała, że dopóki nie przekroczy ściany ochronnej, jest bezpieczna, jednak musiała przecież opuścić piramidę przed zachodem słońca, które nieubłaganie wciskało się za horyzont.

– Co teraz? Co teraz? – mamrotała przerażona, nie mogąc zebrać myśli, które jakby skapitulowały na widok krwiożerczych bestii.

– Harper! Harper! – Nagle usłyszała swoje imię dobiegające zza krzewów gęstego lasu otaczającego budowlę. Zerknęła tam ukradkiem i dostrzegła Noela.

Chłopak krył się za drzewem i próbował coś jej przekazać, wymachując rękami. Z jego nieskoordynowanych ruchów wydedukowała, że Noel chce, by do niego dołączyła. Gadzi wojownicy kręcili się wokół budowli i na szczęście niczego nie dostrzegli.

Dompling nerwowo spoglądał to na dziewczynę, to na wysłanników Karcharodona, którzy wyglądali na zniecierpliwionych długim oczekiwaniem. Noel również był mocno zdenerwowany. Harper wpatrywała się w niego i nagle usłyszała w głowie głos:

– *Na mój znak wybiegnij z piramidy i pędź co sił w nogach w moją stronę, rozumiesz?!*

Nie spuszczając wzroku z chłopaka, kiwnęła głową na potwierdzenie i gdy tylko Noel dał jej sygnał, popędziła w jego kierunku i już po chwili skoczyła w zarośla, chowając się przed wrogiem.

– Daj mi kryształ! – krzyknął Noel, wyciągając drżące ręce. – Ze mną będzie bezpieczniejszy. Daj mi kryształ! – wrzeszczał.

Harper, niewiele myśląc, podała mu Szmaragdową Czaszkę. Chłopak złapał ją chciwie, a na jego twarzy wykwitł mrożący krew w żyłach grymas, którego widok przeraził dziewczynę. Spoglądając obłąkanym wzrokiem na zdobycz, Noel wyprostował się, a następnie zasyczał sarkastycznie:

– Dzięki za odwalenie brudnej roboty! Żegnaj, Harper!

Wybiegł na skraj lasu, wskoczył na grzbiet pterozaura, który pojawił się nieoczekiwanie, jakby przybył z innego świata, i zanosząc się diabelskim śmiechem, zaczął się wznosić i powoli niknąć ponad gęstymi koronami drzew.

Oczy Harper wypełniły się łzami i przybrały kształt nadętego balonu, który tylko czekał, by eksplodować. Głos uwiązł jej głęboko w krtani, a poczucie niemocy zalało boleśnie umysł. Siedziała na leśnym poszyciu zupełnie zdrętwiała, nie mogąc uwierzyć w to, co właśnie się stało.

Rozdział XIV
GALAKTYCZNE DRZEWO

Nie tak szybko, koleżko! – wrzasnął rozeźlony Fergus i strzelił z długiego bata, który owinął się wokół trzymanej przez Noela Szmaragdowej Czaszki. Pętla zacisnęła się na krysztale i opiekun smoków jednym silnym pociągnięciem wyrwał artefakt z rąk zdrajcy lecącego na dinozaurze.

Harper poderwała się na równe nogi i wybiegła zdyszana z zarośli, wymachując nerwowo rękami.

– Wskakuj! – krzyknął Tony, z trudem balansując na unoszącym się w powietrzu smoku.

Wyciągnął zamaszyście prawą rękę do Harper, lewą ściskając kurczowo wodze, chwycił mocno dłoń dziewczyny i wciągnął ją na plecy gada. Śmierciogbur, na którym siedział młody Steller, machał delikatnie skrzydłami, starając się utrzymać na tyle nieruchomo, by nie pogruchotać jej kości. Harper wgramoliła się nieporadnie na grzbiet zwierzęcia, złapała Tony'ego w pasie i zapłakała. Jednak nie były to łzy smutku, lecz bezkresnej radości, która zalała jej serce na widok przyjaciela i Fergusa siedzącego okrakiem na groźnym strażniku.

– A co z tym zdrajcą? Pozwolimy mu tak po prostu odlecieć?! – gorączkował się Tony.

– Nim zajmiemy się później. Najpierw musimy dostarczyć czaszkę do Świątyni Uzdrowienia – odparł opiekun smoków i cała trójka poszybowała w podniebnych przestworzach, udając się czym prędzej do zamku Atlandor, w którym leżał umierający Abbott.

Smoki nie zdążyły dobrze dotknąć łapami podłoża, gdy Fergus zeskoczył i uderzając swymi ciężkimi butami o ziemię, podbiegł do Harper. Złapał ją wpół, pomagając zejść ze śmierciogbura, i przytulił tak mocno, że dziewczynie prawie zabrakło tchu w płucach.

– Harper… Nooo! Naprawdę tego dokonałaś! – ryczał rozpromieniony, trzymając w ręce kryształową czaszkę i kręcąc z niedowierzaniem swoją dużą głową, aż spleciona w warkocz broda podskakiwała jak sprężyna.

Oszołomiona Harper stała przez chwilę w bezruchu, po czym otarła łzy ze spoconych i umorusanych policzków. Tony także uściskał ją serdecznie, chwycił za rękę i wszyscy pobiegli na ratunek koledze.

Isis stała przy łóżku Abbotta i z bólem serca obserwowała gasnące jak dopalająca się świeca życie chłopca. W kącie na fotelu drzemała zmęczona czuwaniem Matylda. Kiedy tylko do jej uszu dobiegł narastający tupot stóp Fergusa, zerwała się na równe nogi.

W tej samej chwili do komnaty wpadła trójka przyjaciół.

– Przepraszam, droga Isis, no… tego tam, za nasze zachowanie – rzekł wyraźnie skruszony opiekun smoków, ale jego podniecenie było tak wielkie, że z trudem przychodziło mu opanowanie emocji. – Mamy Szmaragdową Czaszkę! – Zszedł do szeptu i podał kryształ królowej, która z niedowierzaniem najpierw spojrzała na artefakt, a następnie na Harper, Tony'ego i Fergusa. Chwyciła gorączkowo czaszkę i szybko podeszła do łóżka Abbotta.

– W samą porę! Jeszcze kilka chwil i byłoby za późno – powiedziała drżącym głosem, przykładając szmaragd do klatki piersiowej chłopca. Nagle z kryształu rozbłysnęło ciepłe zielone światło, wypełniając życiodajnym blaskiem całą komnatę.

Isis mruczała pod nosem jakieś niezrozumiałe dla reszty słowa. Musnęła opuszkami palców czoło Abbotta, jego usta, a następnie okolicę serca, wypowiadając jakieś magiczne formułki, po czym odsunęła czaszkę na odległość kilku centymetrów. Po chwili chłopak poruszył dłońmi, otworzył oczy i usiadł energicznie na łożu.

– Ale miałem koszmar! – mruknął sennym głosem. – Śniło mi się, że goniłem człowieka maszynę, a kiedy go dopadłem i on się odwrócił, ujrzałem twarz Noela, a ten ranił mnie świetlistym nożem... Uff... Co za upiorny sen! Ej... no... – westchnął po chwili i zmarszczył czoło, jakby chciał zebrać rozbiegane myśli. – Co wy tu w ogóle wszyscy robicie i dlaczego gapicie się na mnie, jakbym dopiero co zmartwychwstał czy coś? – spytał zakłopotany, rozglądając się i zatrzymując na sekundę spojrzenie na każdym z obecnych.

– To nie był sen – oznajmiła Matylda, siadając na łóżku obok przyjaciela. – Byłeś ciężko ranny. Ktoś naprawdę cię zaatakował i prawie przypłaciłeś to życiem.

Harper wyruszyła na niebezpieczną wyprawę, aby odnaleźć Szmaragdową Czaszkę. Gdyby nie ona, już by cię z nami nie było – powiedziała zatroskanym głosem, a jej oczy wypełniły się łzami. Nie mogła powstrzymać rozpierającej ją radości na widok ozdrowiałego Abbotta.

– Noel?! – zapytała z namysłem Isis i utkwiła nieruchomy wzrok w oddali, mrużąc groźnie czarne jak heban oczy.

– Tak, mieliśmy szpiega w zamku! – Fergus był wyraźnie zezłoszczony. – Ten drań podstępem odebrał Harper kryształową czaszkę i gdyby nas tam nie było, dostałaby się w ręce… tego tam… oślizgłego Karcharodona.

– Ale jak to możliwe, że ani strażnicy rzeczni, ani ja tego nie wykryliśmy? – zachodziła w głowę królowa, która nie mogła uwierzyć, że ktoś dostał się podstępem na Frogmouth i przysporzył im tylu problemów.

– Karcharodon ma swoje sztuczki. Pewnie zbałamucił tego głupca próżnymi obietnicami, no… Niech ja tylko dorwę tego gada w swoje ręce, no… tego tam… Pogruchoczę mu kości! – dodał rozwścieczony Fergus.

– Oni już wiedzą, że Szmaragdowa Czaszka nie jest chroniona przez magiczne moce Piramidy Słońca – zauważyła słusznie Isis. – Musimy natychmiast obmyślić strategię obrony, jak ocalić kryształ i odeprzeć atak armii Karcharodona.

– Atak armii?! – wydukał drżącym głosem Tony.

– Jestem przekonana, że zaatakują jeszcze tej nocy – przerwała mu królowa. – Wiedzą doskonale, że nie mogą czekać, bo zdołamy wywieźć i ukryć kryształ, dlatego nie ma chwili do stracenia.

– Ale co się stanie z biblioteką, księgami i całą wiedzą Atlantydy, jeśli te gady się tu dostaną? – zapytała zaniepokojona Harper.

– O to nie musimy się martwić – odrzekła spokojnie Isis. – Ludzie maszyny zeskanowali całą naszą wiedzę i wyczyścili księgi, na wypadek gdyby dostały się w niepożądane ręce. Dziś wieczorem odlatują. Nasza wiedza jest z nimi bezpieczna.

– Ludzie maszyny? – powtórzył w zwolnionym tempie zdziwiony Abbott.

– Tak, nie była to dla nich łatwa praca. Męczyli się bardzo w naszej gęstej atmosferze, ale w obliczu niebezpieczeństwa poświęcili się, by ratować nasz największy skarb, jakim jest wiedza.

– To znaczy, że oni jej nie niszczyli? – wyszeptał zakłopotany chłopak, potwornie zawstydzony pochopnymi i fałszywymi oskarżeniami pod adresem ludzi maszyn.

– Nie, Abbotcie, to jest szlachetna cywilizacja. Ci ludzie pracowali bez wytchnienia całymi dniami i nocami – wyjaśniła królowa. – Ale zbierajmy się już! Hawkstone musi czym prędzej nadać wiadomości do wszystkich mieszkańców Świata Ptaków, aby przygotowali się do obrony – oznajmiła zdecydowanie i opuściła Świątynię Uzdrowienia, zabierając ze sobą Szmaragdową Czaszkę.

Za nią ciężkim krokiem powędrował Fergus, który przed wyjściem wyściskał mocno Abbotta, poczochrał jego czupurynę i zostawił siarczystego całusa na jego czole.

Harper, Matylda i Tony nie mogli nacieszyć się widokiem zdrowego przyjaciela. Podczas marszu przez długie i zawiłe korytarze zamku Atlandor obejmowali go, ściskali i podskakiwali w przypływie trudnej do opanowania ekscytacji.

– Noel! – zawołał poirytowany Abbott. – To nie był sen! – Wziął głęboki wdech i zatrzymał przez chwilę powietrze w płucach. – Tak, to on strzelił do mnie ze świetlistego noża. Wszystko mi się teraz przypomniało!

– Ale skąd on wziął ten nóż? – dociekała Matylda, obgryzając ze zdenerwowania paznokcie.

– Zaatakował Gilberta w Pracowni Czasu i odebrał mu bransoletę z kamieniem mocy – wyjaśnił Abbott.

– Nadal nie mogę uwierzyć, że chciał cię zabić, a mnie bez skrupułów wystrychnąć na dudka! – westchnęła z żalem Harper.

– Ciekawe, co powie jego matka, kiedy się dowie, czego dopuścił się jej synalek – zauważył Tony. – Gdybyśmy byli w świecie ludzi, nie uszłoby mu to płazem.

– Pewnie tak, ale teraz mamy ważniejszy problem na głowie – przerwała mu Harper. – Zapowiadana od jakiegoś czasu wojna stała się faktem – skwitowała, martwiąc się nie tylko o Świat Ptaków i wiedzę zapisaną w Szmaragdowej Czaszce, ale przede wszystkim o swojego tatę oraz wszystkich ludzi, którzy nie byli świadomi nadciągającego wielkimi krokami niebezpieczeństwa.

Nagle ich dyskusję przerwał stanowczy głos Gilberta, który wyrósł przed nimi jak spod ziemi. Wyszedł z błękitnej komnaty, o której istnieniu nie mieli wcześniej pojęcia. Jednak nie byli tym specjalnie zaskoczeni – korytarze zamku Atlandor rządziły się swoimi prawami. Drzwi poszczególnych pomieszczeń pojawiały się nieoczekiwanie, jakby wiedziały, kiedy kto gdzie ma wejść.

– Pośpieszcie się! – zawołał niecierpliwie Gilbert. – Musicie założyć ochronne zbroje. Słońce stoi bardzo nisko i za chwilę zniknie za widnokręgiem, a wtedy atak może nastąpić w każdej chwili.

– Te cienkie kombinezony mają nas niby ochronić? – zapytał z nietęgą miną Tony, przeciągając stopy przez jednoczęściowy strój wykonany z gąbczastego materiału w granatowym kolorze, pokryty złotymi wzorami gwiezdnych konstelacji.

– To kosmiczna technologia – odparł z dumą Gilbert. – Ludzie maszyny nam je podarowali. Zrobiłem testy i wiecie co? Ani ostry miecz, ani ogień czy nawet laser nie są w stanie ich uszkodzić. A do tego są wyjątkowo wygodne – zachwalał nowoczesne zbroje naukowiec.

Wszyscy w pośpiechu założyli kombinezony i udali się do biblioteki. Przy wielkim kamiennym stole, na którym leżały sterty starożytnych map, stali w skupieniu Isis, Fergus, Hawkstone i Chandryk. Obmyślali plan obrony Zaczarowanej Góry oraz Świata Ptaków, a co najważniejsze – ochrony Szmaragdowej Czaszki, której zdobycie było głównym celem ataku wojsk Karcharodona.

Tymczasem do książnicy wmaszerował pewnym krokiem imponująco wyglądający mężczyzna – potężnie zbudowany, wysoki na ponad dwa metry. Miał grafitowe włosy sięgające łopatek, a jego barczyste ramiona okrywał ciężki płaszcz utkany precyzyjnie z tysięcy stalowoszarych piór. Zanim nieznajomy przekroczył próg, wyciągnął przed siebie ręce w grubych szafranowych rękawicach, z których wystrzeliła energia w kolorze ognia. Uderzyła niczym piorun w drzwi, które rozwarły się z impetem na dwie strony. Z jego płaszcza nieustannie wystrzeliwały błyskawice, jakby mężczyzna chciał okazać swoją bojową gotowość.

– Stormborne! – zawołała podekscytowana Isis, której twarz rozpromieniła się na widok przybysza.

– Do usług! – Władca podniebnych przestworzy ukłonił się nisko Isis, a następnie przywitał uprzejmym skinieniem głowy pozostałych.

Stormborne nie lubił i nie zwykł gościć na lądzie. Jego masywna forteca o strzelistych wieżach unosiła się wysoko pośród kłębiastych chmur. Uwielbiał bawić się piorunami, które często rozrzucał w powietrzu, wywołując elektryzujące wyładowania atmosferyczne. Miotał deszczem, dął wiatrem, generując upiorne huragany. Jako jeden z niewielu na Zaczarowanej Górze nie pałał sympatią do ludzi. Miał im za złe okrutne postępowanie względem Matki Ziemi, dlatego chętnie rozpętywał szalejące burze, chcąc ukarać lekkomyślnych Ziemian.

– Dostałem wiadomość, że kryształowa czaszka jest na zamku i Karcharodon się po nią wybiera – oznajmił zdecydowanym tonem, rzucając z rozmachem na stół ciężkie skórzane rękawice. Posypały się z nich gorące iskry, które po chwili zgasły w zetknięciu z zimną posadzką.

– Tak, Stormbornie! Niestety jego pogróżki przeszły w działanie – odrzekła z zasmuconą miną Isis. – Obawiam się, że Karcharodon jest w posiadaniu części naszej wiedzy oraz kryształów dających mu moc przedostania się do naszego świata. Cóż, mieliśmy szpiega na Frogmouth… – dodała po chwili z wyraźną trwogą.

– Jak to szpiega? – zapytał oburzony Stormborne. – Przecież nikt ze Świata Ptaków nigdy by nas nie zdradził!

– Tak, to prawda – zawtórował mu Chandryk. – To niestety był chłopiec, przedstawiciel ludzkiego gatunku – dodał z bolesnym grymasem na twarzy.

– Człowiek! Wiedziałem! – wrzasnął oburzony Stormborne. – Daliśmy ludziom za duży kredyt zaufania! Oni nigdy się nie zmienią! Dbają tylko o siebie, nie zważając na konsekwencje swoich poczynań i Matkę Ziemię, którą doszczętnie zniszczyli!

– Drogi Stormbornie, ich świadomość zmienia się w coraz większym tempie – powiedziała Isis, uśmiechając się tajemniczo. – Być może przyszedł czas, aby ludzkość odzyskała utraconą wiedzę i w pełni zaczęła korzystać ze swoich możliwości.

– Tak, może i ludzkość odzyska swoją wiedzę, pod warunkiem że ten oślizgły Karcharodon nie zdobędzie jej wcześniej – syknął Chandryk. – Co prawda nasz zamek jest pieczołowicie chroniony i prawie nie do zdobycia, ale nie wiemy, jakie informacje wykradł Noel.

– No… Gdyby te gady chciały zaatakować nas z powietrza – oznajmił Fergus, głaszcząc się po splecionej brodzie – no to… jesteśmy na to pierwszorzędnie przygotowani. Moje maleństwa się z nimi rozprawią… – skwitował pewny siebie opiekun smoków.

– Najbardziej niebezpieczna jest niewiedza – wtrącił zachmurzony Hawkstone. – Nie mieliśmy żadnego kontaktu z dinozaurami od niepamiętnych czasów. Niestety nie wiemy, w jakim kierunku ewoluowały i jakie umiejętności rozwinęły. To ograniczenie martwi mnie najbardziej.

Gorące dyskusje i narady zostały przerwane przez wdzierającą się jak wąż do ogrodu ciemność. Słońce całkowicie zniknęło za widnokręgiem, wywołując głęboki niepokój w sercach mieszkańców Świata Ptaków.

W powietrzu na dziedzińcu zamku Atlandor czuć było paraliżujące napięcie. Wojownicy i strażnicy warowni krzątali się gorączkowo, przygotowując się do nieuchronnej napaści, której nadejścia wyczekiwali pośród ciemności zalegających nad rozległymi wzgórzami.

Stormborne wraz z Hawkstone'em udali się na jedną z wysokich zamkowych wież, by zlustrować przez potężną lunetę wzniesienia okalające zamek. Ku swemu wielkiemu zdziwieniu nie zauważyli niczego niepokojącego. Wszystko dookoła zdawało się zastygłe w bezruchu, tylko mgła snuła się nieśmiało w rozpadlinach i nad Rzeką Rozrachunku. Wiedzieli jednak, że w bezwietrznej nocy czai się niebezpieczeństwo.

Hawkstone wpatrywał się uważnie w mrok i nagle zauważył wysokie cienie sunące podstępem u podnóża zamku. Nakierował tam obiektyw lunety, ale cienie zniknęły. Mężczyznę obleciał strach. Podniósł głowę, spojrzał na gwieździste niebo i nagle dostrzegł pędzącą wprost na niego kulę posłańca. Szybkim ruchem złapał szklaną kulkę, która leciała z tak dużym impetem, że niemal uderzyła go w nos. Wyjął z kieszeni złotą tarczę z krwistoczerwonym kryształem pośrodku. Podświetlił rubinowym światłem kulę i odczytał na głos wiadomość od Karcharodona:

Pióro z głowy wam nie spadnie, jeśli oddacie kryształ ładnie.

– Niedoczekanie! – krzyknął rozjuszony Stormborne.

Nagle na dziedzińcu zamkowym zapanowało niepokojące poruszenie i rozległy się wrzaski. Obaj mężczyźni spojrzeli w dół i w ciemności zobaczyli chaotycznie migocące świetliste miecze. Strażnicy zamku próbowali odeprzeć atak wojowników Karcharodona, którzy wślizgiwali się do twierdzy przez magiczny mur.

– Ściana! Zaczarowana ściana! – krzyknął z przerażeniem Hawkstone. – Odkryli nasze tajemne przejście!

– Idą po Szmaragdową Czaszkę! – Stormborne był wyraźnie rozeźlony. – Isis! Musimy bronić Isis! Ona ma kryształ! – zagrzmiał i rozłożywszy swój skrzydlaty płaszcz, sfrunął na dziedziniec. W mgnieniu oka rozwinął imponujących rozmiarów miecz światła i zadając śmiercionośne ciosy, powalał obleśnych gadzich wojowników jednego po drugim.

Hawkstone, unosząc się na niewielkim latającym krążku, poszybował wprost do biblioteki, gdzie stacjonowała Isis. Żegnała się właśnie z ludźmi maszynami, ocierając łzy spływające po jej bladych policzkach.

– Oni już tu są! – zawołał mistrz, unosząc się nad posadzką.

– Tak, wiem, Hawkstonie. Zabierz czym prędzej ziemskie dzieci do Asuedy – poleciła Isis. – Czas, by wróciły do domu.

Harper i Tony poczuli, jakby ciężka stalowa łapa ścisnęła ich gardła. Nie wiedzieli, czy powrót do bliskich oznacza dla nich spędzenie reszty swych dni w ciałach ptaków, czy też wrócą w ludzkiej postaci. Ta niepewność była nie do zniesienia, szczególnie dla Tony'ego.

– Ja ich tam zabiorę! – oznajmił zdyszany Stormborne, który wkroczył z impetem do głównej sali książnicy, trzymając w lewej dłoni rozwinięty, długi na ponad metr świetlisty miecz.

Tony zzieleniał. Wiedział, że Stormborne nie pała sympatią do ludzi, więc oddanie swego młodego życia w jego ręce przyprawiło chłopca o nagły atak paniki. Jednak władca podniebnych przestworzy, nie czekając na ich zgodę, chwycił Harper i Tony'ego i trzymając ich w potężnych ramionach, pomknął do góry jak strzała. Wzniósł się wysoko, szybując ponad dachami zamku Atlandor, i wkrótce wylądował na jednej z niższych wież swej wiszącej w chmurach fortecy. Zanim Tony zorientował się, co się stało, latający zamek Stormborne'a pędził ku Asuedzie z prędkością szalejącej trąby powietrznej.

– Lily! – krzyknął przerażony chłopak, uświadomiwszy sobie, że jego młodsza siostra została w zamku. – Lily! Lily! – wrzeszczał spanikowany, a resztki powietrza uchodziły z jego kurczących się z bólu płuc. Nogi ugięły się pod nim i poczuł, jak przeraźliwy strach ogarnia jego drżące ciało.

Niestety Stormborne nie słyszał wołania Tony'ego, gdyż przeniósł się na wyższą wieżę i rozglądając się dookoła, wypatrywał swym sokolim wzrokiem złowrogiej armii nieprzyjaciela.

Tony i Harper wcisnęli się w kąt. Po jakimś czasie forteca zwolniła i wzleciała kilkadziesiąt metrów w górę, jakby chciała ukryć się przed najeźdźcami pośród gęstych deszczowych chmur.

– Już są! – wyszeptał Stormborne, zlatując na niższą wieżę, gdzie znajdowali się Tony i Harper.

Dzieci spojrzały na siebie z niepokojem. Tony, zbierając w sobie resztki odwagi, podniósł się, ścisnął mocno rękę Harper i pomógł jej stanąć na uginających się ze strachu nogach. Oboje nieśmiało wychylili głowy zza muru. Blady księżyc rozcinał blaskiem ciemność pokrywającą rozległe wzniesienia i doliny zalewane cieniem przesuwającej się z wolna armii uzbrojonych dinozaurów.

Na czele szło kilkadziesiąt tyranozaurów. Potrząsały wielkimi łbami i co chwilę rozdziawiały ogromne szczęki, których widok wywoływał nieprzyjemne dreszcze.

– Widzicie je? – syknął Stormborne, marszcząc czarne brwi. – Co za żałosne małe ramionka! – zadrwił z przekąsem na widok gadów trzymających w krępych łapach ostre dzidy.

Dinozaury, maszerując, poruszały energicznie swymi atletycznymi ciałami, wysokimi na co najmniej dwanaście metrów.

– Karcharodon wysłał swoich największych drapieżników – zagrzmiał Stormborne i wyciągnął z kieszeni płaszcza długą lunetę, przez którą bacznie przyglądał się poszczególnym grupom wojowników. – Allozaury! Używają głów jak siekiery, żeby mordować swoje ofiary. Potrafią szeroko otwierać paszcze, przez co nie tylko paskudnie tną skórę ofiar, ale też wyrywają mięśnie. Widzicie dwa rogi nad ich oczami? – skierował pytanie do Harper i Tony'ego, nie spuszczając krwiożerczych gadów z oczu.

Chłopiec wyjrzał ponownie za mur otaczający latającą fortecę, ale niewiele mógł dostrzec przez gęste chmury, które skutecznie kamuflowały obecność zamku w powietrzu.

– Panie Stormborne! Musimy wracać do Atlandoru! – wydusił ze łzami w oczach.

– Przestań się mazać. – Ton wojownika stał się cieplejszy. – Nie musisz się obawiać tych tępych łbów osadzonych na kupie mięsa. Może dinozaury są potężne i mają zęby ostrzejsze niż rekiny, ale ich mózgi nie odznaczają się zbyt dużą inteligencją. Nie martw się, rozprawimy się z nimi. Podejdź tu! – zachęcił Tony'ego i przyciągnął go silnym ramieniem, wkładając w jego ręce wielką lunetę. – Spójrz, o tam! Akrokantozaury, widzisz? Mają długą i nisko osadzoną głowę. Ich grzbiety od karku aż po ogon pokrywa rząd ostrych kolców. Mają dobry węch, to ich jedyna cecha, którą możemy się martwić. Potrafią wyczuć ofiarę na kilometr.

– Ale nie chodzi o dinozaury – wydyszał rozgorączkowany Tony, odsuwając ciężką lunetę od twarzy. – Moja młodsza siostra została na zamku. Nie mogę bez niej wrócić do domu!

– Co?! – zagrzmiał zdumiony Stormborne.

– Moja siostra Lily! Nie mogę jej tutaj zostawić!

– Przykro mi, ale nie mamy czasu na powrót do Atlandoru. Widzisz te klatki ciągnięte przez ich wojska? One nie zostały przygotowane dla nas, lecz dla ludzi. Jeśli ci mordercy przedostaną się do waszego świata, z gatunku ludzkiego niewiele pozostanie. Musimy czym prędzej dotrzeć do Asuedy, zanim te potwory się tam pojawią. Armia Karcharodona idzie na Galaktyczne Drzewo, przez które chce przejść do świata ludzi, rozumiesz? – Mężczyzna energicznie zarzucił płaszcz, machnął lewą ręką przed siebie i latający zamek wystrzelił gwałtownie naprzód niczym błyskawica.

Harper i Tony ponownie wcisnęli się w kamienną ścianę jednej z wież zamku Stormborne'a. Dzieci odruchowo skuliły się, by impet pędzącego powietrza nie wyrzucił ich z fortecy.

Wkrótce dotarli na główny plac Asuedy, pośrodku którego stało mieniące się nieprawdopodobnie pięknym jasnozielonym blaskiem Galaktyczne Drzewo. Jego rozłożyste, sięgające chmur gałęzie kołysały się delikatnie na wietrze. Liście falowały i drżały rytmicznie niczym struny szarpane wprawną ręką harfiarza, rozsiewając anielską muzykę, będącą ukojeniem zarówno dla ciała, jak i dla duszy.

Wokół drzewa zebrali się wszyscy mieszkańcy miasta. Stali nieruchomo jak zahipnotyzowani i tkliwie wpatrywali się w drzewo, ocierając łzy płynące po ich strapionych twarzach.

– Czemu ci ludzie stoją jak osłupiali? – zapytała Harper. – Dlaczego nie przygotowują się do obrony? Przecież dinozaury będą tu lada chwila – dodała przerażona.

– Żegnają Galaktyczne Drzewo – odpowiedział z wyraźnym smutkiem w głosie Stormborne.

– Jak to „żegnają drzewo"? – wyjąkał poruszony Tony.

– Jedynym ratunkiem dla ziemi i was, ludzi, jest ścięcie świętego drzewa, które stanowi portal łączący nasze światy – wyjaśnił prawie łamiącym się głosem władca podniebnych przestworzy.

– Że co? Ale jak to?! – krzyknęli niemal chórem Harper i Tony, nie dowierzając własnym uszom.

– Moje serce krwawi, ale niestety to jedyny sposób, by ocalić ludzkość – odpowiedział z grobową miną Stormborne. – Wojownicy już czekają ze świetlistymi mieczami, by ściąć drzewo... Dobrze! Pora lecieć na dół. Wszystko się zmienia. Nic nie jest stałe i gwarantowane – powiedział, a następnie chwycił Harper i Tony'ego pod pachy, tym razem zdecydowanie delikatniej, sfrunął z nimi na plac i wylądował u stóp potężnego pnia Galaktycznego Drzewa.

W seledynowej poświacie bijącej od konarów ujrzeli zasmuconą twarz Isis, która wpatrywała się czule w portal. W rękach trzymała Szmaragdową Czaszkę. Obok niej stali Gilbert, Hawkstone i Chandryk. Gdy tylko królowa poczuła obecność Harper i Tony'ego, odwróciła się i uśmiechnęła delikatnie, próbując powstrzymać łzy napływające do jej oczu.

– Musicie wracać do swojego świata – powiedziała ciepłym, ale smutnym głosem.

– Nie możemy! – krzyknął Tony. – Nie mogę zostawić tu siostry!

– Nie martw się, mój drogi. Nie zapomnieliśmy o niej. – Isis uspokajała strapionego chłopaka. – Fergus wraz z Abbottem, Matyldą i Lily przybędą lada chwila. – Harper... Zabierzesz Szmaragdową Czaszkę na ziemię, rozumiesz?

– Ja...? Ależ... ależ, droga Isis, to jest za duża odpowiedzialność – wydukała drżącym głosem zaskoczona dziewczyna.

– Nie lękaj się! – odrzekła królowa. – Obudź w sobie siłę i odwagę orła, którego najmocniejsze atrybuty zakorzeniły się w twym sercu. Pamiętaj, że wszystko w życiu ma ustalony porządek. Zamieniłaś się w orła nie bez powodu. Choć o tym nie wiedziałaś i wydawało ci się to przekleństwem, niewidzialna ręka prowadziła cię do czegoś ważnego. Dziś przyszedł czas, byś wypełniła swoje powołanie – odparła tajemniczo, wpatrując się matczynym wzrokiem w wystraszone oczy Harper.

– Ale co ja mam począć z tą Szmaragdową Czaszką?

– Odszukasz strażników kryształów. Oni już są na ziemi. Stacjonują w szkockich górach – odpowiedziała królowa, zniżając głos prawie do szeptu.

– No… ale jak ja ich znajdę w tych górach?

– Nie martw się. Obserwuj znaki i wsłuchaj się w swoje wnętrze. Odpowiedź przyjdzie sama. Przekażesz strażnikom Szmaragdową Czaszkę. Oni będą ją przechowywać dla ludzkości do czasu, kiedy ludzie zrozumieją, że życie w harmonii i miłości do wszystkich istot i roślin jest jedynym słusznym rozwiązaniem. Ziemianie muszą wreszcie dorosnąć, wyzbyć się przemocy i nienawiści oraz zaprzestać wojen, wówczas ograniczenia, które blokują ich umysły, znikną. Będą gotowi, by w pełni korzystać z nieograniczonej, wręcz niewyobrażalnej mocy, która została zapisana w tym oto szmaragdzie w kształcie ludzkiej czaszki.

– Wojska Karcharodona są coraz bliżej! – przerwał jej nerwowo Stormborne.

– Żegnajcie, moi drodzy – wyszeptała drżącym głosem Isis i włożyła kryształową czaszkę w dłonie Harper, po czym przytuliła serdecznie najpierw ją, a następnie Tony'ego.

– Pora iść! Nie możecie zwlekać… Musicie już przejść na drugą stronę – powtarzał nieskładnie Hawkstone, jakby plątał mu się język. – Pośpieszcie się! – nalegał panicznie, wskazując rękoma oraz rozbieganym wzrokiem na Galaktyczne Drzewo.

– Ale gdzie jest Lily?! Gdzie jest moja siostra? – niecierpliwił się Tony, drepcząc w miejscu i zerkając nieustannie w górę w nadziei wypatrzenia nadlatujących na wiwernie Fergusa i siostry.

– No, powinni tu być już dawno – wycedził, spoglądając z niepokojem w nocne niebo, Chandryk, któremu również udzieliło się zdenerwowanie.

– To ostatni moment, by przenieść się do świata ludzi! – gorączkował się Gilbert, przyprowadzając pod drzewo dzieci i młodzież, która pobierała nauki we Frogmouth. Dziewczęta i chłopcy pośpiesznie dotykali rękoma pnia Galaktycznego Drzewa i znikali, przechodząc jedno za drugim na ziemię.

– Musimy zacząć ścinać drzewo! – nawoływał z góry Stormborne, stojąc na najwyższej wieży swojej fortecy. – Armia Karcharodona zbliża się wielkimi krokami. Tnijcie! – wydał rozkaz łamiącym się głosem.

Isis skinęła głową na wojowników trzymających w gotowości świetliste miecze, potwierdzając, aby przystąpili do dzieła. Na placu rozległy się płacz i lament mieszkańców Świata Ptaków. Żołnierze zaczęli rąbać potężny pień Galaktycznego Drzewa, które z każdym ciosem świeciło słabiej i gasło w oczach.

– Tony! Harper! Przechodźcie na drugą stronę! – krzyknął Gilbert. – Drzewo zaraz zgaśnie i już nigdy nie wrócicie do swojego świata! Musicie natychmiast przejść!

– Harper, idź! – Tony spojrzał obłąkanym wzrokiem na przyjaciółkę. – Idź! Ratuj siebie, kryształ i ludzkość! Ja dołączę do ciebie razem z Lily... wkrótce! – powiedział niepewnym głosem, nie dowierzając własnym słowom.

– Nie zostawię was tutaj! – odparła dziewczyna.

– Ratuj się... i przekaż mojej mamie, że wszystko z nami w porządku – powiedział Tony i zrezygnowany opuścił głowę. Wiedział, że Galaktyczne Drzewo umiera i za chwilę nieodwracalnie zamknie się portal prowadzący do ludzkiego świata.

– Nie, Tony! Wrócimy do domu razem! – grzmiała roztrzęsiona Harper. – Nie przejdę sama! – upierała się, nie chcąc zostawić przyjaciół.

– Na litość boską! Przechodźcie! – wrzeszczał Hawkstone do pary przyjaciół, która czekała do ostatniej chwili na przybycie małej Lily.

Niespodziewanie na ciemnym niebie rozszarpywanym co chwilę przez potężne błyskawice Tony wypatrzył w oddali cienie kilku tuzinów smoków.

– Lecą! Lecą! – zawołał uradowany, podskakując i wytężając wzrok, by lepiej widzieć nadlatujących.

W tym samym momencie z wieży rozległ się przeraźliwy krzyk Stormborne'a:

– Dooo ataaakuuu! Dooo ataaakuuu!

Na tę komendę wszyscy wojownicy rozwinęli świetliste miecze i przystąpili do obrony Galaktycznego Drzewa przed oślizgłymi dinozaurami, których armia ruszyła szturmem na gasnący portal. Rozległy się złowrogi świst, zgrzyty, piski i zderzenia ciężkich cielsk. Pośród olbrzymiego zamieszania słychać było przeraźliwe wycie bestii, które rażone raz po raz śmiercionośnymi mieczami padały martwe pośród drzewnych budynków miasta.

Harper i Tony wpatrywali się z przerażeniem w zaciętą walkę toczącą się zarówno na lądzie, jak i w powietrzu.

Fergus, lecący z Lily na groźnym strażniku, próbował ze wszystkich sił odeprzeć atak pterozaurów, które jak wygłodniałe nietoperze bombardowały go swymi masywnymi cielskami. Towarzyszące mu smoki zionęły ogniem i uderzały skrzydłami w latające jaszczury. Pikowały w dół, chwytając potężnymi paszczami dinozaury i rozszarpując je. Przerażona Lily z całych sił zaciskała rączki wokół pasa Fergusa, wbijając dłonie w muskularne ciało mężczyzny, który manewrował na wszystkie strony, by uniknąć strącenia dziewczynki przez napastliwe gady.

Opiekun smoków wylądował w końcu niedaleko Galaktycznego Drzewa. Matylda i Abbott dołączyli do niego chwilę później, zeskakując w olbrzymim pośpiechu z wiwerny chmurzastej. Nie zwlekając ani sekundy, Fergus chwycił Lily za rękę i wszyscy pognali w kierunku Harper i Tony'ego. Wystraszona dziewczynka wpadła w objęcia brata. Matylda i Abbott rzucili się w stronę Harper, ściskając ją i nie mogąc powstrzymać wzruszenia zalewającego ich serca.

Nagle jeden z pterozaurów zleciał tak nisko, że można było poczuć zatęchły odór wydobywający się z jego odrażającej paszczy. Jeździec, którym okazał się młody Dompling, zeskoczył z jaszczura i zaatakował Harper, próbując wytrącić jej z ręki Szmaragdową Czaszkę. Na szczęście chybił i kryształ, podbity uderzeniem, poszybował wysoko w powietrze. Wśród obecnych rozległ się jęk przerażenia. W ogólnym zamieszaniu Gilbert i Hawkstone ruszyli na ratunek Harper, a Tony podskoczył z całych sił, wyciągając swe ciało jak strunę, by dosięgnąć spadającego kryształu. Złapawszy Szmaragdową Czaszkę, objął Lily i Harper i niczym zawodnik rugby forsujący przeciwnika, wepchnął się z nimi w ostatniej chwili w pień umierającego drzewa.

Noel, uświadomiwszy sobie, że Harper, Tony i Lily wraz ze Szmaragdową Czaszką przenieśli się do świata ludzi, niewiele myśląc, rzucił się na drzewo. W ostatniej sekundzie również i on został zassany przez portal i zniknął.

Galaktyczne Drzewo błysnęło ostatni raz, rozdzierając okolicę swym światłem, i zgasło. Asueda pogrążyła się w ciemnościach. Walki ustały. Z oddali słychać było jedynie westchnienia żalu po stracie świętego drzewa. Portal łączący Świat Ptaków ze światem ludzi został bezpowrotnie zniszczony. Jednak władcy Zaczarowanej Góry czuli ulgę, wiedzieli bowiem, że Ziemia i jej mieszkańcy są na razie bezpieczni.

Rozdział XV

SZMARAGDOWA CZASZKA

Harper zaczęła powoli odzyskiwać przytomność. Czyjaś pomarszczona ze starości dłoń głaskała czule jej włosy. Otworzyła nieśpiesznie oczy. Zamazana postać stawała się coraz wyraźniejsza. Dziewczyna wyostrzyła wzrok i ujrzała tatę wpatrzonego z ojcowską miłością w jej zmęczoną twarz.

– Tatusiu... tatusiu... – wyszeptała prawie niesłyszalnym głosem.

Serce pana Rollinga przyśpieszyło z radości na widok odzyskującej przytomność jedynaczki.

– Córeczko... Harper... moje najdroższe dziecko – powtarzał rozemocjonowany. – Wróciłaś do domu i znów jesteś dziewczynką. – Zapłakał ze szczęścia. – Wypoczywaj, mój skarbie. Wypoczywaj! Jesteś już bezpieczna.

Harper zacisnęła mocno powieki. Do jej oczu napłynęły strugi łez przeciskające się kącikami na blade policzki. Z trudem wyciągnęła zmęczone ramiona i zarzuciła je tacie na szyję. Po chwili ochłonęła i krzyknęła przerażona:

– Tony, Lily!

– Spokojnie, wszystko z nimi w porządku. Są cali i zdrowi. Wrócili do domu. Nie grozi im żadne niebezpieczeństwo.

– Czaszka?! Szmaragdowa Czaszka! – Przestraszona dziewczyna poderwała się nerwowo i usiadła na łóżku.

– Mówisz o tym zielonym krysztale? – zapytał pan Horacy, wskazując na szmaragd leżący na drewnianej komódce pod oknem.

– Tak! – Harper odetchnęła z ulgą. Wypuściła głośno powietrze z płuc, poderwała się na równe nogi i chwyciła czaszkę w trzęsące się z osłabienia dłonie. – Muszę odnaleźć strażników kryształów i przekazać im ten szmaragd – mówiła przejęta, a na jej twarzy malowała się troska. – W nim jest zapisana cała tajna wiedza przekazana ludzkości w odległych czasach przez Galaktyczną Radę. Jeśli ludzie zaczną żyć w zgodzie z prawami natury i wyzbędą się przemocy, będą mogli wykorzystać jej potęgę, o której nie śniło się nawet największym mocarzom tego świata.

– Spokojnie, moje dziecko – wyszeptał pan Rolling. – Jesteś osłabiona. Musisz najpierw wypocząć – nalegał w trosce o swoją jedynaczkę.

– Tatusiu, nie rozumiesz. Ten kryształ ma potężną moc. Nie możemy go trzymać w domu. To zbyt niebezpieczne. Ty nie masz pojęcia, co się wydarzyło tam, po drugiej stronie – wydusiła, z trudem powstrzymując płacz na wspomnienie o Świecie Ptaków, a szczególnie o Matyldzie i Abbotcie.

– Córeczko, wiem wszystko… – westchnął ojciec. – Tony opowiedział nam całą historię. Jestem z ciebie bardzo dumny! – wyszeptał, przytulając Harper. – Nie martw się, pan Rutherford pomoże nam odnaleźć strażników. Myślę, że już podjął odpowiednie kroki.

Niespodziewanie ich rozmowę przerwało donośne dudnienie dobiegające od strony drzwi wejściowych.

– Czyżbyśmy mieli gości? – zdumiał się mężczyzna. – Zostań tutaj, a ja sprawdzę, kogo do nas sprowadza wieczorną porą.

Do uszu pana Horacego schodzącego bez pośpiechu po krętych schodach dobiegały coraz intensywniejsze odgłosy, które zamieniły się w nieustępliwy łomot. Gospodarz wyjrzał ukradkiem przez okno i zobaczył stojącą przed drzwiami Wendy Dompling, która przestępowała z nogi na nogę, sprawiając wrażenie piekielnie zdenerwowanej.

– Cóż to panią do nas sprowadza tak późną porą? – zapytał, uchylając nieznacznie jedno skrzydło drzwi wejściowych.

– Panie Horacy, musimy natychmiast porozmawiać – oznajmiła z poważną miną kobieta, próbując wepchnąć się do środka.

– No... dobrze, ale czy ta sprawa nie może poczekać do jutra? – odpowiedział gospodarz, tarasując jej wejście.

– Chodzi o pana żonę... – szepnęła.

– O moją żonę? – powtórzył zdziwiony, a jego serce na wspomnienie ukochanej przeszył ból.

– Tak! Wiem, gdzie ona jest... – wydukała tajemniczo malarka, wpatrując się badawczo w oczy pana Rollinga, które otwarły się szeroko ze zdumienia.

– Proszę, proszę, niech pani wejdzie – przerwał jej, otwierając szerzej drzwi i wpuszczając sąsiadkę do domu. – Na litość boską, niech mnie pani nie trzyma w niepewności. Proszę mi powiedzieć, gdzie jest moja żona! Czy ona żyje? – dopytywał zniecierpliwiony, czując, jak jego gardło zaciska stalowa łapa.

– Tak... żyje i jest niedaleko. W sumie... zawsze była. – Zarechotała z cwanym uśmieszkiem.

– Na niebiosa! – krzyknął mężczyzna. – Niechże pani w końcu powie! – nalegał rozemocjonowany.

– Powiem, oczywiście, że powiem, ale to będzie pana kosztowało...

– Kosztowało? – powtórzył zdziwiony. – Dobrze, zapłacę każdą cenę – dodał po chwili. – Niech tylko pani wreszcie mi powie!

– Nie chodzi o pieniądze! – zawołała diabolicznym głosem kobieta. – Ma pan coś, co należy się mnie.

– Słucham? – zapytał zaskoczony pan Rolling.

– Niech pan nie udaje głupiego. Dobrze pan wie, o czym mówię – rzekła chytrze, podpierając się pod tłuste boki.

– Doprawdy nie rozumiem, o czym pani mówi!

– Doszły mnie słuchy, że pana córka wróciła i przywiozła małą pamiątkę... taki zielony kryształ w kształcie czaszki... – odparła, uśmiechając się zawadiacko.

– Skąd... pani o tym wie? – wycedził niepewnie mężczyzna.

– Mam swoje źródła – oznajmiła, wkładając do ust orzeszki z małej salaterki stojącej na stole. – Chce pan jeszcze zobaczyć żonę? – rzuciła kąśliwie.

– Nie wiem, jaką grę pani prowadzi, ale jest ona zupełnie nie na miejscu! – odrzekł zdenerwowany pan Rolling.

– Czy pamięta pan portret Fryderyki, który namalowałam?

– Tak! Oczywiście, że pamiętam.

– Pana żona jest w nim zamknięta – oznajmiła bez skrupułów, uśmiechając się jadowicie.

– Co za brednie pani wygaduje?! – krzyknął rozeźlony pan Horacy. – Nie dość, że spotkała nas taka tragedia, pani ma jeszcze czelność robić sobie żarty z naszego nieszczęścia?!

– To nie żarty, panie Rolling. To nie są żarty! Niech mi pan pokaże ten obraz, a sam się pan przekona – dodała, nie spuszczając wzroku z twarzy sąsiada.

Gospodarz miał wielką ochotę wyprosić ją z posiadłości, ale ta kobieta, nie wiadomo skąd, wiedziała o Szmaragdowej Czaszce. Ten szczegół zdecydował, że pan Rolling zabrał malarkę do swojej pracowni, w której nad kominkiem wisiał portret jego żony.

Pani Dompling wyjęła z kieszeni małą buteleczkę, włożyła do niej pędzelek i zamoczyła włosie w płynnej zawartości. Następnie pomalowała dłoń pani Fryderyki na obrazie, a ta po kilku sekundach zrobiła się różowa, ożyła i zaczęła poruszać palcami.

– Teraz mi pan wierzy? – zapytała Wendy, szczerząc się złośliwie.

Pan Rolling podszedł bliżej obrazu i delikatnie dotknął dłoni żony.

– To pani ją uprowadziła i zamknęła w tym przeklętym obrazie! – wycedził ze złością przez zaciśnięte zęby.

– Wielkie mi rzeczy – odwarknęła kobieta. – Odpoczęła sobie pana małżonka… posiedziała zrelaksowana – rechotała rozbawiona.

Pan Horacy był tak wściekły, że gdyby nie jego spokojne usposobienie i opanowanie, z pewnością rzuciłby się w przypływie szału na tę kobietę. Wiedział jednak, że przemoc nie doprowadzi do niczego dobrego.

– Jaką mam pewność, że Fryderyka wyjdzie z obrazu żywa? – zapytał, próbując nie okazywać potwornego zdenerwowania.

Kobieta ponownie wyjęła buteleczkę i pomalowała twarz pani Rolling. Ta po chwili wzięła głęboki wdech, mrugnęła, otworzyła oczy i roniąc wielką łzę, która spłynęła po jej bladym policzku, przemówiła:

– Horacy, najdroższy…

Mężczyzna przylgnął do obrazu i ścisnął mocno dłoń małżonki. Pogładził ją czule po twarzy i powiedział głosem pełnym miłości:

– Fryderyko, ukochana, ty naprawdę żyjesz!

Po czym odwrócił się w stronę Wendy Dompling i polecił zdecydowanym tonem:

– Rozkazuję pani natychmiast uwolnić moją żonę!

– Po co te nerwy?

– To nikczemne, czego się pani dopuściła!

– Niechże pan nie dramatyzuje – odpowiedziała niewzruszona. – Najpierw kryształ! – dodała tonem bezczelnym i zdecydowanym.

Pan Horacy opuścił pracownię i udał się do sypialni Harper, z której wkrótce wrócił z córką. Dziewczyna trzymała w rękach zawiniętą w nocną koszulę Szmaragdową Czaszkę. Wbiła w kobietę spojrzenie pełne rozczarowania i goryczy, ale kiedy zobaczyła żywą twarz matki uwięzionej w obrazie, podała kryształ ojcu i rzuciła się w stronę płótna. Przytuliwszy się do wizerunku ukochanej mamy, szlochała i głaskała jej nabierającą rumieńców twarz.

– Dostanie pani kryształ, kiedy oswobodzi pani moją żonę! – oświadczył stanowczo pan Rolling, spoglądając ze złością na malarkę.

– To nie pan tu ustala zasady! Chcę najpierw dostać czaszkę! – odparła kobieta bez animuszu, świdrując małymi wrednymi oczkami ściskany przez mężczyznę szmaragd.

Pan Rolling wyjął kryształ z zawiniątka i przekazał drżącymi rękoma kobiecie. Na ten widok oczy pani Dompling zaiskrzyły diabelskim ogienkiem. Złapała chciwie zdobycz, po czym podeszła do obrazu i pomalowała go niedbale płynem z buteleczki. Gdy tylko skończyła, ciało pani Fryderyki ożyło i kobieta wyszła z obrazu. Rzuciła się w objęcia córki oraz męża, zatapiając się w nieopisanej radości.

Pani Dompling, wykorzystując sytuację, czmychnęła w kierunku drzwi i szybkim krokiem zmierzała ku wyjściu. Nie zdawała sobie jednak sprawy, że drogę powrotną z pracowni pana Rollinga stanowią zawiłe podziemne korytarze. Sapiąc, pośpiesznie pokonywała kolejne metry i pogrążała się w coraz większej ciemności. Próbowała wymacać na ścianie włącznik światła, ale oprócz zimnego i nieprzyjemnie wilgotnego muru niczego nie mogła wyczuć. Nagle strach złapał kobietę za gardło. Miała wrażenie, że słyszy dyszenie, które zdecydowanie nie należało do niej. Ukryła Szmaragdową Czaszkę w obszernej kieszeni płaszcza i posuwając się po omacku naprzód, liczyła w duchu na rychłe dotarcie do wyjścia.

Nagle poczuła, jak coś małego śmignęło na wysokości jej kolan, ocierając się o nie delikatnie. Jej serce zaczęło gnać jak oszalałe.

– Kto tu jest? – jęknęła przestraszona, próbując dostrzec cokolwiek w ciemności.

Nikt nie odpowiedział.

– Pokaż się, ty zjawo nieczysta! – wrzasnęła piskliwym głosem, zipiąc ostatkiem tchu.

Raptem przed jej oczami rozbłysnęło słabe zielone światełko. Ujrzała przed sobą pięciu małych ludzików, wzrostem sięgających nieznacznie powyżej jej kolan, którzy utkwili w niej niepokojące spojrzenia. Ubrani byli w długie szarozielone płaszcze z kapturami. Każdy trzymał w ręce dziwnie wyglądającą trójgłową laskę.

– Dzięki Bogu! To tylko jakieś skrzaty – wysapała z ulgą, czując, jak kamień spada z jej pozbawionego uczuć serca.

Jeden z owych skrzatów, nie czekając długo, wycelował laskę w panią Dompling i łupnął w jej tłusty zadek. Rozległ się skowyt przypominający kwiczenie prosiaka. Kobieta padła omdlała na kamienną posadzkę.

Nieoczekiwane spotkanie pani Dompling z potężnymi strażnikami kryształów zakończyło się dla niej fatalnie. Szmaragdowa Czaszka została odzyskana i zgodnie z prośbą królowej bezpiecznie ukryta w szkockich górach.

*

Wendy Dompling zaczęła odzyskiwać przytomność i otworzyła powoli oczy. Mrugnęła sennie kilka razy i rozejrzała się dookoła. Leżała na podłodze w pracowni pana Rollinga. Podniosła rękę, by przetrzeć sklejone powieki… i nagle wydała przeraźliwy pisk. Jej ręce zamieniły się w skrzydła. Poderwała się i stanęła chwiejnie na pokracznie chudych nogach. Próbowała coś powiedzieć, ale poza dziwnymi dźwiękami wydobywającymi się z jej gardła nie mogła wykrztusić ani słowa.

Podobnie jak jej syn, została przemieniona w sępa.

– Obudziła się pani wreszcie – zagadnął pan Rolling, spoglądając na niezdarnie trzepoczącego się ptaka, który potykał się o własne patykowate kończyny.

– No to dostała pani dokładnie to, na co zasłużyła! – dodała z politowaniem mama Harper i podeszła do sępa razem z córką, Tonym, Lily i panią Steller.

Wendy Dompling była tak wściekła, że gdyby była balonem, z pewnością by wybuchła. Szóstka przyjaciół stała i wpatrywała się w nędznie wyglądającego ptaka, którego pomarszczona czerwona skóra na głowie przyprawiała ich o niesmak. Ptaszysko, nie mogąc znieść potwornej sytuacji, w jakiej się znalazło, zatrzepotało szerokimi skrzydłami, poderwało się do lotu i rzuciło z pazurami w kierunku twarzy Harper, chcąc ją szpetnie zranić. Na szczęście pan Rolling udaremnił atak, zasłaniając córkę swoim ciałem.

Sęp, machając nieporadnie skrzydłami, wzniósł się wyżej i wyfrunął na zewnątrz przez otwarte okno i dołączył do swojego syna, który niecierpliwie czekał na dorodnym dębie rosnącym za domem państwa Rollingów.

– Posuń się! – skrzeknął stary, pokraczny sęp do Noela, próbując nieporadnie wylądować na gałęzi.

– Gdzie jest Szmaragdowa Czaszka? – dopytywał wścibsko młodszy ptak, ustępując miejsca matce.

– Nie wiem! Już ją miałam w rękach, ale jakieś skrzaty grzmotnęły mnie laską, przemieniły w sępa i odebrały kryształ! – wrzeszczała z potworną złością, strosząc groźnie pióra.

– No to świetnie! – zagrzmiał Noel. – Jesteśmy załatwieni na amen! Wszystko twoja wina! – zaskrzeczał rozeźlony, podrywając się do lotu.

– Wszystko moja wina, wszystko moja wina... – skrzypiała Wendy, przedrzeźniając syna ochrypłym sępim głosem.

Po chwili również ona wzbiła się i pofrunęła za Noelem, znikając w podniebnych przestworzach nocnego szkockiego nieba.

*

Pan Rolling z pomocą Tony'ego wepchnął tajemniczy złoty pojazd do najgłębszej podziemnej komnaty swojej posiadłości. Zakrył go szczelnie grubymi płachtami i zamknął pomieszczenie na cztery spusty, po czym wyrzucił klucz do jeziora. Miał skrytą nadzieję, że nigdy nie zostanie on przez nikogo odnaleziony.

*

– Szkoda, że ptaki nie mogą już wędrować pomiędzy naszymi światami – powiedział ze smutkiem Tony, siadając obok Harper na szczycie rozległego wzgórza.

– Tak... – odpowiedziała melancholijnym głosem dziewczyna, spoglądając tęsknie na panoramę miasta. – Bardzo mi brakuje Matyldy i Abbotta – dodała cichutko.

– Mnie również – przyznał chłopiec. – Mam nadzieję, że wszystko z nimi w porządku. – Po czym wsunął rękę do kieszeni spodni i wyjął z niej dropsy. – Poczęstuj się – zaproponował, trzymając na otwartej dłoni kolorowe cukierki.

Harper westchnęła głęboko i spojrzała na landrynki, by wybrać ulubiony smak.

– Co to jest?! – zapytała z zaciekawieniem, wskazując na dwa kamyki w kanarkowym kolorze znajdujące się między słodyczami.

Chłopak wbił w nie wzrok z niedowierzaniem.

– Żółte kamienie z kryształowej komnaty! – krzyknął Tony, a na jego twarz wypłynęły purpurowe rumieńce. – Harper! Czy wiesz, co to znaczy?! – zapytał rozpromieniony, zrywając się na równe nogi.

Dziewczyna nic nie odpowiedziała. Wzięła do ręki małe kryształy i mocno ścisnęła w dłoni niczym cenny skarb. Po czym uśmiechnęła się tajemniczo i posłała przyjacielowi wymowne spojrzenie.